RAINER WEKWERTH

BEAST MODE

ES BEGINNT

PLANET!

Für meinen einzigartigen Bruder.
Für Achim.

PROLOG

Der Raum war karg eingerichtet, zweckmäßig, so wie man das von einer Militäreinrichtung erwarten konnte. Außer einem Metalltisch befanden sich nur zwei Plastikstühle und ein Flachbildfernseher darin.

General Hopkins saß auf einem der harten Stühle und starrte auf den noch matten Bildschirm. Unter seinen Füßen quietschte der Linoleumboden bei jeder Bewegung. Unangenehm. Genauso wie der penetrante Geruch nach Reinigungsmitteln, der im Zimmer hing.

Fenster gab es keine, daher auch keine frische Luft für die geplagten Nasenschleimhäute des Generals. Außerdem schwitzte er wie ein Schwein in seiner etwas zu engen Uniform, während er unruhig hin und her rutschte und sich fragte, wann es endlich losging.

Matterson, ein Operating Officer des Geheimdienstes SCF, *Special Command Force*, der so geheim war, dass nicht einmal der Präsident von ihm wusste, stand neben ihm, hielt eine Fernbedienung in der Hand und fummelte daran herum, als sähe er diese Art von Technik zum ersten Mal.

Hopkins selbst war beim militärischen Nachrichtendienst der Army und fragte sich gerade zum siebzehnten Mal, warum Matterson ihn unbedingt hatte sprechen wollen. Hier, in diesem durch ein Magnetfeld abgeschirmten Raum. Abhörsicher. Stickig und stinkend.

»Geben Sie mal her«, knurrte Hopkins ungeduldig.

»Hab's gleich«, meinte Matterson gelassen, und tatsächlich tat sich auf dem Bildschirm etwas. Das Bild eines jungen Mannes mit bleicher Haut und wilden, fast weißen Haaren erschien wie aus dem Nichts und wurde zum Standbild, dessen grüne Augen den General anzustarren schienen. Er mochte um die zwanzig oder jünger sein. Sah verdammt gut aus der Bursche, hatte fast etwas Magisches in seinem Blick.

»General, wir sehen uns einer unbekannten Bedrohung von noch nicht abschätzbarem Ausmaß gegenüber.«

Aha, dachte der General. *Es geht mal wieder um Terrorismus.* Der junge Typ da auf dem Bildschirm war wahrscheinlich ein Verdächtiger. Obwohl, irgendwie wirkte er nicht wie ein Terrorist in seinem gepflegten altmodischen Anzug im Stil der Siebzigerjahre, eher hätte man ihn für einen Partyhelden halten können, aber heutzutage wusste man ja nie. Das Böse lauerte überall und in sämtlichen Erscheinungsformen.

Terrorismus war allerdings nicht sein Aufgabenbereich, solange er keine militärischen Einrichtungen bedrohte oder es Angehörige der Streitkräfte betraf. Normalerweise kümmerten sich CIA und FBI um solche Burschen.

Hmm, merkwürdig, aber seine Neugierde war geweckt.

»Wer ist das?«, fragte er.

»Nennt sich Damon Grey.«

»Nennt?« Der General hob eine Augenbraue.

»So genau wissen wir das nicht. Als er das erste Mal vor über zweihundert Jahren in Paris auftauchte, war sein Name noch François Bevour, aber danach hat er sich mindestens ein Dutzend Mal umbenannt.«

»Sagten Sie gerade vor über zweihundert Jahren?« Der General ächzte.

»Ja, Sir. Die Person, die Sie hier sehen, ist kein Mensch …«

Hopkins hielt die Luft an. War Matterson übergeschnappt?

»… zumindest nicht im eigentlichen Sinne. Körperlich entspricht er vollkommen unserer Art, aber er hat ein paar außergewöhnliche Fähigkeiten.«

»Wenn das kein …«

»Er ist ein Dämon. Sagt er selbst von sich. Unsterblich. Sagt er ebenfalls über sich. Kam zur Zeit der französischen Revolution in unsere Welt, seitdem treibt er auf der Erde sein Unwesen.«

Der General spürte jedes einzelne der fünfundsechzig Jahre seines Lebens auf seinen Schultern ruhen, als er das hörte. Sein ohnehin schon übergewichtiger Körper war irgendwie in den letzten zwei Minuten noch schwerer geworden und presste ihn regelrecht auf den Stuhl, während dicke Schweißtropfen seinen Nacken hinabrollten und den steifen Kragen seines olivgrünen Hemdes aufweichten.

Hopkins konnte kaum glauben, was Matterson da behauptete, aber er wirkte vollkommen ernst. Außerdem würde er es nicht wagen, einem General der Streitkräfte irgendwelchen Unsinn aufzutischen. Hopkins beschloss, vorerst seinen Unglauben hintanzustellen und dem Nachrichtenoffizier weiter zuzuhören.

»Sie sprachen von Fähigkeiten?«

Matterson drückte einen Knopf auf der Fernbedienung, und der Bildschirm erwachte erneut zum Leben.

Der junge Mann schaute in die Kamera, dann wandte er sich ab und blickte auf seine Hände, die kurz darauf zu leuchten begannen. Was danach geschah, ging so schnell, dass Matterson ihm die Szene dreimal in Zeitlupe vorspielen musste, damit Hopkins mitbekam, was in der Aufnahme passierte.

Zunächst schienen Greys Hände zu brennen, dann schoss ein Leuchten daraus hervor und blendete die Kameralinse, die kurz darauf nur Schwarz zeigte. Matterson spulte die Aufnahme zum Standbild des jungen Mannes zurück, der nun erneut wie ein harmloser Siebzehnjähriger wirkte.

»Die Kamera ist übrigens geschmolzen«, meinte der Offizier ruhig. »Unsere Wissenschaftler haben das bisschen Metall und Plastik, das noch übrig war, untersucht und festgestellt, dass Temperaturen von über neunhundert Grad am Werk waren.«

»Grundgütiger«, stöhnte der General. »Und die Energie kam tatsächlich aus seinen Händen?«

»Ja, bemerkenswert, nicht wahr? Aber der Junge hat noch mehr drauf. Grey hat unglaubliche Reflexe, bewegt sich oftmals so schnell, dass es mit dem menschlichen Auge nicht erfassbar ist.«

»Woher wissen Sie das alles? Und woher stammt diese Aufnahme?«, fragte Hopkins, der noch immer von Terrorismus ausging.

»Dazu später mehr. Kommen wir lieber zu Amanda Nichols.« Damon Grey verblasste und wurde durch das Gesicht eines hübschen Mädchens mit schwarzen glatten Haaren ersetzt, die in der Stirn zu einem Pony geschnitten waren. Ein Gesicht, um das sie jede Frau der Welt beneidete.

»Was schätzen Sie, wie alt sie ist?«

»Sechzehn?«, fragte der General vorsichtig.

»Fast richtig.« Matterson grinste selbstzufrieden. »Ihr Alter wird auf fünftausend Jahre geschätzt. Eigentlich heißt sie Amandara. Sie behauptet, die Enkeltochter des legendären Pharao Djoser zu sein. Wir haben Bilder von ihr auf Wandreliefs aus dem alten Ägypten gefunden. Wissenschaftliche Auswertungen haben ergeben, dass es eindeutig sie ist. Ein Zweifel ist ausgeschlossen.«

Hopkins schluckte schwer. »Ganz schön alt«, stöhnte er und fühlte sich selbst noch viel älter.

»Aber fit.« Matterson lächelte. »Schauen Sie mal.«

Der Bildschirm erwachte wieder zum Leben. Ein kleiner Film lief ab.

»Behalten Sie die Uhrzeit im Auge«, meinte Matterson. »Die Aufnahme stammt von einer Überwachungskamera hier in Washington in der Nähe der *National Gallery of Arts*.«

Oben rechts lief ein Timer, der die Uhrzeit zeigte. Zwei Uhr dreiundvierzig. Zu sehen war eine Straßenecke, die verlassen dalag. Dreißig Sekunden vergingen, dann trat eine junge Frau in Shorts und schulterfreiem schwarzen T-Shirt ins Bild, die mit raschen Schritten auf einen abgestellten schwarzen Porsche zuging. Wie aus dem Nichts tauchten vier Männer auf. Alle vier trugen Hoodies, sodass ihre Gesichter nicht zu sehen waren. Was dann geschah, ging so schnell, dass Hopkins Mühe hatte, der Sache zu folgen.

Einer der Typen sprang die Frau an, umklammerte sie von vorn mit beiden Armen und presste sie an sich. Das Opfer ließ den Kopf zurückschnellen und rammte ihn in das Gesicht des Angreifers, der blutend zu Boden sank. Ohne zu zögern, setzte die Frau ihren Angriff fort und nahm sich nun den Mann vor, der rechts von ihr stand. Eine schnelle Drehung auf dem Absatz, ein Roundhousekick und der Typ brach zusammen. Die beiden anderen erledigte sie durch einen weiteren Kick im Sprung und einen mächtigen Faustschlag gegen die Schläfe des letzten Mannes.

Das Bild stoppte.

»Sieben Sekunden.« Matterson strahlte regelrecht. »In sieben Sekunden hat sie vier erwachsene Männer erledigt, von denen jeder dreißig Kilogramm mehr als sie selbst wiegt. Eine Meisterin des Nahkampfes.«

»Wer … wie …?«, stammelte der General.

»Normalerweise arbeitet sie als Model, allerdings benutzt sie ihre zweite außergewöhnliche Fähigkeit oftmals für kriminelle Dinge.«

Hopkins spürte, wie sich sein Gesicht in ein Fragezeichen verwandelte.

»Sie singt«, sagte Matterson.

»Äh?«

»So sirenenmäßig, meine ich. Wenn man ihr zuhört, ist man verloren, hat keinen eigenen Willen mehr und macht, was immer sie von einem verlangt. Den Porsche auf der Aufnahme hat ihr übrigens ein Architekt geschenkt, den sie am Tag zuvor kennengelernt hat. Die Karre kostet hundertsiebzigtausend Dollar, er hat drei Jahre dafür gespart. Sie hat ihn einfach darum gebeten.«

»Woher wissen Sie das alles?«

»Dazu kommen wir noch. Jetzt sollten wir uns aber erst mal mit Wilbur Night beschäftigen.«

Matterson fummelte wieder an der Fernbedienung herum. Das Gesicht eines jungen Mannes erschien. Haarlos und vollkommen tätowiert.

»Sein Körper sieht genauso aus. Er ist tatsächlich erst sechzehn Jahre alt, die meisten davon hat er in Waisenhäusern oder Pflegefamilien verbracht. Als Säugling wurde er im Park auf einer Bank ausgesetzt. Da man die Mutter nicht ausfindig machen konnte, kam er nach St. Anne, ein berüchtigtes Waisenheim in einer Kleinstadt nahe Chicago. Dort ging es hart zur Sache, und er hatte es nicht einfach. Ist ein paarmal abgehauen, aber sie haben ihn immer wieder einkassiert und zurückgeschickt. Damals war er übrigens noch nicht tätowiert. Beim letzten Mal, das war vor zwei Jahren, haben sie ihn zwei Tage lang in einem feuchten Kellerraum eingesperrt, um ihn kleinzukriegen. Als sie die Tür nach achtundvierzig Stunden öffneten, sah er so aus. Wilbur hatte sich mithilfe einer Spiegelscherbe selbst tätowiert. Woher er Nadel und Tusche hatte, konnte sich niemand erklären, ebenso wenig, was die merkwürdigen Zeichen und Bilder auf seinem Körper bedeuten. Wilbur behauptet, eine Stimme habe ihm genaue Anweisungen gegeben und in seinen Geist die Vorlagen für die Tattoos projiziert. Den Quatsch glaubt ihm natürlich kein Mensch, aber seltsam ist es schon. Kryptologen, denen wir Fotos von den Tätowierungen gezeigt haben, erkennen Grundzüge einer bislang unbekannten Schrift, und die Symbole auf seinem Körper erinnern an das Voynich Manuskript.«

»Voynich Manuskript?«, echote der General.

»Stammt aus dem fünfzehnten Jahrhundert, enthält Bilder von Pflanzen und Tieren, die es auf der Erde nicht gibt, und wurde in einer Schrift verfasst, die man nicht entziffern kann. Können Sie ja mal googeln.« Matterson seufzte. »Aber da ist noch mehr. Schauen Sie sich ihn an.«

Hopkins starrte auf den Bildschirm. Ohne Tätowierungen wäre das sicherlich ein gut aussehender junger Mann gewesen, so allerdings, mit den blauschwarzen Glyphen und Symbolen in seinem Gesicht, wirkte er äußerst bedrohlich.

»Was ist an ihm besonders, mal abgesehen von seinem Äußeren?«, fragte der General, der sich noch immer keinen Reim darauf machen konnte, warum er in diesem Zimmer saß und sich Aufnahmen von Terroristen und Kriminellen ansah.

»Seitdem er sich selbst tätowiert hat, kann er die Zeit anhalten.«

»Was?«

»Wie ich es sage. Er kann für einen Zeitraum von fünf Sekunden die Zeit anhalten. Nichts und niemand bewegt sich mehr, einzig er ist in der Lage zu agieren. Fünf Sekunden klingen nach nicht viel, aber es ist ein gewaltiger Vorteil.«

»Ich verstehe nicht, wie das physikalisch möglich sein soll.«

»Das versteht niemand, aber wir haben die Auswirkungen gesehen. Mehrfach. Und Wilbur ausgiebig studiert, nachdem wir ihn vor einem Monat aus dem Knast geholt haben. Es ist verblüffend. Wenn Sie ein Schwert in die Hand nehmen und versuchen, ihn damit zu verletzen, hält er einfach die Zeit an, nimmt Ihnen das Schwert ab und ein Blinzeln später haben Sie die Klinge an der Kehle. Allerdings hat seine Fähigkeit einen hohen Preis, und er kann sie nur in zeitlichen Abständen einsetzen. Hat etwas mit dem Energieerhaltungsgesetz zu tun, wie mir die Wissenschaftler erklärt haben.«

»Wahnsinn«, meinte der General.

»Das ist es. Kommen wir zu Jenny Doe.«

Klick. Auf dem Bildschirm wechselte die Abbildung. Das neue Profilfoto zeigte die linke Gesichtshälfte einer jungen blonden Frau mit hohen Wangenknochen und vollen Lippen.

»Wir haben sie Jenny Doe genannt, weil sie sich nicht an ihren wahren Namen erinnert, ebenso wenig wie an alles andere in ihrem bisherigen Leben. Jenny wurde vor einem Jahr um Mitternacht von der *United States Border Patrol* am US-Highway 281 in der Nähe von San Antonio, Texas, aufgegriffen, als sie verwirrt die Straße entlangging. Sie ist offensichtlich amerikanische Staatsbürgerin, denn ihr Englisch ist perfekt und ihre Zähne tragen hochwertige Keramikfüllungen. Nachforschungen haben nichts erbracht, weder ihre Fingerabdrücke noch ihre DNA sind gespeichert, und sie passt zu keiner Vermisstenanzeige der letzten zehn Jahre. Das ist sehr rätselhaft, denn Jenny ist etwas ganz Besonderes.«

»Dämonin? Göttin? Mutantin?«, rätselte der General laut mit und fragte sich, ob er gerade dabei war, den Verstand zu verlieren.

»Nein, ein ganz normales Mädchen. Bis auf einen Unterschied …«

Matterson drückte einen Knopf und die dreidimensionale Abbildung der jungen Frau drehte sich ins Porträt. Hopkins hielt die Luft an.

»… sie ist zur Hälfte eine Maschine.«

Die linke Gesichtshälfte war mit einer glänzenden Metallschicht überzogen, der Hals auf dieser Seite ebenfalls verstärkt, und die Aufnahme zeigte, dass die Metallschicht sich auch über die Schulter zog, bevor sie unter einem weißen T-Shirt verschwand.

»Wir wissen nicht, wer …«, fuhr Matterson fort, »… aber jemand hat an ihr herumgefummelt. Entschuldigung: operiert. Mehrere Körperteile sind durch Metallprothesen ersetzt worden. Linker Arm, linkes Bein. Der Rest wurde durch Implantate verstärkt. All ihre Muskeln wurden *aufgepimpt.*« Matterson streckte seine Hand aus und deutete auf die Abbildung. »Dieses Mädchen läuft die hundert Meter in unter sechs Sekunden, handgestoppt, und sie ist in der Lage, eine zweihundert Kilogramm schwere Hantel hochzuheben und drei Meter weit zu werfen. Sie verfügt über ein computerunterstütztes Kampfprogramm, quasi eine Gefechts-KI, die ihr hilft, Gefahrensituationen zu analysieren und den Verlauf von Kampfhandlungen vorauszuberechnen. In ihrem linken Auge sitzt ein HUD, ein *Head-Up-Display*, das diese Informationen in ihr Sichtfeld einblendet. Gleichzeitig steckt da drin eine Laseroptik, wie ich sie mir für die Army wünschen würde, eine Nachtsichtfunktion mit Restlichtverstärker, und Jenny kann im Infrarotbereich sehen.« Matterson seufzte. »Irgendjemand hat aus dieser Jugendlichen eine Kampfmaschine gemacht. Wir wissen nicht, warum. Wir wissen nicht, wie. Die medizinische Technik dafür ist uns vollkommen unbekannt, aber wir vermuten den Einsatz von Nanorobotern.«

»Die Russen? Die Chinesen?«

»Ausgeschlossen. So weit sind die nicht mit ihren Forschungen. Interessant ist aber auch die Frage, wer sich die Mühe macht, einen Menschen derart umzuwandeln, nur um ihn dann an einem einsamen Highway ohne Gedächtnis auszusetzen.«

»Sie könnte geflohen sein«, meinte Hopkins.

»Haben wir uns auch schon überlegt, aber von wo? Da draußen ist nichts, und als wir sie fanden, war sie kaum in der Lage, geradeaus zu gehen. Sie war vollkommen verwirrt und unfähig, etwas zu tun. Wir konnten sie ohne jeden Widerstand einsammeln und mitnehmen. Es ist also ausgeschlossen, dass sie eine größere Strecke zurückgelegt hat.«

»Sehr merkwürdig«, gab der General zu.

»Kommen wir zu unserem letzten Kandidaten, Malcom Floyd.«

Ein neues Bild erschien. Ein Junge, um die sechzehn, mit roten Haaren, weichem Gesicht, dicker Brille und Sommersprossen wurde gezeigt, der schüchtern in die Kamera lächelte. Er trug das Footballtrikot einer Highschool und hatte seinen Helm unter den Arm geklemmt.

»Floyd?«, rätselte der General. »Der Name sagt mir etwas.«

»Sie meinen Dr. Emma Floyd aus den Medien, die berühmte Forscherin, die für ihre Arbeit an der Kernspaltung ausgezeichnet wurde? Nach der Geburt ihres Sohnes zog sie sich aus der Forschung zurück. Sie und ihr Mann sind vor drei Jahren tödlich verunglückt. Das hier ist ihr Sohn. Das einzige Kind.«

»Warum wird er in der Reihe dieser Verrückten gezeigt?«

»Oh, das liegt daran, dass er der Außergewöhnlichste von ihnen allen ist.«

Hopkins zog diesmal beide Augenbrauen hoch.

»Als seine Mutter mit ihm schwanger war, arbeitete sie im Rahmen eines Austauschprogramms in der Schweiz bei CERN, der Europäischen Organisation für Kernforschung am Aufbau des Teilchenbeschleunigers *Large Hadron*. Bei einem der Versuche mit dem Vorgänger, dem *Large Electron-Positron Collider,* ging etwas schief, und ein unbekanntes Teilchen entkam der Versuchsanordnung, durchdrang ihren Körper und tötete den zweiten Fötus in ihr. Sie war in der achten Woche schwanger und erwartete Zwillinge. Malcom blieb unverletzt, aber sein Bruder löste sich vollkommen auf. Jedenfalls war er im Körper der Mutter nicht mehr nachweisbar. Sieben Monate später brachte Emma Floyd einen gesunden Jungen zur Welt, der im Alter von drei Jahren seinen Eltern mitteilte, dass sein Bruder noch lebe, allerdings körperlos, als Energiewesen, das ihn ständig begleite und beschütze.« Matterson holte tief Luft. »Und das ist auch wirklich nötig, denn Malcom *passieren Dinge*. Ständig. Er ist überdurchschnittlich intelligent, aber gleichzeitig ein Volltrottel, der über seine eigenen Beine stolpert, in offene Kanalschächte fällt oder irgendwelches Chaos anrichtet. Bis jetzt verzeichnet seine Krankenakte siebzehn Knochenbrüche, acht ausgeschlagene Zähne und Prellungen in unbekanntem Ausmaß. Ihm mussten die Weisheitszähne entfernt werden, ebenso wie Mandeln, Polypen und der Blinddarm.«

»Aber …«

»Ich weiß, was Sie sagen wollen, General. Sie fragen sich, was das Ganze mit uns zu tun hat.« Der Geheimdienstoffizier fuhr sich durch die Haare. »Eigentlich müsste Malcom Floyd längst tot sein. Er war in zahlreiche Unfälle verwickelt, aber immer gab es etwas, das ihn im letzten Augenblick vor ernsthaften lebensgefährlichen Verletzungen gerettet hat. Die Feuerwehr hat diesen Typen aus Situationen befreit, die man unmöglich überleben kann. So ist er nach einem Fahrradunfall zehn Meter tief in einen trockenen Kanal gestürzt und hat sich dabei auf einen Metallzaun aufgespießt, sodass er sich nicht rühren konnte. Er hat zwanzig Stunden durchgehalten, bis ein vorbeikommender Jogger ihn in seiner Notlage entdeckte.

Das Besondere daran? Malcom hatte sich lediglich drei Rippen gebrochen und den linken Knöchel verstaucht. Die Spitzen des Metallzauns haben alle wichtigen Organe nur um Millimeter verfehlt. Der Graben liegt so abgelegen, dass jeder andere dort verhungert oder verdurstet wäre, aber der

Jogger sagte aus, er habe beim Laufen eine Stimme gehört, die ihn bedrängt habe, diesen Weg entgegen seiner üblichen Route zu nehmen. Es war eine männliche Stimme.«

»Ich verstehe immer noch nicht, was …«

Matterson hob die Hand. »Es ist unmöglich, diesen Jungen umzubringen, wir haben es versucht.«

Hopkins zuckte aus seinem Stuhl hoch. »Sind Sie verrückt?«

»Ja. Nein. Vielleicht. Wir brauchten Antworten, und er hat sich freiwillig verschiedenen Tests unterzogen. Es ist, als beschütze ihn das Universum selbst. Wenn Sie einen Revolver mit der Absicht auf ihn richten, zu schießen, können Sie mit an Sicherheit grenzender Wahrscheinlichkeit davon ausgehen, dass er versagt. Eher explodiert die Waffe in Ihrer Hand, als dass Sie feuern können. Pfeile verfehlen ihn stets um Haaresbreite, ebenso wie geworfene Messer. Wenn man versucht, ihn zu vergiften, kotzt er rechtzeitig alles wieder aus. Und so weiter und so fort. Das Einzige, was wir nicht probiert haben, ist, ihn von einem Hochhaus zu werfen, aber wahrscheinlich würde er auch das überleben.«

Matterson drückte einen Knopf auf der Fernbedienung und der Bildschirm erlosch. »So, das war meine kleine Vorführung. Sie fragen sich sicherlich, warum ich Ihnen diese Personen vorgestellt habe?«

Hopkins rutschte auf seinem Stuhl herum. »Oh, das kann ich mir schon denken. So wie es aussieht, haben Sie durch sie eine Bedrohung für die Vereinigten Staaten von Amerika ausgemacht und hoffen nun, dass ich Ihnen bei der Bekämpfung dieser Subjekte helfen kann. Das Wie und warum gerade die Army anstatt CIA und FBI ist mir allerdings schleierhaft.«

Matterson sah den General ernst an. Eine Weile sagte er nichts, dann verzog er den Mund. »Sir, diese fünf jungen Menschen sind die Guten! Es gibt eine Bedrohung für die Sicherheit unseres Landes, aber damit haben *sie* nichts zu tun. Ganz im Gegenteil, diese fünf sollen uns helfen, Amerika zu retten.«

»Ich verstehe nicht.« Hopkins stand auf und bemerkte, dass ihm die Hose seiner Uniform am Hintern klebte. Unangenehm, peinlich. Aber er wagte nicht, jetzt daran herumzuzupfen. »Was ist eigentlich los? Von welcher Bedrohung sprechen wir, und wie kann ich Ihnen helfen?«

Matterson lächelte müde. »Was los ist, verrate ich Ihnen später. Über die Bedrohung sprechen wir noch, aber ich sage Ihnen, wie Sie mir helfen können. Sie haben doch dieses geheime Trainingsgelände der Army auf der Aleuteninsel Attu in Alaska …«

»Attu? Alaska? Da gibt es …«

»General!«

»Okay, da gab es mal eine militärische Einrichtung, aber …«

»Ich weiß, sie wurde stillgelegt. Ich möchte, dass Sie mir diese Basis zur freien Verfügung unterstellen.«

»Warum? Was wollen Sie damit?«

Matterson deutete auf den schwarzen Bildschirm. »Ich will diese fünf jungen Leute darauf vorbereiten, sich der größten Bedrohung der Menschheit zu stellen, der sie jemals gegenüberstand. Und es muss schnell gehen, denn sonst überlebt unsere Art nicht.«

PART 1

Von Menschen

1

Alaska, Aleuteninsel Attu, Pazifischer Ozean
Zwei Wochen später

Als der schwere Transporthubschrauber einen Bogen flog, spürte Malcom, wie sein Magen nach unten wegsackte. Ihm war übel, gleichzeitig plagten ihn starke Kopfschmerzen. Die Luft im Heli war schon nach kurzer Zeit verbraucht, und der schwere Geruch nach Öl drang in seine Nase. Das auf- und abschwellende Hämmern der Rotoren tat sein Übriges, dass er sich unwohl fühlte.

Malcom warf einen Blick aus den winzigen regenverschmierten Scheiben und fragte sich, wohin zur Hölle er gebracht wurde. Matterson hatte ihm das Ziel nicht genannt, aber er war sicher, dass sie nach Norden flogen.

Die Sonne blieb hinter tief hängenden Wolken verborgen, und der Wind peitschte das dunkelgraue Meer auf, das nun unter ihm lag. Da draußen gab es nicht viel zu bestaunen.

»Fertig machen zur Landung«, rief der Pilot nach hinten. Malcom sah nur seinen Rücken und den Helm, als der Pilot jetzt aber den Kopf drehte und nach ihm schaute, erkannte Malcom, dass es sich um eine junge Frau handelte. Ihre Augen blieben hinter der dunklen Pilotenbrille verborgen, lediglich blonde Haare fielen unter dem Helm hervor.

Wie machte man sich zu einer Landung fertig? Er war ja bereits angeschnallt, aber vielleicht ging es darum, sich innerlich darauf vorzubereiten, dass etwas Unerwartetes geschehen konnte. Draußen warf der Wind sich in heftigen Böen gegen den Hubschrauber, und Malcom vermutete, dass eine Landung bei diesen Wetterverhältnissen kein Kinderspiel war. Er blickte an sich herab und kontrollierte seine Anschnallgurte.

Dann ging es nach unten.

Die Pilotin schien zu glauben, dass es am sichersten war, so schnell wie möglich nach unten zu sacken, damit der Wind keine Chance bekam, sie abzutreiben, aber dadurch verschwand Malcoms Magen gefühlt irgendwo zwischen den Kniekehlen. Das Frühstück bahnte sich einen Weg nach oben.

Jetzt bloß nicht kotzen, dachte er.

Wie in einem außer Kontrolle geratenen Fahrstuhl rasten sie abwärts. Malcom presste sein Gesicht gegen die kalte Fensterscheibe und versuchte, irgendetwas in dem wirbelnden Grau aus Wolken und Regen zu erkennen. Zu seiner Erleichterung entdeckte er einen dunklen Fleck Land, auf dem Lichter flackerten, die ihnen die Landstelle anzeigen sollten.

Eine weitere heftige Windböe brachte den Heli zum Taumeln, aber die Pilotin verstand ihren Job und fing ihn ab. Dann setzten sie hart auf. Alle wurden durchgeschüttelt. Die Turbinen jaulten im Leerlauf auf, der Lärm erstarb und eine übernatürliche Ruhe kehrte ein. Nur der Wind war noch zu hören, der heulend um das Fluggefährt herumjagte.

Die Pilotin nahm ihren Helm ab und wischte sich mit dem Arm über die verschwitzte Stirn. Die Brille wurde abgesetzt, und blaue Augen lächelten ihn an.

»Ich bin Sergeantin Haydn. Willkommen auf Attu Island.«

Als Malcom den schweren Transporthubschrauber verließ, peitschten ihm Wind und Regen ins Gesicht. Trotz der Tatsache, dass eigentlich Sommer war, herrschte hier ein Wetter, wie er es sonst nur von Herbststürmen kannte.

Während er über die Heckrampe langsam nach unten ging und darauf achtete, nicht auf dem glatten Metall auszurutschen, dachte er noch immer darüber nach, was zum Teufel ihn geritten hatte, diesem Unternehmen zuzustimmen.

Die Pilotin ging auf eine Gruppe flacher Gebäude zu, die sich wie eine ängstliche Schafherde aneinanderdrängten. Malcolm folgte ihr, den Kopf gegen den Wind gesenkt.

Als sie das erste Haus betraten, schlug ihnen die Wärme einer auf Hochtouren laufenden Heizung entgegen. Die Pilotin deutete auf eine Tür.

»Dort geht es zur Unterkunft. Die anderen sind schon da. Am besten, du verstaust zuerst deine Sachen. Später gibt es eine Besprechung mit Colonel Matterson, wir rufen euch dann. Okay?«

Malcom nickte, was sollte er auch dazu sagen.

Sein Herz klopfte wild in der Brust, als er langsam die Türklinke herabdrückte und ins Zimmer trat. Er hatte keine Ahnung, was ihn als Nächstes erwartete.

Es war ein vielleicht zehn mal zehn Meter großer Raum. Die Luft war verbraucht, es roch muffig. Fünf Feldbetten waren aufgestellt, von denen vier bereits mit Klamotten belegt waren. Hauptsächlich Uniformen, Helme, Rucksäcke, irgendwelche Stofftaschen, Essbesteck, Kochgeschirr, Einmannzelte, Schlafsäcke, Hemden, Unterhosen, T-Shirts und Socken. Alles in Armygrün. Vier Personen waren anwesend. Alle drehten sich um, als er eintrat.

Malcoms Blick fiel zunächst auf einen jungen Mann, der so ebenmäßige Züge wie eine Skulptur von Michelangelo hatte. Das Gesicht war bleich, die Augen von einem Grau, das an Packeis erinnerte. Silberne Haare fielen in Strähnen in das schmale Gesicht.

Wie alt ist der Typ? Sah aus wie siebzehn, wirkte aber irgendwie älter. Keine Falten im Gesicht, die einen Hinweis geben konnten, aber diese silbernen Haare, die nicht gefärbt aussahen. Malcom starrte ihn an. Die Haut schien fast transparent zu sein, dabei wirkte der Typ weder krank noch schwächlich. Als er den Kopf drehte und ihn musterte, spürte Malcom eine Gänsehaut seinen Rücken hinaufziehen.

Der Typ, der neben Silberhaar auf dem Feldbett lag und ihn anstarrte, machte auch keinen normalen Eindruck. Vollkommen tätowiert. Zäh, ausgemergelt. Er sah aus, wie jemand, der in letzter Zeit zu wenig zu essen bekommen hatte.

Wahrscheinlich drogensüchtig, dachte Malcom.

Sein Blick wanderte zu dem Mädchen, das neben dem ausgemergelten Kerl stand, und er hielt die Luft an. Sie schien in seinem Alter zu sein und war die schönste Frau, die er jemals zuvor gesehen hatte.

Lange dunkle Haare, die ihr bis weit über die Schultern fielen, eine schmale Nase, olivfarbene Haut und volle, sinnliche Lippen. Als sie seinen Blick bemerkte, schaute sie herüber. Malcolm sah in Augen von unglaublichem Grün, die regelrecht zu leuchten schienen. Nachdem sie ihn kurz gelangweilt begutachtet hatte, wandte sie sich ab, und Malcom konnte sich der letzten Person im Raum widmen.

Noch ein Mädchen. Sie hatte sich neben dem Feldbett ganz hinten im Raum gebückt und suchte offenbar etwas in einer großen schwarzen Sporttasche.

Blonde halblange Haare verdeckten ihr Gesicht, sodass er es nicht richtig erkennen konnte. Plötzlich drehte sie ihm den Kopf zu, und sein Herzschlag setzte aus.

Bisher hatte er nur ihre rechte Gesichtshälfte gesehen, als sie sich ihm aber nun zuwandte, musste er zu seinem Entsetzen feststellen, dass die linke Seite des Gesichtes komplett von Metall überzogen und das Auge durch eine künstliche Linse ersetzt worden war, deren Blende sich gerade den Lichtverhältnissen anpasste und ein wenig öffnete. Ansonsten blieb ihre Miene unbewegt, und er hatte das Gefühl, ein Roboter starre ihn an.

Malcolm zuckte zurück.

Was war das? Ein Mensch? Ein Cyborg? Irgendetwas dazwischen? Das Mädchen sah seine Reaktion und wandte sich beschämt ab.

Verdammt, wo bin ich hier gelandet? Das ist ja die reinste Freakshow …

Als Matterson ihn aufgespürt und überredet hatte, in die Army einzutreten, hatte er schon seit einem Jahr auf dem Sofa seiner Großeltern gehockt und alte Nintendo-Games gespielt. Er hatte kein Geld, keine Zukunft, nur Großeltern, die nichts mit ihm anfangen konnten und ihn für einen faulen und überaus schusseligen Teenager hielten. Kein Wunder bei all seinen Missgeschicken …

Matterson hat leichtes Spiel mit mir gehabt, schließlich hätte ich alles dafür getan, etwas Sinn in meinem Leben zu finden und einen Hauch Anerkennung zu bekommen und nicht ständig für einen Trottel gehalten zu werden.

»Glaub mir, wir alle waren überrascht, als wir Jenny das erste Mal gesehen haben«, unterbrach der Junge mit dem silbernen Haar seine Gedanken. »Sie kann sich an nichts aus ihrem früheren Leben erinnern und weiß auch nicht, wer ihr das angetan hat, aber sie besitzt unglaubliche Fähigkeiten. Richtig, Jenny?«

Das Mädchen schaute ihn an, dann griff sie nach einem Karabinerhaken ihrer Ausrüstung, der ziemlich stabil und robust aussah. Sie nahm ihn und zerquetschte ihn zu einem unförmigen Klumpen, den sie Malcom zuwarf. Ungeschickt fing er das Metallstück auf und glotzte es an.

Silberhaar kam auf ihn zu, streckte die Hand aus.

»Mein Name ist Damon Grey. Ich bin ein Dämon …«

Moment, hatte er eben wirklich *Dämon* verstanden?

»… am vierzehnten Juli siebzehnhundertneunundachtzig in Paris von dem berühmten Hexer Louis Fortane beschworen und in die Welt gerufen. Aber vielleicht weißt du das schon.«

Nein, wie zum Teufel sollte er so etwas wissen? Matterson hatte nur gesagt, dass an der Ausbildung vier weitere junge Männer und Frauen teilnehmen würden, ohne näher darauf einzugehen, wer die waren und worum es überhaupt ging. Malcom spürte eine seltsame Schwäche in sich, als er die Hand nahm und lahm schüttelte.

Ein Dämon? Echt jetzt?

Aber er kam nicht dazu, weiter darüber nachzudenken, denn Damon deutete auf den tätowierten Jungen, der auf der Liege neben dem Fenster lag. »Das ist Wilbur, er kann die Zeit für fünf Sekunden anhalten.«

Wilbur blickte ihn an, verzog jedoch keine Miene.

Die verarschten mich doch!

»Sind wir hier bei der versteckten Kamera?«, fragte Malcom unsicher und grinste verlegen. »Ihr macht das nicht schlecht, aber ihr übertreibt ein wenig. Den Quatsch kauft euch doch keiner ab.«

Der tätowierte Junge sah ihn ruhig an, sagte aber nichts.

Malcom wurde nervös.

»Er hat es getan«, meinte Damon.

»Was meinst du?«, fragte Malcom.

Damon ging zu einer der Liegen und kam mit einem kleinen Handspiegel zurück, den er Malcom reichte. »Sieh selbst.«

Malcom nahm den Spiegel und blickte hinein, dann zuckte er zurück. Auf seiner Stirn stand in Großbuchstaben ›Nerd‹ geschrieben. Mit einem dicken schwarzen Filzstift.

»Aber wie … wie hat er das gemacht?«, ächzte Malcom. »Kann er zaubern?«

»Nein, nur die Zeit anhalten, wie gesagt. Für fünf Sekunden«, kam es vom Bett zurück.

»Wahnsinn«, sagte Malcom, »absoluter Wahnsinn!«

Obwohl er Gänsehaut bekam, machte sich freudige Erregung in ihm breit. Auch wenn er immer noch nicht genau wusste, in was er da hineingerutscht war, verspürte er eine gewisse Aufregung darüber, dass sein Leben nun Fahrt aufnehmen würde. Und wenn Wilbur die Zeit anhalten konnte, was hatten dann die anderen für Fähigkeiten?

Malcom drehte sich zu dem silberhaarigen Jungen. »Und du bist wirklich …«

Damon streckte die Hand aus. Für einen Sekundenbruchteil schoss ein greller Energiestrahl daraus hervor, sodass ein auf dem Fußboden liegender Stahlhelm zu glühen begann. »… ein leibhaftiger Dämon«, vollendete er den Satz.

»Das wird Matterson nicht gefallen«, meinte das schöne Mädchen mit einem hämischen Grinsen im Gesicht. »Er hat uns gesagt, wir sollen auf die Ausrüstung achtgeben.« Sie verzog den Mund. »Dann hätte er uns allerdings nicht hierherbringen dürfen … Ich bin Amanda. Amanda Nichols, wenn du mich Mandy nennst, töte ich dich.«

Sie sagte es ganz ruhig, aber Malcom zweifelte keine Sekunde daran, dass sie jedes einzelne Wort ernst meinte. Die Andeutung dahinter verstand sogar er: *Nerv mich nicht, sonst bist du einen Kopf kürzer.*

Bevor Malcom etwas erwidern konnte, fuhr sie fort: »Ich bin das, was du eine Göttin nennen würdest. Unsterblich. Seit fünftausend Jahren auf der Welt. Fragen?«

Jede Menge, aber Malcom traute sich nicht, auch nur eine davon zu stellen. Er hatte sich in der Anwesenheit von Mädchen noch nie richtig wohlgefühlt, aber bei Amanda kam er sich vor wie eine lästige Mücke, die sie gleich zerquetschen würde. *Ja,* bestätigte er sich im Stillen, als sie ihn anfunkelte, *genau so fühle ich mich …*

»Und? Hast du dich auch freiwillig für den Scheiß gemeldet?«

»Mehr oder weniger«, brachte er zögerlich hervor.

»Das heißt?« Bei ihrem scharfen Tonfall zuckte er unweigerlich zusammen.

»Ähm … Matterson ist bei mir aufgetaucht und hat mir ein Angebot gemacht.«

Amanda zog eine Augenbraue fragend hoch und forderte ihn damit unwillkürlich auf weiterzureden.

»Meine Eltern sind vor ein paar Jahren bei einem Verkehrsunfall gestorben. Ich lebe bei meinen Großeltern mütterlicherseits. Beide sind weit über achtzig und total überfordert mit den Dingen, die mir ständig passieren.«

»Dinge?«

»Man könnte sie auch als Unfälle bezeichnen …« Alle schauten ihn an. Malcom kam sich komisch dabei vor, im

Mittelpunkt zu stehen – schließlich hatte ihn in seinem ganzen Leben noch nie irgendwer richtig beachtet. Aber vielleicht war das ja jetzt die Gelegenheit, das zu ändern. Er atmete einmal tief durch und sprach weiter.

»Praktisch jede zweite Woche bin ich im Krankenhaus und sechs Monate im Jahr laufe ich mit irgendeinem Gipsverband herum. Dabei habe ich stabile Knochen und eine ausreichende Muskulatur, sagen jedenfalls die Ärzte. Aber das hilft nichts, wenn einem dauernd etwas zustößt.«

»Das erklärt aber nicht, warum du hier bist.«

Ehrlich gesagt, wusste er das selbst nicht so genau. Er kam zwar aus vielen unmöglichen Situationen so gut wie heil wieder heraus, aber so etwas Abgefahrenes wie die Zeit anhalten konnte er deswegen noch lange nicht. Daher blieb ihm nichts anderes übrig, als die ganze Sache so zu erzählen, wie sie tatsächlich abgelaufen war.

»Ich bin mit der Highschool durch, habe aber kein Geld fürs College. An Studieren brauche ich gar nicht denken. Na ja, und plötzlich tauchte Matterson bei uns zu Hause auf, hat mir und meinen Großeltern Prospekte gezeigt, in denen von einer glänzenden Zukunft in der Army gesprochen wurde, und machte mir Aussicht auf einen coolen Job beim Militärgeheimdienst.«

Malcom konnte sich nur allzu gut an das aufregende Gefühl erinnern, das ihn bei diesen Worten durchflutete. Eifrig erzählte er weiter: »Wenn ich mich für sechs Jahre verpflichtete, würde die Army mir danach das College und das anschließende Studium finanzieren. Inklusive aller Kosten und einem Zuschuss zum Lebensunterhalt von dreißigtausend Dollar jährlich.«

»Um was es hier geht, weißt du nicht?«

»Matterson sprach von einem gefährlichen Auftrag. Er sagte, nach einer kurzen Ausbildung würde ich sofort in den Einsatz gehen.«

»Ist irgendetwas an dir besonders? Hast du Fähigkeiten?«

»Ähm … also … zumindest bin ich kein Gott oder Dämon«, antwortete er und versuchte sich an einem Grinsen, das allerdings nicht erwidert wurde. Daher fügte er schnell hinzu: »Der Colonel behauptet, ich hätte das Glück gepachtet, und wenn die Mission etwas ganz sicher brauche, sei es Glück.«

Malcom erwähnte die Tests nicht, die Matterson und seine Wissenschaftler mit ihm durchgeführt hatten. Er wollte vor den anderen nicht wie ein menschliches Versuchskaninchen dastehen. Wenn er schon keine so tollen Fähigkeiten wie Damon oder Wilbur hatte, sollte er wenigstens nicht als Volltrottel und Nerd rüberkommen, der ständig vor seiner eigenen Tollpatschigkeit gerettet werden musste.

Das Mädchen musterte ihn verächtlich von oben bis unten. »Dann bist du vermutlich so etwas wie ein Maskottchen.«

Ganz offensichtlich war das freundliche Gespräch vorbei, und Amanda ging zum pampigen Teil über, aber so wollte sich Malcolm dann doch nicht abfertigen lassen.

»Ich denke nicht, dass Matterson es so meinte«, sagte er möglichst selbstbewusst, um gleich darauf schnell das Thema zu wechseln: »Wisst ihr denn, worum es hier geht?«

»Nein«, sagte Damon. »Nur so viel, dass Matterson uns allen etwas versprochen hat, wenn wir an dieser ominösen Mission teilnehmen. Jeder von uns wurde heute Morgen ohne Erklärung auf diese Insel gebracht. Aber so wie es aussieht, gibt es nachher eine Besprechung, in der uns der Colonel aufklärt, warum wir hier sind.«

Kaum ausgesprochen, ging die Tür zum Schlafsaal auf und die Pilotin trat ein. Sie schaute sich um und sagte: »Wie sieht es denn hier aus? Als hätte eine Bombe eingeschlagen … Räumt das bloß auf oder der Colonel kriegt einen Schlaganfall. Hat da was gebrannt? Hier riecht es so komisch.«

»Das sind Wilburs Socken«, meinte Damon. »Er trägt sie schon eine Weile.«

Malcom konnte sich ein Grinsen nicht verkneifen. Die Pilotin schien das alles andere als witzig zu finden.

»Dann muss er sie noch weiter tragen. In zwei Minuten beginnt die Besprechung, also folgt mir.«

2

Der Raum erinnerte an ein Klassenzimmer. Es gab eine Schreibtafel, ein Flipchart und ein halbes Dutzend Stühle aus hartem grauem Plastik. Auf einem davon saß Matterson und sah ihnen neugierig entgegen, als sie nacheinander in das Zimmer traten. Malcom öffnete seine Jacke und blieb neben der Tür stehen. Alle anderen machten es ebenso. Matterson grüßte sie freundlich. Er trug eine dunkelgrüne Uniform, die seine schlanke Gestalt noch dünner aussehen ließ. Die an den Schläfen grau gewordenen Haare waren kurz geschoren, ließen sein jungenhaftes Gesicht aber nicht hart wirken. In den dunklen Augen lagen Neugierde und Erwartung. Er erhob sich und breitete die Arme aus.

»Kommt bitte herein und nehmt Platz.« Matterson wartete, bis das Stühlerücken ein Ende fand, dann begann er: »Das hier ist die Insel Attu auf den Aleuten. Sie ist unbewohnt und liegt im Pazifik. Früher hat hier die *United States Coast Guard* eine Station unterhalten, aber die Männer sind längst abgezogen. Die Insel ist für unser Vorhaben ideal. Hier werden wir euch in den nächsten Wochen für eine Mission ausbilden, die von großer Bedeutung ist.«

»Worum geht es?«, fuhr Wilbur harsch dazwischen.

»Langsam. Lasst mich von vorn anfangen«, sagte der Colonel. »Sonst versteht ihr den Zusammenhang nicht.

Bis vor drei Jahren war es meine Aufgabe, bei der Armee per Satellit Truppenbewegungen in China zu beobachten, aber als ich mich am zwölften August zweitausendsiebzehn an meinen Arbeitsplatz setzte, war meinem Überwachungsfeld ein mir unbekannter Überwachungssatellit zugeschaltet, ein altes Modell, das laut meinem Vorgesetzten, General Watkins, nicht mehr benutzt wird. Ich wollte schon umschalten und zu meiner eigentlichen Aufgabe zurückkehren, aber ich hatte eine Ahnung, dass hier etwas Außergewöhnliches geschehen würde.« Matterson machte eine bedeutungsschwangere Pause, bevor er fortfuhr: »Ihr müsst wissen, dass ihr nicht die Einzigen seid, die über spezielle Fähigkeiten verfügen.«

Malcom war überrascht und blickte die anderen an, denen es ebenso zu ergehen schien. Damit hatte offenbar niemand gerechnet. Doch bevor irgendjemand etwas erwidern konnte, sprach Matterson einfach weiter.

»Ich habe die Gabe der Ahnung, das heißt, ich erkenne die Wahrheit hinter Dingen und kann Ereignisse vorausahnen. Nicht alles und auch nicht immer gezielt, aber die Army denkt, es wäre hilfreich dabei, euch für diese Mission auszubilden.«

»Können Sie jetzt endlich zum Punkt kommen? Ich will verdammt noch mal wissen, zu was ich mich eigentlich bereit erklärt habe?« Amandas Geduld war offenbar am Ende, doch Matterson ließ sich nicht aus der Ruhe bringen.

»Nun gut, zurück zu den Ereignissen im August zweitausendsiebzehn. Ich beobachtete mehrere Stunden diesen abgelegenen Teil der Beringsee, in dem außer Wasser und einer alten Ölplattform nichts zu sehen war. Irgendwann fiel mir auf, dass das Bild flackerte, verschwamm oder sich verzerrte. Ein unbekanntes Energiefeld, dessen Ursprung nicht auszumachen war, bildete sich um die Plattform.

Zunächst schien das Feld inaktiv zu sein, aber nach vierundzwanzig Stunden fing es an, sich zu vergrößern. Wir entsandten ein Spezialteam, das nach seiner Rückkehr von seltsamen Beobachtungen berichtete, davon, dass alles Leben, das sich im Umkreis des Feldes befand, regelrecht aufgesaugt wurde und spurlos verschwand.

Das Feld sendet ein für menschliche Ohren nicht wahrnehmbares Signal aus, das dafür sorgt, dass sich ganze Fischschwärme, Wale und Delfine aufmachen, diesem Signal zu folgen, nur um dann in dem Energiefeld zu verschwinden.«

Malcom holte tief Luft. Was Matterson da sagte, war unglaublich. Er blickte zu den anderen, auch ihnen war die Verblüffung ins Gesicht geschrieben. Selbst Jenny zeigte eine deutliche Reaktion. Sie hatte sich vorgebeugt und den Mund geöffnet, als wolle sie etwas sagen, aber kein Laut kam heraus.

Matterson sprach nach einer kurzen Pause weiter: »Das allein wäre dramatisch genug, aber bald darauf stellte man durch Energiemessungen fest, dass sich das Feld beständig ausdehnt. Berechnungen zufolge umschließt es in dreißig Jahren die ganze Erde, aber schon zehn Jahre zuvor wird das Meer ohne Fische sein und somit die Lebensgrundlage eines Großteils der Erdbevölkerung zerstört.«

Das wird ja immer besser, dachte Malcom und spürte, wie sich sein Magen in einen Stein verwandelte. Wo war er da hineingeraten?

»Wir wissen nicht, wer oder was dieses Energiefeld erzeugt. Mehr als Vermutungen gibt es nicht, denn alle Versuche, das Phänomen zu untersuchen, scheiterten.

Keine der ausgebrachten Sonden sandte Signale. Spezialeinheiten der Armee und der Marine sind im Energiefeld verschwunden und niemals wieder aufgetaucht. Der Kontakt zur Bohrinsel ist schon lange davor abgebrochen.

Die Air Force hat versucht, das Feld zu sprengen, es mit

Raketen anzugreifen, alles sinnlos. Im Gegenteil: Anscheinend hat die energetische Kraft das Feld gestärkt und dafür gesorgt, dass es sich noch schneller ausdehnt.

Der Präsident der Vereinigten Staaten hat nun einem letzten Versuch zugestimmt, das Rätsel zu lösen. Sollten wir erneut scheitern, wird eine Atombombe über dem Energiefeld gezündet. Davor warnen allerdings die Wissenschaftler, denn es besteht die Möglichkeit, dass sich das Feld durch die Energie der Bombe sprunghaft erweitert.«

»Und was haben wir damit zu tun?«, fragte Wilbur gewohnt knapp.

»Ja, das ist eine interessante Frage«, pflichtete ihm nun auch Damon bei.

»Das kann ich euch sagen: Als letzte und einzige Chance schicken wir euch durch das Energiefeld. Jeder von euch hat außergewöhnliche Fähigkeiten und ist so viel wert wie eine ganze Armee. Mit der richtigen Ausbildung habt ihr die Chance, die Quelle des Energiefeldes zu finden und zu zerstören. Nur so können wir die Katastrophe verhindern!«

Totenstille trat ein. Niemand wagte, auch nur zu atmen. Malcom war speiübel.

Na, herzlichen Glückwunsch. Fünf Jugendliche, von denen die meisten aussehen, als hätten sie genug Probleme mit sich selbst, sollen die Welt retten? Ich kann mir die meiste Zeit ja nicht mal selbst helfen …

»Wenn ihr Fragen habt, ist jetzt der Zeitpunkt gekommen, sie zu stellen.«

Amanda lachte. »Die wichtigste Frage von allen: Sind Sie verrückt?«

Matterson blickte sie ruhig an. »Du glaubst mir nicht?«

Sie verzog das Gesicht. »Diese Horrorgeschichte vom

Weltuntergang? Doch. Sie haben uns sicher nicht hierhergebracht, um uns irgendwelche Märchen aufzutischen. Aber warum zur Hölle glauben Sie, wir machen bei so einer verrückten Sache mit?«

Matterson blieb völlig ungerührt. »Nun, jeder von euch hat seine eigene Vorgeschichte und ist aus einem bestimmten Grund hier. Freiwillig, wie ich betonen möchte. Amanda, vielleicht erinnerst du dich an unser Gespräch auf dem fünften Revier in New York City. Ich habe dir ein Versprechen gegeben, nichts hat sich daran geändert. Wenn du unsere Vereinbarung beenden willst, dann wird dich Sergeantin Haydn noch heute zurück aufs Festland bringen.«

Er nickte zur Pilotin, die unbemerkt den Raum betreten und in einer Ecke Aufstellung genommen hatte.

Amanda zögerte. »Sie haben mir damals nicht gesagt, um was es geht.«

»Aus Gründen der Geheimhaltung, wie du sicherlich verstehst. Was da draußen in der Beringsee vor sich geht, darf auf keinen Fall an die Öffentlichkeit dringen. Eine weltweite Panik wäre die Folge.« Seine dunklen Augen fixierten Amanda. »Aber ich habe immer deutlich gemacht, dass die Sache gefährlich ist.«

»Trotzdem …«

»Wie gesagt, es steht dir frei, uns zu verlassen.«

Alle Augen richteten sich auf die Göttin, die schwieg.

»Gut«, meinte Matterson. »Weitere Fragen?«

»Was passiert als Nächstes? Was machen wir auf dieser Insel im Nirgendwo?«, fragte Damon.

Matterson musterte ihn. »In den nächsten Wochen bekommt ihr eine militärische Grundausbildung und ein Spezialtraining in Sachen Überleben unter extremen Bedingungen. Wir wissen nicht, was euch nach dem Durchschreiten des Energiefelds erwartet, aber wir wollen euch so gut wie möglich darauf vorbereiten.«

»Militärische Grundausbildung? Wenn ich wollte, könnte ich Sie innerhalb eines Sekundenbruchteils töten und müsste dazu nicht einmal vom Stuhl aufstehen.«

»Sicherlich, aber was, wenn du in eine Situation gerätst, in der deine Fähigkeiten nicht funktionieren, was tust du dann? Dann wäre es wahrscheinlich klug, sich ein wenig im Nahkampf und mit Waffen auszukennen. Außerdem helfen dir deine dämonischen Fähigkeiten nur beim Töten, aber nicht beim eigenen Überleben. Ich denke, du weißt, worauf ich hinauswill.«

Waffen? Nahkampf? Tödliches Energiefeld? Malcom hörte zwar zu, war aber nicht in der Lage, einen klaren Gedanken zu fassen. Das alles war zu viel auf einmal. Zuerst erfuhr er, dass es Götter und Dämonen gab, und jetzt sollte er einfach so durch ein mysteriöses Energiefeld spazieren, um die Menschheit zu retten? Mit der Aussicht, dass er vielleicht nie wieder daraus zurückkäme? Träumte er? Passierte das gerade wirklich?

»Was genau sollen wir tun, nachdem wir das Energiefeld betreten haben?«, mischte sich nun auch Jenny in die Unterhaltung ein. Dabei versuchte sie, ihre Metallseite, so gut es ging, hinter ihren Haaren zu verstecken.

»Es gibt dieses Energiefeld, also muss es eine Quelle der Energie geben, eine Maschine, ein Kraftwerk, irgendetwas in der Art. Eure Aufgabe ist es, diese Quelle zu finden und zu zerstören. Wir glauben, dann bricht das Feld zusammen.«

»So weit waren wir schon vor zwei Minuten«, sagte

Amanda. »Aber vielleicht erklären Sie uns mal, wie wir das anstellen sollen. Was soll diesmal anders laufen?«

»Durch eure Fähigkeiten stellt ihr die größte Macht dar, die wir einsetzen können. Ihr seid unsere letzte Chance, aber die beste, die wir jemals hatten. Diesmal versuchen wir es nicht auf konventionelle Weise, indem wir Menschen mit Waffen durch das Energiefeld senden. Nein, diesmal schicken wir Menschen hindurch, *die Waffen sind!*« Matterson blickte eindringlich in die Runde. »Unsere Hoffnung beruht darauf, dass Amanda die Gegner unter ihren Einfluss bringt, Wilbur die Zeit anhält, Jenny alle ausschaltet, die sich euch in den Weg stellen, und Damon mit seiner dämonischen Kraft die Energiequelle zerstört.«

»Und was ist mit ihm?«, fragte Amanda und nickte in Malcoms Richtung. Er zuckte automatisch zusammen.

Matterson lächelte sanft. »Darüber sprechen wir später.«

Augenblicklich erleichtert, entspannte sich Malcom etwas. Mehr könnte er im Moment sowieso nicht ertragen.

»Jetzt erkläre ich euch den Ablauf der nächsten Tage.« Er faltete die Hände. »Zunächst müssen wir feststellen, wie es um eure Fitness bestellt ist. Weiterhin wollen wir herausfinden, wer von euch welche Fähigkeiten im waffenlosen Kampf besitzt, und wir machen einen Eignungstest, um herauszufinden, ob ihr eure Fähigkeiten vernünftig im Team einsetzen könnt. Sollte das nicht der Fall sein, wäre jede Ausbildung sinnlos. Die Armyführung hat angeordnet, die Mission sofort abzubrechen, wenn ihr diesen Test nicht besteht. Der Präsident will in diesem Fall die Option mit den Atomwaffen ins Auge fassen, denn eine weitere Zeitverschwendung können wir uns nicht leisten. Ich bin mir aber sicher, dass der Test von euch erfolgreich gemeistert wird, also mache ich mir darüber keine Gedanken, und das solltet ihr auch nicht.«

»Und wenn wir nicht geeignet sind?«, fragte Jenny. »Was geschieht dann mit uns?«

»Darüber reden wir, wenn es so weit ist.«

Das Abendessen war schweigend verlaufen, und sie marschierten zu ihrer Unterkunft. Amanda dachte darüber nach, was Matterson ihnen gerade erzählt hatte. Die Welt retten? Das war doch Bullshit und davon war nicht mit einem Wort die Rede gewesen, als der Colonel sie dazu überredet hatte, an einer gefährlichen Mission teilzunehmen. Dass hier war mehr als nur gefährlich und mal ehrlich, was ging sie die Welt an? Hinzu kam, dass sie nicht glaubte, fünf Jugendliche, besondere Fähigkeiten hin oder her, könnten es mit so einer Situation aufnehmen. Die komplette Army hatte mit ihrem gigantischen Waffenarsenal versagt. Es war ihnen nicht gelungen, das Energiefeld zu zerstören, ja nicht einmal zu beschädigen und da sollten fünf Personen den Unterschied ausmachen? Sie lachte bitter. Nein, nicht mit ihr. Jetzt, da sie wusste, um was es bei dieser Aktion ging, war für sie klar, dass das Ganze ohne sie stattfinden musste.

Ich bin doch nicht bescheuert.

Aber vielleicht war es eine gute Idee, die Sache nicht allein durchzuziehen. Sie konnte Hilfe gebrauchen.

Sie ließ sich zurückfallen und gab Damon ein Zeichen, sich ebenfalls Zeit zu lassen.

»Was ist?«, fragte er.

Amanda sah ihn aufmerksam an. Der Typ sah unverschämt gut aus mit seinen silbernen Haaren und den eisgrauen Augen.

»Ich muss mit dir reden«, sagte sie leise. »Die anderen brauchen nicht mitbekommen, worüber.«

Damon nickte bloß.

»Was hältst du von der ganzen Sache?«

»Was meinst du?«

»Die Mission, dass wir ein Energiefeld zerstören sollen, dessen Quelle niemand kennt. Und von den anderen drei? Ehrlich, was Matterson an diesem Schwachkopf Malcom findet, ist mir sowieso ein Rätsel ...«

»Ich denke, da gibt es nicht viel zu sagen. So wie es aussieht, steht die Welt vor dem Abgrund, und wir sollen sie retten.« Er grinste.

»Was daran ist bitte schön lustig? Vielleicht kehren wir nicht zurück und stecken für alle Ewigkeit in einem beschissenen Paralleluniversum oder so was fest? Wenn's blöd läuft mit einem Haufen Bekloppter? Hast du wirklich Lust darauf, deine Unsterblichkeit dafür zu verschwenden?«

»Matterson hat dir vorhin die Möglichkeit gegeben auszusteigen. Warum hast du sie nicht genutzt?«

Na super, eigentlich hatte sie gehofft, in Damon einen Verbündeten zu finden, aber da hatte sie sich wohl getäuscht.

»Du glaubst im Ernst, nach dem, was wir jetzt alles wissen, lässt man uns so einfach gehen?«, fuhr Damon fort. »Wenn etwas von der Sache an die Öffentlichkeit dringt, ist die Hölle los. Dass der Präsident Atomwaffen einsetzen will, wird zu weltweiten Protesten führen. Von den Russen und den Chinesen ganz zu schweigen. Nein, wir kommen hier nicht weg, solange das Energiefeld existiert. Abhauen ist keine Option. Lass es mich deutlich sagen: Wir haben keine Alternativen. Wenn diese Welt vor die Hunde geht, gehen wir mit unter. Oder hast du einen Ersatzplaneten?«

»Mann, ich wollte doch bloß mit dir darüber reden, hören, was du über diese ganze Scheiße hier denkst.«

»Na, nun weißt du es ja. Ist damit diese kleine Unterhaltung beendet?«

Damon wollte sich abwenden, aber Amanda fasste nach seiner Schulter. »Da ist noch etwas anderes.«

»Ja?«

Auch wenn Damon ihre Meinung gegenüber der ganzen Mission scheinbar nicht teilte, musste sie sich jemandem anvertrauen. Sonst würde sie noch durchdrehen. Und ein Dämon war immer noch besser als ein kleinkrimineller Tätowierter oder ein absoluter Vollnerd.

»Irgendetwas stimmt mit meinem Gedächtnis nicht. Seit wir heute Morgen auf der Insel angekommen sind, kann ich mich kaum noch an die Vergangenheit erinnern. Es ist, als würde alles im Nebel verschwimmen. Das macht mich verrückt.«

Bei den Worten wurde Damon hellhörig. »Bei mir ist es ähnlich. Aber ich habe das auf die ungewöhnliche Situation zurückgeführt und mir nichts weiter dabei gedacht, aber jetzt, wo du es erwähnst … Es ist so, als würde sich alles zu einem zähen Brei vermischen.«

»Dir geht es also genauso?« Erleichterung durchfuhr sie, gleichzeitig aber auch Sorge.

»Vielleicht hat es mit dieser sonderbaren Mission zu tun. Oder an der Insel selbst. Das hier könnte ein besonderer Ort sein. Ein Ort, an dem sich mächtige Kraftlinien der Erde kreuzen.«

»Ich glaube nicht an diesen Hokuspokus, das sind doch bloß dämonische Verschwörungstheorien. Und außerdem, was hätte das mit unserem Erinnerungsvermögen zu tun?«

»Keine Ahnung.« Damon verdrehte genervt die Augen. »War nur so eine Idee.«

Wilbur tauchte in der Tür auf und blickte sie überrascht an. »Äh, lasst euch nicht stören, ich muss nur mal aufs Klo.«

»Danke für die Info«, rief Amanda ihm hinterher. »Was für ein Idiot …«, setzte sie leise hinzu.

»Weißt du, was ich nicht verstehe?«, flüsterte Damon, nachdem Wilbur um die Ecke verschwunden war.

Amanda sah ihn fragend an.

»Seine Tätowierungen, sie kommen mir irgendwie bekannt vor, aber da man nie mehr als sein Gesicht oder seine Hände sieht, kann ich nicht sagen, was mich daran so beunruhigt. Ich habe echt Schwierigkeiten, etwas auf die Reihe zu kriegen, was in der Vergangenheit liegt, aber ich komme noch dahinter.« Damit drehte er sich um und ging zu ihrem Zimmer.

Amanda blieb verwirrt zurück und sah ihm hinterher. Der Typ hatte sie tatsächlich einfach stehen lassen.

What the fuck!

3

Am nächsten Morgen stand Wilbur draußen vor dem Gebäude mit ihrem Schlafsaal neben Jenny und beobachtete, wie die Pilotin Damons Uniform begutachtete. Offensichtlich zufrieden ging sie weiter zu Amanda, die absichtlich an ihr vorbeischaute. Haydn sagte nichts dazu und stellte sich vor Malcom Floyd.

»Ich hätte nicht gedacht, dass man es schafft, Army-Kampfstiefel falsch zu binden, aber du hast es hinbekommen, mein Kompliment.« Die Sergeantin sah Malcom ernst an. »In dreißig Sekunden ist das vorschriftsmäßig oder es geht heute Abend ohne Essen ins Bett.« Dann begann sie zu lachen, und die anderen stimmten mit ein. Selbst Wilbur zog einen Mundwinkel amüsiert nach oben. Auch wenn er es nie zugegeben hätte, das tat gut und löste die angestaute Spannung.

Malcom wurde rot wie das Tuch eines Stierkämpfers und bückte sich hektisch, während Haydn weiterschritt, Jenny anerkennend zunickte, nur um dann vor Wilbur stehen zu bleiben.

»Das sieht merkwürdig aus«, stellte sie stirnrunzelnd fest. »Alles ist korrekt, aber nichts sitzt richtig. Darf ich?«

Wilbur zögerte, nickte dann aber. Er war es nicht gewohnt, dass Leute um seine Erlaubnis baten, bevor sie ihn anfassten. Im Knast und in den Waisenhäusern ging es anders zu …

Haydn griff mit beiden Händen nach seinem Hemd, zog und ruckelte daran, bis sie ihm den Stoff schließlich in seine Kampfhose stopfte. »Geht doch. Sieht immer noch nicht wie bei einem echten Soldaten aus, aber mit dem Anblick kann ich leben.«

Wolken jagten über den trüben Himmel und trieben mächtige Regenschauer heran.

Wilbur fror, mehr als damals im dunklen Keller des Waisenhauses, in den man ihn zur Bestrafung gesperrt hatte. Der scharfe Wind fuhr unter seine Uniform und ließ ihn zittern. Neben ihm wirkte Malcom wie ein Häufchen Elend. Er hatte den Kopf eingezogen und die Arme um den schmalen Körper geschlungen.

Hinter Malcom stand Jenny. Ungerührt von der schneidenden Kälte starrte sie stur geradeaus. Amanda befand sich direkt daneben und wirkte ebenso gelangweilt wie Damon. Den dreien schien die eisige Temperatur nichts auszumachen.

Wilbur dachte an gestern Abend zurück, als er Amanda und Damon auf dem Flur begegnet war. Er musste wirklich aufs Klo, aber hauptsächlich wollte er alleine sein, um den Kopf freizubekommen. Außerdem hatte er darüber nachdenken wollen, was Matterson ihnen da aufgetischt hatte. Die Geschichte klang aberwitzig, aber glaubhaft. Vor allem aber klang sie gefährlich. Er wollte in Ruhe seine Optionen durchgehen und was das Ganze für ihn bedeutete, als er über Amanda und Damon gestolpert war. Die beiden hatten überrascht gewirkt, und er fragte sich, über was sie sich wohl unterhalten hatten. Fest stand: Er kannte keinen einzigen seiner neuen Teammitglieder, sie waren Fremde. Und genau so sollte er sie auch behandeln. Am besten, er hielt möglichst viel Abstand, bis er sich ein genaueres Bild von jedem Einzelnen gemacht und entschieden hatte, ob er an der Mission teilnehmen würde oder nicht. Sollte Matterson ruhig glauben, dass er die Lage auf dieser einsamen Insel im Nirgendwo im Griff hatte. Für einen Jungen, der die Zeit anhalten konnte, gab es immer Optionen.

Wilburs Blick wanderte zu den wolkenverhangenen, moosgrünen Hügeln, die sich nicht weit entfernt von der Station erhoben. Düster reckten sie sich dem Himmel entgegen.

»Welch herrlicher Tag«, meinte Haydn nun fröhlich. »Und genau das richtige Wetter, um ein wenig Frühsport zu treiben und herauszufinden, wie fit ihr seid.«

Alle stöhnten leise auf.

»Wir werden heute die Küste entlang nach Navy Town joggen und dann einen großen Bogen machen, die hinter mir liegenden Hügel überqueren und zur Station zurückkehren.« Sie blickte auf die Armbanduhr an ihrem Handgelenk. »Bis zum Frühstück sollten wir wieder hier sein.«

»Echt jetzt?«, fragte Amanda. »Muss das sein? Wir sollen bei dem beschissenen Wetter durch die Gegend laufen?«

Haydn lächelte sie an. »Wir wollen doch, dass ihr gerüstet seid für die Mission. Außerdem haben ein wenig Bewegung und frische Luft noch niemandem geschadet. Also hört jetzt auf zu meckern und folgt mir.«

Sie winkte auffordernd und trabte voraus. Wilbur stand direkt neben Amanda, als Damon zu ihr sagte: »Angst um die Frisur, Prinzessin?«

Amanda, die anscheinend gerade loslaufen wollte, wandte sich ihm zu. »Schau mal.« Sie zeigte ihm den Mittelfinger. »Neues Zeichen aus der Gebärdensprache. Heißt ›Fick dich‹!«

Ohne ein weiteres Wort rannte sie los.

Damon wandte sich an Wilbur. »Ich glaub, sie mag mich.«

Wilbur starrte ihn sprachlos an. Das hier war kein Team, sondern so etwas wie eine Reality Soap mit lauter Verrückten, die sich alle nicht leiden konnten. Selbst in *The Big Bang Theory* waren die Leute normaler.

Vielleicht hätte er doch lieber im Knast bleiben sollen.

Sie liefen noch keine halbe Stunde, dennoch war Wilbur jetzt schon fix und fertig. Trotz der Kälte und dem beißenden Wind schwitzte er wie ein Wahnsinniger. Sein Atem kam keuchend, sein Herz hämmerte in der Brust. Verdammt, er hätte mehr Sport treiben sollen. Doch im Knast hatte er keinerlei Lust gehabt, sich mit den ganzen Muskelbergen um eine Hantel zu streiten.

Damon, Amanda und Jenny zeigten keinerlei Ermüdungserscheinungen, sondern hielten locker Haydns Tempo mit. Die Göttin und der Dämon rannten leichtfüßig, als bereite ihnen das Ganze keinerlei Anstrengung. Jenny pflügte regelrecht durch die Landschaft. Einzig Malcom schien es noch schlechter als ihm selbst zu ergehen. Der bleiche Junge schnaufte schwer, sein Atem machte dabei pfeifende Geräusche. Die dunklen Haare waren klatschnass, was nichts mit dem aufgekommenen Nieselregen zu tun hatte, der unablässig vom Himmel fiel. Trotzdem hielt Malcom durch – obwohl er von oben bis unten voll mit Matsch war, nachdem er gleich am Anfang ausgerutscht und mit dem Kopf voran in eine riesige Schlammpfütze gestolpert war. Man konnte nicht anders, als Mitleid mit ihm zu haben. Trotzdem, hier musste jeder auf sich selbst achten.

Sie erreichten die Hügelkette und machten sich daran, diese im schnellen Marschtempo zu erklimmen.

Silberne Flecken tanzten vor Wilburs Augen, und er konnte kaum noch etwas sehen, als sie endlich den flachen Gipfel erreicht hatten.

Auf der anderen Seite ging es steil nach unten. Jetzt hatte er große Mühe, nicht auszurutschen. Zudem schmerzten seine Knie, als hätte jemand heiße Nägel hindurchgetrieben.

Haydn schritt unermüdlich vorneweg und folgte einem kaum sichtbaren Trampelpfad. Zumindest rannte sie jetzt nicht mehr, sondern achtete ebenfalls auf ihre Schritte. Amanda, Jenny und Damon folgten. Hinter den beiden stolperte Malcom regelrecht ins Tal. Wilbur war der Letzte in der weit auseinandergezogenen Reihe.

Irgendwann ließ Jenny sich neben ihn zurückfallen. Wilbur starrte stur geradeaus, im Augenblick hatte er wenig Lust auf Gesellschaft.

»Haydn meinte, ich solle ganz nach hinten … falls wer verloren geht«, brach Jenny schließlich das Schweigen. »Und?«, fragte sie vorsichtig. »Geht's gut?«

»Ich … ich … ach, scheiß drauf.« Ihm war klar, dass sie es nur gut meinte, aber Small Talk konnte er im Moment überhaupt nicht gebrauchen.

»Durchhalten. Du bist stärker, als du aussiehst. Fehlt nur noch ein Superheldenkostüm mit einem großen ›W‹ auf der Brust.« Sie lachte leise auf, und Wilbur stellte fest, dass er es mochte. Er grinste ebenfalls, und gleich ging es ihm ein wenig besser.

Die nächsten Minuten liefen sie schweigend nebeneinander her. Wilbur konnte keinen weiteren Atem für Gespräche verschwenden, und Jenny schien ihre Wörter für diesen Tag verbraucht zu haben. Das war angenehm, und er musste zugeben, dass ihre Gesellschaft erträglicher war als die der anderen.

Inzwischen hatten sie die Hügel hinter sich und trabten in gemächlichem Tempo an den steilen Klippen entlang, die rechts von Wilbur dreißig Meter in die Tiefe fielen. Hier an der Küste wehte der Wind stärker und trieb ihm Regen in die Augen.

Obwohl er fix und fertig war und kaum etwas sehen konnte, versuchte er, Jenny unbemerkt zu betrachten.

Ihre blonden, zum Pferdeschwanz gebundenen Haare lagen eng am Kopf, sodass ihr zartes menschliches Gesicht mit den schön geschwungenen Lippen zur Geltung kam. Da sie links neben ihm lief, blieb ihm ihre metallene Körperseite verborgen, und sie wirkte wie ein ganz normales Mädchen …

Noch während er in ihren Anblick vertieft war, rutschte mit einem Mal sein Fuß weg. Wilbur verlor das Gleichgewicht. Er kippte mit den Armen rudernd nach rechts über den Klippenrand und wusste, dass er einen Absturz nicht verhindern konnte. Sein Blick fiel in die Tiefe auf die schäumenden Wogen, die gegen die Felsen brandeten. Dort unten würde sein Körper zerschmettert werden. In diesem Sekundenbruchteil überkam ihn eine Ruhe, wie er sie nie zuvor gespürt hatte, und er schloss die Augen. Er war bereit.

Plötzlich jedoch spürte er, wie etwas ihn am Arm packte. Eine Stahlschraube schien sein Handgelenk zu umklammern, hielt ihn fest, zog ihn in Sicherheit zurück.

Wilbur öffnete die Lider und blickte direkt in Jennys blaue Augen. Sein Mund öffnete sich, aber er brachte kein Wort heraus, starrte sie nur an.

»Du solltest besser aufpassen, wohin du trittst«, sagte sie mit einem scheuen Lächeln, dann ließ sie ihn los. Wilbur sackten die Beine weg, und er fiel auf die Knie. Sein Handgelenk war stark gerötet und schmerzte, als hätte jemand mit einem Hammer daraufgeschlagen. Er war dem Tod so nah gewesen. Ohne Jenny …

»Danke«, sagte er leise.

»Kein Problem«, meinte Jenny und blickte zu Boden. »Kannst du aufstehen?«

Die drei anderen und Haydn hatten angehalten.

Wilbur hob eine Hand über seinen Kopf. Ein Zeichen, dass er weitermachte. Die Pilotin rief etwas, aber was es war, konnte er gegen den Wind nicht verstehen. Mühsam rappelte er sich auf.

»Alles okay?«, fragte Jenny dann.

Seine Knie zitterten wie verrückt. Er versuchte sich an einem Grinsen und wusste, dass es kläglich wirkte.

»Klar doch. Joggen wird mein neues Hobby … Nein, im Ernst, ohne dich läge ich jetzt da unten.« Er deutete in die Tiefe. »Vielleicht wäre das sogar gut gewesen, denn dann muss ich all den Mist nicht auf mich nehmen, der vor uns liegt.«

»Du meinst die Mission?«, fragte sie.

»Was sonst?«

»Klingt ziemlich verrückt, was uns Matterson da erzählt hat«, meinte Jenny.

»Ich denke, er sagt die Wahrheit, aber genau das ist ja das Problem. Wenn alles stimmt, was er uns sagt, warten große Gefahren auf uns, wir werden mit Sicherheit bei dem Versuch die Quelle des Energiefeldes zu finden draufgehen und eigentlich habe ich keinen Bock, jetzt schon zu sterben.«

»Haben wir denn eine andere Wahl?«, fragte Jenny. »So, wie ich das sehe, steht die Menschheit kurz vor ihrer Auslöschung. Sollte es nicht gelingen, das Energiefeld zu zerstören, wird die Nahrungsgrundlage des ganzen Planeten vernichtet. Katastrophen unvorstellbaren Ausmaßes werden die Folge sein. Hungersnöte, in denen Milliarden sterben werden. Ein gnadenloser Kampf würde um die letzten Ressourcen entfachen. Bei diesen Kriegen würde es nur noch Verlierer und keine Gewinner mehr geben.«

»Du hast dir ziemlich viele Gedanken über diese Sache gemacht.«

»Ich hatte die ganze Nacht Zeit dafür und ich habe mich entschieden, alles für diese Mission zu geben, denn letztendlich haben wir keine Wahl.«

»Du willst die Menschen retten, obwohl es wahrscheinlich Menschen selbst waren, die dir so etwas angetan haben?«

»Ich will leben. Mich erinnern, woher ich komme, wer ich einmal war. Und ich will meine Familie finden, herausfinden, was geschehen ist. Tot ist das nur schwer möglich.«

Jenny lächelte schüchtern, und erneut stellte Wilbur fest, dass er es mochte – aber das war gefährlich, er durfte sich auf niemanden einlassen und schon gar nicht auf andere *ver*lassen. Hier zählte nur er selbst, niemand anderem konnte er vertrauen. Sein ganzes Leben hatte ihn nichts anderes als das gelehrt.

Wilbur betrachtete das Mädchen und spürte, wie seine Mundwinkel hart wurden, seine Gesichtszüge sich verdüsterten. Er sah Jennys verwirrten Blick. Sie schien zu spüren, dass etwas in ihm vorging.

»Was ist?«, fragte sie. »Hast du dir wehgetan?«

»Nein«, sagte er. Besser, er stellte gleich wieder den richtigen Abstand zwischen ihnen beiden her, bevor sie noch auf die Idee kam, ihn zu mögen. Es hatte nichts mit ihr persönlich zu tun, aber es brachte nichts, sich auf irgendetwas wie Freundschaft einzulassen.

»Du kannst mir …«

»Es ist nichts«, unterbrach er sie barsch.

Für einen Moment zögerte Jenny, so als wolle sie noch etwas sagen, dann wandte sie sich um und trabte den anderen hinterher.

Wilbur schaute ihr nach. Es war besser so.

4

Malcom schlotterten noch immer kraftlos die Knie vom morgendlichen Lauf, der ihn an den Rand der Erschöpfung getrieben hatte. Zwar hatte er sich nach dem Frühstück und der anschließenden zweistündigen Ruhepause etwas erholt, aber er ahnte, dass seine Kraft nicht ausreichen würde, um ernsthaft und konzentriert beim Kampftraining mitzumachen. Wahrscheinlich würde er nach fünf Minuten umkippen.

Malcom warf einen Blick auf Wilbur, der auch keinen guten Eindruck vermittelte. Mit bleichem Gesicht und hängendem Kopf stand er da und schaute weder nach links noch nach rechts.

Nun waren sie hier in dieser nackten, kalten Halle, die eigentlich nur ein weiteres flaches Gebäude der Station war, das wie alle anderen nach Motoröl und Benzin roch.

Mattersons Männer schleiften sich selbst aufblasende Matten herein, die sie auf dem Boden ausbreiteten, bis eine etwa vier mal vier Meter große Kampffläche entstand, die offensichtlich dafür sorgen sollte, dass sich keiner beim Fallen auf den harten Boden verletzte. Malcom vermutete nichts Gutes und bekam allein beim Anblick der *Kampfarena* eine Gänsehaut am ganzen Körper.

Als alles bereit war, stellten sich die Männer in einer Reihe auf, direkt der Reihe gegenüber, die er und die anderen bildeten.

Fünf gegen fünf. Vier Männer und eine Frau. So sah die Sache aus.

Matterson kam mit Haydn herein. Sein Gesicht war offen und freundlich, als er beide Seiten lächelnd musterte.

»Heute beginnt euer Kampftraining. Einige von euch haben bereits Erfahrung im Nahkampf, andere nicht.« Er sah erst Wilbur, dann Malcolm an. »Ich weiß natürlich, dass ihr außergewöhnliche Fähigkeiten habt, die euch in die Lage versetzen, jeden Normalsterblichen im Handumdrehen auszuschalten, selbst wenn er bewaffnet sein sollte. Aber möglicherweise geratet ihr in Situationen, in denen ihr eure Kräfte nicht einsetzen könnt. Daher sind Sergeantin Haydn und ich der Meinung, ein wenig Kampftraining könnte nicht schaden. Im Lauf der nächsten Tage werden wir natürlich den Schwerpunkt auf eure Fähigkeiten legen und euch weiter für den Einsatz als Team ausbilden.«

Haydn fuhr fort: »Euch gegenüber stehen die besten Kämpfer, die die Army aufbieten kann. Natürlich wollen wir nicht, dass ihr verletzt werdet, und ihr sollt auch niemanden verletzen. Darum tragen alle Körperwesten, Kopfschutz, Fuß- und Faustschutz. Bitte nehmt das Training dennoch ernst, wir müssen wissen, was ihr draufhabt. Unsere Leute sind angewiesen, nicht zimperlich zu sein, also wehrt euch, so gut ihr könnt.«

Malcom fühlte eine sonderbare Schwäche durch seinen Körper fließen, während er sich umzog. Körperliche Auseinandersetzungen waren noch nie sein Ding gewesen. In der Grundschule hatte er sich einmal mit einem Jungen geprügelt und war komplett untergegangen. Am liebsten hätte er sich irgendwo in einer Ecke verkrochen, aber das war wohl nicht drin.

Er begann zu schwitzen. Seine Hände zitterten. Er spürte die Angst in seine Adern kriechen, aber da war noch etwas anderes. Etwas, das immer bei ihm war und Trost spendete. Sein toter Zwillingsbruder. Wie bei *Ghost in the Shell.*

Niemals zuvor hatte ein Filmtitel besser ausgedrückt, wie es ihm ging. Nur war es bei ihm umgekehrt zur Hauptfigur Motoko. Ihr Geist lebte in einem anderen Körper, in seinem Körper ein anderer Geist.

Ich bin allein und bin es nie gewesen. Mein Bruder ist immer bei mir. Auch jetzt. In diesem Moment.

Matterson begann, ihnen ihre Gegner vorzustellen. Er deutete auf den ersten Soldaten in der Reihe.

»Sergeant Kevin Geer, Jennys Gegner, ist Olympiaringer im Freistil, aber auch mit allen anderen Kampfsportarten vertraut.«

Malcom hielt die Luft an. Der Typ war fast zwei Meter groß und wog sicherlich drei Zentner. Malcom warf heimlich einen Blick zu Jenny, aber die blickte ungerührt geradeaus. Es wirkte nicht, als mache sie sich Sorgen – wahrscheinlich musste sie das mit ihrem Metallkörper auch nicht.

Matterson war inzwischen einen Schritt in der Reihe weitergegangen. »Soldat Joshua Wendell, vierfacher US-Meister im Shotokan Karate, zweifacher US-Meister in den offenen Disziplinen. Amanda wird gegen ihn kämpfen.«

Dann schritt er zu der kleinsten Person im Raum. Der Frau.

Hoffentlich wird sie mein Gegner, dachte Malcom. Irgendwie hatte er die Vorstellung, dass eine Frau nicht ganz so hart zuschlagen würde und vielleicht auch etwas Mitleid zeigte.

»Unteroffizierin Sylvia Hembsworth kämpft gegen Damon. Sie ist Weltmeisterin im Vollkontakt Tae Kwon Do. Seit drei Jahren ungeschlagen.«

Mist. Malcom sah Damons Lächeln. Offensichtlich glaubte auch er, leichtes Spiel mit einem weiblichen Gegner zu haben.

Wilburs Sparringspartner war ein kräftig gebauter Typ mit breiten Schultern.

»Soldat Thomas Miller ist Meister in Mixed Martial Arts und Ju-Jutsu-Spezialist. Er hat ein paar Dinge drauf, da wird einem schon beim Zusehen mulmig.« Ein Rottweilerlächeln erschien auf Mattersons Gesicht.

»Kommen wir zu Malcoms Gegner.« Malcom zuckte bei der Erwähnung seines eigenen Namens unwillkürlich zusammen.

Matterson deutete auf einen mittelgroßen Mann von schlanker Statur. »Soldat John Peter Hemley, vierfacher Army-Meister im Boxen, hat bisher noch jeden Gegner auf die Matten geschickt. Malcom, das wird ein ordentliches Stück Arbeit, gegen ihn zu bestehen. Wenn du eine Runde durchhältst, wäre das ein großer Erfolg für dich.«

Malcom hätte sich am liebsten an Ort und Stelle übergeben. Ausgerechnet einen Boxer als Gegner, das hieß bestimmt, voll auf die Mütze kriegen.

Matterson schien seine Gefühlslage nicht zu bemerken oder er ignorierte sie schlichtweg.

»Nehmt jetzt eure Sparringsausrüstung und legt sie an. Den ersten Kampf bestreiten Amanda und Soldat Wendell.«

Malcom hatte einige Schwierigkeiten, die Fuß- und Faustschützer anzulegen, aber danach fühlte er sich etwas besser. Um seinen Oberkörper spannte sich jetzt eine stabile Weste, die ihm von der Hüfte bis zum Hals reichte. Auf seinem Kopf saß ein Schaumstoffhelm mit Lederbezug, der beide Gesichtsseiten und den Hinterkopf bedeckte. Da sein Gegner ebenso wie er geschützt war, würden sie sich wohl nicht allzu wehtun.

Genau ... Malcom schüttelte den Kopf. Wie kam er bloß

auf diesen Gedanken? Er konnte froh sein, wenn er den Soldaten in zwölf Runden auch nur einmal berührte.

Matterson gab den Befehl, der Amanda und ihren Gegner zur Mitte der Kampffläche rief. Beide reichten sich kurz die Hände, dann gingen sie in Kampfstellung. Der Karatekämpfer nahm eine seitliche Position zu dem Mädchen ein. Einen Fuß vorgeschoben, den Körper weggedreht, bot er kaum Angriffsfläche. Zusätzlich hatte er beide Fäuste zu einer effektiven Deckung erhoben, die sein Gesicht schützen sollte.

Amanda stand aufrecht und lächelte.

Mattersons Kampfkommando schallte durch den Raum.

Eine Sekunde verging, dann wirbelte Amanda einmal um ihre komplette Achse. Ihr Fuß flog durch die Luft und hämmerte gegen die Schläfe des Soldaten, der sofort zu Boden ging und liegen blieb. Amanda landete leichtfüßig auf der Matte und lächelte noch immer.

»Ich hätte auch singen können, um ihn unter meinen Einfluss zu bringen, dann hätte er nach dem Aufwachen weniger Kopfschmerzen. Zum Lockern der Muskeln nach dem beschissenen Morgenlauf hat's zumindest gereicht.«

Verblüffte Stille kehrte ein, die sich erst löste, als der niedergeschlagene Kämpfer sich zu rühren begann.

Matterson deutete auf zwei Männer. »Bringt ihn auf die Krankenstation. Er soll sich ausruhen. Dann kommt ihr wieder her.« Sein Blick fiel auf Wilbur. »Du bist dran.«

Wilbur erwies sich als zäher Kämpfer. Sein Ju-Jutsu-Gegner hatte einige Schwierigkeiten, mit ihm fertigzuwerden, und immer wenn Malcom dachte, jetzt wäre Wilbur endgültig besiegt, wand sich dieser wie eine Schlange aus dem Haltegriff und ging erneut zum Angriff über.

Wahrscheinlich hat er im Waisenhaus gelernt zu kämpfen,

dachte Malcom. *So, wie der fightet, hat er eine harte Zeit hinter sich.*

Aber schließlich geriet Wilbur doch in einen Würgegriff, den er nicht lösen konnte, und musste aufgeben. Er klopfte mit der flachen Hand auf die Matte, zum Zeichen, dass er nicht mehr weitermachen konnte. Daraufhin ließ sein Gegner von ihm ab. Der Soldat schnaufte mindestens ebenso sehr wie Wilbur, und Malcom war sich sicher, dass auch er froh war, dass der Kampf vorbei war.

Wilburs Gesicht erinnerte an eine frisch gestrichene Wand, auf der seine Tätowierungen wie Graffitis leuchteten. Sein Brustkorb hob und senkte sich in tiefen Atemzügen. Dabei keuchte er hörbar.

Matterson trat zu Wilbur und legte ihm die Hand auf die Schulter, wobei dieser zurückwich. »Du kannst an die frische Luft gehen.«

Wilbur nickte stumm und trottete davon.

Während Wilbur hinausging, um sich wahrscheinlich die Seele aus dem Leib zu kotzen, kamen die beiden Soldaten zurück, die ihren Kameraden versorgt hatten, und stellten sich wieder in die Reihe.

»Damon, Unteroffizierin Hembsworth«, rief Matterson die nächsten Kämpfer in die Ringmitte.

Die kleine, schmächtige Soldatin verbeugte sich tief vor Grey, der diese Höflichkeit nicht erwiderte. Malcom hätte gern das Gesicht der Frau gesehen und gewusst, wie sie auf diese Arroganz reagierte, aber ihre Gefühlswelt blieb hinter dem Kopfschutz verborgen. Durch die Sehschlitze fixierten braune Augen ihren Gegner.

Matterson gab das Kommando, und der Dämon stürmte nach vorn. Ganz offensichtlich wollte er seine überlegene Körperkraft dazu einsetzen, seine kleinere Gegnerin zu überrennen. Aber daraus wurde nichts, denn innerhalb eines Wimpernschlages wurde er von einem Fußkick in die Magengrube gestoppt.

Damon stöhnte auf und wich einen Schritt zurück. In seinem Gesicht war deutlich Verblüffung zu erkennen.

Sein nächster Angriff war besser vorbereitet, erzielte jedoch das gleiche Ergebnis. Damon täuschte einen Lowkick an, drehte sich um seine Achse und wollte offensichtlich mit einem Roundhouse nachsetzen, aber den konnte er nicht mehr komplett ausführen, da ihn seine Gegnerin mit dem gleichen Fußkick an den Kopf auf die Matte schickte.

Wütend schüttelte der Dämon den Kopf und sprang mit einem Satz auf die Füße. Jede Arroganz war wie weggeblasen. Das Gesicht des Dämons war wutverzerrt. Er hob beide Hände an, die zu leuchten begannen. Hitze stieg flirrend aus ihnen auf. Anscheinend wollte er seine Gegnerin zu Asche verbrennen.

»NICHT!«, brüllte Matterson so laut, dass Malcoms Ohren dröhnten.

Und Damon reagierte. Das Leuchten seiner Hände erlosch, dafür glühten seine Augen rot auf. Ein wildes Grinsen bleckte die makellosen Zähne, dann stürzte er nach vorn.

Die folgenden Sekunden beobachtete Malcom nur mit offenem Mund. So etwas hatte er noch nie gesehen. Auf einmal bewegte sich Damon so unglaublich schnell, wie man es von einem übermenschlichen Wesen erwarten konnte, und kurz darauf lag seine Gegnerin auf dem Rücken. Aber auch die junge Frau konnte einiges wegstecken, rappelte sich auf und ging erneut in Kampfstellung.

Die nächsten zwei Minuten waren nur noch wirbelnde

Füße und Fäuste auszumachen, ohne dass einer der beiden einen weiteren Treffer landen konnte. Matterson unterbrach den Kampf und nickte zufrieden, dann rief er Jenny und den menschlichen Koloss auf die Matte. Malcom beobachtete, wie Damon mit verbissener Miene an Jenny vorbeischritt, ohne ihr Erfolg zu wünschen oder ihr auch nur aufmunternd zuzunicken. Ganz offensichtlich war er verärgert darüber, wie sein Kampf verlaufen war.

Jennys Gegner hätte die Sonne verdunkelt und einen großen Schatten geworfen, wenn das hier in der Halle möglich gewesen wäre. Malcom bekam schon beim Anblick all der Muskelberge, die den Trainingsanzug spannten, eine Gänsehaut. Es sah aus, als hätte man Hulk in eine Kampfweste gesteckt und ihm Boxhandschuhe angezogen.

Malcom hätte erwartet, dass sich dieser Riese schwerfällig bewegte, aber er glitt geradezu auf die Kampffläche, ohne ein Geräusch zu verursachen. Jenny stellte sich ihm mit regungsloser Miene gegenüber. Matterson betrachtete beide und sagte: »Tut euch nicht allzu weh.«

Der Soldat nickte, Jenny ebenfalls.

»Los«, gab der Colonel das Kommando.

Nichts rührte sich. Beide Kämpfer standen sich bewegungslos gegenüber, dann machte Jenny einen schnellen Schritt nach vorn, packte den Soldaten an der Kampfweste, hob ihn hoch und warf ihn durch die Halle. Der Mann prallte gegen die grün gestrichene Wand und blieb an ihrem Fuß liegen.

Totenstille kehrte ein. Jenny trat einen Schritt zurück an ihre alte Position. Sie war die einzige Person im Raum, die nicht auf Sergeant Kevin Geer starrte.

»Alle Achtung«, meinte Matterson. Er ging zu Geer hinüber und zog ihn auf die Füße. Der Mann taumelte wie eine

Weide im Wind. Der Colonel befahl ihm, sich hinzusetzen, dann kam er zurück zu den anderen.

»Okay«, sagte Matterson. »Malcom, du bist dran.«

Malcom starrte ihn fassungslos an, ohne sich auch nur einen Zentimeter zu bewegen. Er war wie versteinert. Denn auch wenn ihn Jennys Vorstellung beeindruckte, hatte er nicht vergessen, dass nun gleich eine schmerzhafte Erfahrung auf ihn selbst wartete.

»Aber …«, war alles, was er hervorbrachte, als Matterson ihn auch schon auf die Matte schob. Er würde sich seinem Schicksal wohl ergeben müssen.

Während er sich aufstellte, überlegte Malcom, ob er nach dem ersten Schlag seines Gegners nicht einfach umfallen und so tun sollte, als wäre er k. o. gegangen, aber irgendwie hatte er das Gefühl, dass Matterson die Sache durchschauen würde. Außerdem wollte er sich vor den anderen aus seinem Team nicht blamieren.

Also gut, Malcom, reiß dich zusammen und stell dich der Herausforderung, versuchte er sich zu ermutigen. *Sei kein Feigling und beweise, dass du ein Mann bist!*

Malcom beschloss, es so ähnlich wie Wilbur zu machen und, so gut er konnte, zu kämpfen. Zumindest würde er dann nicht als Angsthase dastehen, es reichte vollkommen aus, dass ihn alle Welt für einen Schwächling hielt.

Malcom biss die Zähne zusammen und hob die Fäuste. Sein Gegner ging ebenfalls in Position. Durch die dicken Boxhandschuhe hindurch konnte er ihn kaum sehen, und so war da nicht mehr als ein Schatten, der nach Mattersons Kampfsignal auf ihn zuflog und alle seine Lichter ausschaltete.

5

Zwei Stunden später war Malcom immer noch nicht aus der Bewusstlosigkeit erwacht. Amanda starrte auf den schmächtigen Jungen, der so zerbrechlich wirkte. Die Soldaten hatten ihn in den Schlafsaal gebracht und auf sein Feldbett gelegt. Einer von ihnen, ganz offensichtlich ein Sanitäter, hatte ihn untersucht, seine Lider nacheinander hochgezogen und ihm mit einer schmalen Taschenlampe in die Augen geleuchtet. Blutdruck und Herzschlag wurden ebenfalls kontrolliert. Matterson war hereingekommen und hatte den Soldaten fragend angesehen.

»Alles okay. Hat wahrscheinlich eine leichte Gehirnerschütterung und nach dem Aufwachen fürchterliche Kopfschmerzen, aber ihm ist nichts Ernsthaftes passiert.«

»Hatte ich auch nicht erwartet«, sagte der Colonel grinsend. »Der Junge hat mehr Leben als eine Katze. Wenn er aufwacht, schaue ich noch mal nach ihm.« Dann war er gegangen.

Jenny und Wilbur befanden sich noch beim Essen, und nachdem auch die beiden Soldaten den Raum verlassen hatten, war Amanda allein mit Damon.

»War abzusehen, dass Malcom keine Chance hat«, meinte sie. »Er ist schwach und ein Verlierer. Mir ist immer noch nicht klar, wie er uns bei der Mission helfen soll. Er steht uns doch nur im Weg. Für all das hier ist er nicht geschaffen. Nicht so wie du und ich«, sagte sie mit Blick in Damons Augen und hoffte, darin Zustimmung zu finden.

»Ich denke, Matterson weiß, was er tut, und es macht Sinn, dass Malcom hier ist, auch wenn ich mir beim besten

Willen nicht vorzustellen vermag, wie er uns helfen kann. Aber es heißt ja, er habe ebenfalls besondere Fähigkeiten.«

»Du glaubst diesen ganzen Mist, den man über ihn erzählt? Die Sache mit dem Überlebensglück?« Amanda schüttelte den Kopf. »Ich sage dir eines, dieser Junge wird uns noch in große Schwierigkeiten bringen. Er ist ein Tollpatsch und absolut unfähig, irgendetwas richtig zu machen.«

»Du fällst ein vorschnelles Urteil. Vielleicht macht er sich noch.«

»Du hast ordentlich was abbekommen«, meinte Amanda und hörte selbst den abfälligen Ton in ihrer Stimme.

Damon verzog das Gesicht und ließ ein Knurren hören, das zu einem ausgewachsenen Wolf gepasst hätte, sagte aber nichts.

»Was hältst du von den anderen?«

»Wird das jetzt so eine ›Wir die Unsterblichen und dort die Normalen‹-Sache?« Damon sah sie verächtlich an.

»Verdammt, davon kann keine Rede sein. Ich will nur deine Meinung wissen. Immerhin sollen wir innerhalb ein paar Tagen ein Team bilden und uns dieser Prüfung stellen.«

»Ich denke, sie sind nützlich«, erwiderte Damon. »Wilbur besitzt eine einzigartige Fähigkeit, und Jenny kann es mit einem Dutzend Männer aufnehmen.«

»Malcom«, Amanda sah ihn an, »wird als Erster draufgehen und …«

Genau in diesem Moment öffnete Malcom zu Amandas Überraschung die Augen. Er richtete sich auf der Liege auf, blickte sie nacheinander an und runzelte die Stirn.

»Was ist passiert?«

Als Jenny mit Wilbur den Schlafsaal betrat, war Malcom wieder bei Bewusstsein. Er saß aufgerichtet im Bett und glotzte aus großen Augen Damon und Amanda an, die aus ebenso großen Augen zurückglotzten. Jenny wunderte sich, warum ausgerechnet die beiden hier waren. Vor allem Amanda hielt ihre Verachtung gegenüber Malcom nicht zurück. Und auf einmal sorgte sie sich?

Generell wunderte Jenny alles, was um sie herum geschah und was man ihr sagte. Nicht nur, dass sie ihr eigenes Schicksal nicht kannte, verunsicherte sie zutiefst. Dass es Menschen und Wesen gab, mit den Fähigkeiten ihrer vier neuen Mitbewohner, beunruhigte sie, ohne zu wissen, warum.

Seit man sie an dem Highway aufgegriffen hatte, war sie nur mit Menschen zusammengekommen, die sie untersuchten oder die selbst etwas Besonderes darstellten und nicht ins normale Schema passten. Hatte sie zunächst noch die Hoffnung gehabt, zumindest einen Teil ihrer Erinnerungen wiederzuerlangen, musste sich Jenny eingestehen, dass sie wahrscheinlich für immer ihre Vergangenheit verloren hatte. Nicht wusste, wer sie war und woher sie kam. Sie kannte ihre Eltern nicht und hatte keine Ahnung, ob sie Geschwister hatte oder ein Einzelkind war.

Wo habe ich gelebt? Hatte ich eine glückliche Kindheit? Bin ich gern zur Schule gegangen? Hatte ich Freunde? Ein Haustier?

Aber über all diesen schmerzhaften Fragen standen andere Fragen, die sie innerlich zerrissen.

Wer hat mir das angetan und warum?

Immer wieder drehte sich ihr gesamtes Denken darum.

Als sie den verwirrten Malcom betrachtete, fühlte sie

Mitleid mit ihm. Zumindest einer der anderen schien sich ebenso verloren zu fühlen wie sie selbst. Der Dämon und die Göttin schauten sie fragend an, als sie näher kam.

»Ist was?«, fragte Amanda scharf, als hätte man sie bei irgendetwas gestört.

»Ich habe gerade mit Matterson gesprochen. Der Soldat, der gegen Malcom kämpfte, hat sich die Hand gebrochen.« Jenny blieb ruhig und ließ sich den Ärger über Amandas Ton nicht anmerken. Ein Streit fehlte ihr gerade noch.

»Das war nur ein einziger Schlag«, meinte Damon verwundert.

»Scheint aber eine komplizierte Sache zu sein«, sagte Jenny. »Sie können ihn hier nicht behandeln. Ein Hubschrauber wird ihn abholen, kann sein, dass die Hand operiert werden muss.«

»Äh …«, meinte Malcom. »Kann mir mal jemand sagen, was geschehen ist?«

»Du hattest deinen ersten Kampf«, sagte Jenny.

»Das weiß ich.«

»Du hast ihn verloren.« Damon grinste.

Malcom verzog den Mund. »Daran kann ich mich nicht erinnern. Jemand hat ›Los‹ gerufen, ich habe die Fäuste gehoben und … dann bin ich hier aufgewacht.«

»Der Soldat hat dich ausgeknockt, mit dem ersten Schlag«, sagte Jenny.

»Oh«, murmelte Malcom.

»Es ist schon erstaunlich«, meinte Damon.

»Was soll denn daran bitte erstaunlich sein?«, fragte Amanda bissig.

Damon deutete auf Malcom. »Dieser Junge hat einen Schutzengel oder was auch immer.«

»*Dieser Junge* wurde niedergemäht«, meinte Amanda. »Mit einem Schlag.«

»Richtig, aber schau ihn dir an. Er ist unverletzt, sein Gegner hat sich allerdings die Hand gebrochen. *Nach einem einzigen Schlag!* Irgendwas oder irgendwer hat dafür gesorgt, dass er Malcom nicht weiter verletzen kann.«

Für einen Moment schwiegen alle und starrten auf Malcom, der sich sichtlich unwohl zu fühlen schien.

»Okay, wie machst du das?«, fragte Jenny.

Malcom blickte verwirrt zu ihr auf. »Ich mache gar nichts.«

»Los, raus mit der Sprache. Was ist deine Fähigkeit?«, hakte Wilbur nach.

Jenny beobachtete, wie Malcom sich regelrecht im Bett wand, dann sagte er leise: »Das ist schwer zu erklären.«

»Versuch es einfach, wir haben nichts anderes vor. Wenn wir zusammen diese Mission bewältigen wollen, müssen wir alles übereinander wissen. Wir dürfen keine Geheimnisse voreinander haben, das gilt für jeden von uns.« Sie blickte in die Runde und war selbst über ihre Worte überrascht. Aber es stimmte, sie durften sich nichts verschweigen, sie mussten sich gegenseitig vertrauen, sonst war die Mission von vornherein zum Scheitern verurteilt.

»Da muss ich weit ausholen«, setzte Malcom an.

Sogar Wilbur nickte ihm bestätigend zu. Stille legte sich über den Raum. Keiner rührte sich mehr.

»Meine Eltern sind … waren beide Wissenschaftler. Meine Mutter Atomphysikerin, sie arbeitete in der Schweiz bei CERN, der Europäischen Organisation für Kernforschung, am Aufbau des Teilchenbeschleunigers *Large Hadron* mit. Sie war damals mit mir und meinem Bruder schwanger.

Und, na ja, bei einem der Versuche mit dem damals noch aktiven *Large Electron-Positron Collider*, dem Vorgänger des *Large Hadron*, ging etwas schief, sodass ein unbekanntes Atomteilchen ihren Körper durchdrang und einen der beiden Föten in ihr tötete, denn nach diesem Unfall war mein Bruder auf den Ultraschallbildern nicht mehr sichtbar. Ich wurde sieben Monate später gesund geboren, und meine Eltern waren erleichtert. Aber bald darauf begann die Sache mit den seltsamen Dingen. Ich fiel vom Wickeltisch, ohne dass man sich erklären konnte, wie ich das geschafft hatte.«

»Und was ist daran besonders? So was passiert doch ständig«, sagte Amanda schroff, wofür sie von den anderen böse Blicke kassierte.

»Ja, aber ich war unverletzt. Trotz Sturz aus anderthalb Metern Höhe auf einen harten Holzfußboden. Meine Mutter meinte, den Schlag, den mein Schädel auf dem Boden verursachte, hätte man im ganzen Haus gehört. Aber es blieb nicht bei diesem einen Mal. Weitere Unfälle geschahen. Zudem verschluckte ich mich immer wieder an Essen oder der Milch und wäre beinahe erstickt. Als ich Laufen lernte, wurde es katastrophal. Ich fiel die Kellertreppe hinunter, rannte in fahrende Autos, stolperte in Stacheldraht hinein. Und nun kamen die ersten Knochenbrüche und ernste Verletzungen hinzu. Ich habe mir so ziemlich jeden Knochen im Körper gebrochen, den man sich brechen kann, aber bei all dem hatte ich unwahrscheinliches Glück. Ich habe alles ohne bleibende Schäden überlebt. Meine Eltern waren verzweifelt, hielten mich aber einfach nur für einen Tollpatsch. Bis zu dem Tag, an dem ich ihnen von meinem toten Bruder erzählt habe, der irgendwie in mir lebt. Ich kann seine Existenz spüren, auch wenn ich nicht weiß, wie das geht.«

»Ist er jetzt auch hier?«, fragte Damon.

»Er ist immer da.«

»Spricht er zu dir?«

Malcom sah in die Runde. »Nein. Ich fühle ihn nur.«

»Was haben deine Eltern zu der Sache mit deinem toten Bruder gesagt?«, wollte nun auch Amanda wissen.

»Sie reagierten mit Unverständnis, aber auch mit Angst. Sie haben mir nämlich nie erzählt, dass meine Mom mit Zwillingen schwanger gewesen ist. Sie konnten sich nicht erklären, woher ich das wusste. Mom war fast panisch, sie dachte, irgendetwas stimme mit meinem Gehirn nicht, ein Tumor oder so, und schleppte mich von Untersuchung zu Untersuchung. Man hat meinen Kopf durchleuchtet und festgestellt, dass ich ein vollkommen gesunder Junge bin, aber das reichte ihr nicht. Als ich dann etwas älter war, zerrte sie mich zu Psychologen und Therapeuten, die herausfinden sollten, was mit mir nicht stimmte. Warum ich behauptete, meinen toten Bruder spüren zu können.«

»Wow«, sagte Jenny. »Das ist echt strange.« Und das meinte sie ernst. Eine Geschichte über einen nicht existenten Bruder, der einen vor dem Tod bewahrte? Das klang irgendwie gruselig und beruhigend zugleich.

»Irgendwann habe ich dann so getan, als würde ich mir meinen Bruder nur einbilden, und habe nicht mehr von ihm gesprochen. Kurz darauf starben meine Eltern und ich kam zu meinen Großeltern, meinen einzig lebenden Verwandten, die von nun an das Sorgerecht für mich hatten. Sie wussten nichts von ihm, und ich hatte mir geschworen, mit niemandem mehr über ihn zu sprechen – bis jetzt.«

»Tut mir leid, das mit deinen Eltern.«

Jenny fühlte Mitleid mit Malcom. Gleichzeitig beneidete

sie ihn. Immerhin konnte er sich an seine Eltern erinnern – wer sie waren und wie sie aussahen. Sie konnte auf nichts dergleichen zurückgreifen. Aber vielleicht war ein Verlust, an den man sich erinnerte, schlimmer, als nicht einmal zu ahnen, was man verloren hatte.

»Was konkret tut dein Bruder für dich? Du sagst, er beschützt dich, aber wie macht er das?«, bohrte Wilbur nach.

»Ich weiß es nicht. Er ist einfach da, wie ein guter Geist. Ich spüre ihn tief in mir drin. Und manchmal, wenn mir wieder merkwürdige Dinge zustoßen, habe ich das Gefühl, dass er eingreift, um mich vor größerem Schaden zu bewahren. Es ist so, als würde er in entscheidenden Momenten meinen Körper kurzfristig übernehmen und lenken. Für den Bruchteil einer Sekunde vielleicht, aber ich glaube, das hat mir schon mehrfach das Leben gerettet.«

»Wirklich merkwürdig«, meinte Amanda.

Damon lachte laut auf. »Das findest du merkwürdig? Schau dich um. In diesem Raum befinden sich die fünf ungewöhnlichsten Personen, die es auf der Welt gibt. Ein Typ, der die Zeit anhalten kann. Eine leibhaftige Göttin und ein Dämon.« Er nickte zu Jenny. »Dazu ein Mädchen, halb Mensch, halb Maschine. Ich finde, Malcom ist noch der Normalste von uns.«

Jenny sah, wie ein schüchternes Lächeln über Malcoms Gesicht glitt. Bestimmt war er von seiner Umgebung stets als Sonderling, Verrückter oder Spinner, Psycho oder Loser abgestempelt worden, sie konnte das gut nachvollziehen. Aber hier war er nur einer von anderen Jugendlichen, die über besondere Fähigkeiten verfügten, und seine waren bei Weitem nicht die ungewöhnlichsten.

»Wenn wir schon einen auf Gruppentherapie machen«,

sagte Amanda schnippisch, »würde ich gern mehr über dich erfahren, Jenny.« Sie nickte ihr auffordernd zu. »Wie du vorhin mit dem Soldaten fertiggeworden bist, war ziemlich beeindruckend.« Jenny meinte, tatsächlich so etwas wie Bewunderung in ihrer Stimme gehört zu haben, aber wahrscheinlich bildete sie sich das nur ein.

Sie mochte es nicht, über sich zu reden, hatte tausendmal mehr Fragen als Antworten. Und wenn ihr all die Wissenschaftler nicht sagen konnten, was mit ihr geschehen war, würde es auch nichts bringen, mit den anderen darüber zu sprechen. Aber da sie selbst vorhin für Offenheit plädiert hatte, begann sie, von der Nacht auf dem Highway zu erzählen, in der man sie aufgegriffen hatte und was danach mit ihr geschehen war. Als sie endete, verzog Amanda den Mund.

»Das ist die krasseste Scheiße, die ich je gehört habe. Wer tut so etwas jemand anderem an?«

Der Rest der Gruppe schwieg, und Jenny wusste nicht, was sie dazu sagen sollte.

Amanda trat näher, streckte ihre Hand aus. »Darf ich?«

Jenny nickte.

Die Göttin fuhr mit ihren Fingerspitzen erst über die Haut an ihrem Halsansatz, dann über das Metall, das ihre linke Schulter bildete, schließlich den Arm hinab. Jenny spürte die Berührungen an dieser Stelle nicht mehr.

»Fühlt sich kühl an«, sagte Amanda. »Obwohl es durch deine Körperwärme eigentlich anders sein sollte. Die Technik, wie hier menschlicher Körper mit Metall verbunden wurde, ist unglaublich. So etwas habe ich noch nie gesehen.«

»Laut Matterson auch sonst niemand«, bestätigte Jenny.

»Was für Fähigkeiten außer deiner enormen Körperkraft hast du noch?«, wollte Damon wissen.

»Ich kann im erweiterten Spektralbereich sehen, Wärmebilder wahrnehmen und Energiequellen ausmachen.«

»Sonst noch was?«

»Ich … ich weiß es nicht, ich kann mich einfach nicht daran erinnern. Niemand schafft es, in den Teil meines Körpers, der nicht menschlich ist, hineinzusehen. Das Metall schirmt alles ab. Man kann allerdings erkennen, dass sich nicht mehr alle Organe an den üblichen Stellen befinden. Irgendwie wurde da drin Platz für die Technik geschaffen, die meine Muskelkraft verstärkt und meine Leistungsfähigkeit erhöht. Zudem scheint es so zu sein, als wären meine Organe ebenfalls gepimpt worden. Faserleitungen, so dünn wie ein menschliches Haar, führen in den nicht einsehbaren Teil meines Körpers und meines Kopfes.«

»Wie lange haben sie dich untersucht?«

»Wochen. Monate.«

»Gar nichts rausgefunden?«

»Vielleicht wissen sie mehr, als sie mir gesagt haben, aber irgendwie glaube ich das nicht. Die Wissenschaftler, mit denen ich zu tun hatte, waren ziemlich verwirrt. Einer von denen hat es so ausgedrückt: ›Eigentlich dürfte es dich gar nicht geben.‹« Jenny beschloss, dass sie für heute genug über sich erzählt hatte, daher blickte sie Damon an. »Wie ist es mit dir?«

»Was meinst du?«

»Woher kommst du?«

Damon hatte diese Frage erwartet, und er wollte sie nicht unbeantwortet lassen. Jenny hatte es richtig ausgedrückt: Sie mussten übereinander Bescheid wissen, wenn sie die Mission bestehen wollten. Und das wollte er, denn er hatte nicht vor, diese Welt aufzugeben. Er hatte andere Pläne.

»Ich entstamme einer anderen Dimension. Man könnte es auch als ein anderes Universum bezeichnen. Dämonen können diese Welt nur verlassen, wenn sie beschworen werden. Ihr nennt das schwarze Magie, aber eigentlich ist es nichts weiter als ein Portal, das sich öffnet. Ein Magier namens Louis Fortane hat mich zur Zeit der französischen Revolution beschworen und in diese Welt gerufen. An die Zeit danach erinnere ich mich kaum. Irgendwie verschwimmen meine Erinnerungen daran, aber letztendlich ist es auch nicht wichtig. Nur das Heute zählt.«

»Trotzdem, ich bin neugierig. Wie ist es dort, wo du herkommst?«

»Düster. Es ist eine Welt ohne jedes Leben. Keine Pflanze, kein Tier, nichts kann in diesem Universum überleben.«

»Dann bist du praktisch … tot«, stellte Jenny fest.

Damon lachte. »Wie kann etwas tot sein, das nie gelebt hat?«

»Boah, davon bekommt man ja Kopfschmerzen«, meldete sich Wilbur zu Wort.

»Meint ihr, Matterson hat wirklich diese Fähigkeit der Ahnung, von der er gesprochen hat?«, fragte Damon.

»Könnte ich mir vorstellen«, sagte Amanda. »Keiner von uns war leicht aufzuspüren, und er hat uns trotzdem gefunden. Außerdem wusste er genau, wo er den Hebel ansetzen musste, damit wir bei dieser bescheuerten Sache mitmachen.«

»Aber um was es wirklich geht und dass es vielleicht kein Zurück mehr gibt, das hat er verschwiegen«, wandte Wilbur grimmig ein.

»Mal im Ernst«, meldete sich jetzt Jenny zu Wort. »Du hättest doch niemals mitgemacht, wenn er alles offengelegt hätte.«

Wilbur zögerte einen Moment, dann sagte er: »Doch, denn als er mich gefunden hat, saß ich im Knast. Dort war es die Hölle. Auch wenn ich die Wahrheit gekannt hätte, hätte ich nicht lange überlegt. Alles war besser als das.«

»Und ist es das auch jetzt noch?«, stichelte Amanda.

»Ja, in jedem Fall. Wie hat Matterson eigentlich dich rumgekriegt? Da war doch die Rede von einem Polizeirevier in New York.«

»Das ist langweilig …«

»Nein, nein, wir würden gern wissen, warum du dabei bist.«

Amanda seufzte. »Wenn ihr es unbedingt wissen wollt … Ich habe so einen Typen durch meinen Gesang überredet, mir seinen Porsche zu schenken. Alles lief glatt, aber ich habe nicht daran gedacht, dem Kerl zu sagen, dass er vergessen sollte, jemals einen Porsche besessen zu haben. Der Typ wacht also am nächsten Morgen auf, glotzt in seine Garage und *nada*. Er schaut sich die Bilder der Überwachungskamera an und sieht mich bei der Arbeit. Ich singe, er steht da. Dann muss er leider mit anschauen, wie er mir die Schlüssel gibt und ich davonfahre.« Sie holte tief Luft. »Die Cops haben mich auf dem Highway Richtung Süden gestoppt.«

»Und du hast dich da nicht rausgesungen?«, fragte Damon.

»Über uns kreiste ein Polizeihubschrauber, wahrscheinlich mit einem Schützen darin, kennt man ja aus den Reality Dokus. Hätte ich was Merkwürdiges getan, hätte der mich abgeknallt.«

»Okay, jetzt wissen wir, wie sie dich gekriegt haben, aber wie hat Matterson dich überzeugt, bei dieser Spitzensache mitzumachen?«

»Er versprach mir Geld und die Beantwortung einer Frage …«

Für einen Moment herrschte Schweigen, dann sagte Jenny: »Welche Frage denn?«

Amanda kniff die Lippen zusammen. »Ist etwas Persönliches und geht euch nichts an.« Nach diesen Worten verließ sie den Raum.

So viel zum Thema Offenheit, dachte Damon.

Amanda fühlte sich eingeengt, darum war sie nach dem Abendessen hinaus in die Nacht getreten und lauschte nun den Wellen, die gegen die Felsen schlugen. Ständig Leute um sich herumzuhaben, war sie nicht gewohnt, und es gefiel ihr auch nicht. Zudem hatte sie inzwischen noch größere Schwierigkeiten, sich an etwas zu erinnern, was vor ihrer Ankunft auf Attu Island geschehen war. Alles versank im Nebel der Zeit. Bilder von Menschen und Ländern wirbelten in ihrem Kopf durcheinander, formten sich zu Geschichten, die keinen Sinn ergaben.

Was war da los? Was geschah mit ihr?

Für einen Moment hatte Amanda sogar daran gedacht, dass Matterson ihr und den anderen Drogen ins Essen mischte, aber das war vermutlich vollkommener Unsinn. Bald war die Prüfung, von der so viel abhing, Matterson brauchte ihre volle Konzentrationsfähigkeit.

Aber was war es dann? Warum konnte sie sich nicht an die Vergangenheit erinnern? Warum blieb alles wie von Nebel verborgen? Da waren Bilder ihrer Mutter in ihrem Geist. Eine junge, schwarzhaarige, wunderschöne Frau. Ihr Gesicht schwebte über dem ihren, als sie ihr die Decke bis zum Kinn zog und ein Lied zum Einschlafen summte.

Es war ein Bild aus ihrer frühesten Kindheit.

Wie alt bin ich da gewesen?

Sie wusste es nicht. Und sie wusste auch nicht, was danach in ihrem Leben geschehen war.

Wie kann man so etwas vergessen?

Hier stimmte etwas nicht und sie beschloss, noch einmal mit Damon darüber zu sprechen. In den letzten Tagen war ihr aufgefallen, dass sie sich unbewusst immer wieder nach ihm umschaute. Ob beim Lauftraining oder an Malcoms Krankenbett. Sie verspürte ihm gegenüber eine gewisse Anziehungskraft, von der sie am Anfang dachte, es hänge damit zusammen, dass er ebenfalls unsterblich war. Aber das war es nicht. Irgendetwas an ihm war anders als an jedem anderen Mann, dem sie jemals begegnet war, und Männer hatte es in den letzten fünftausend Jahren einige gegeben.

Irgendetwas an Damon reizte sie. Amanda fühlte sich durch ihn herausgefordert, so als wäre er jemand, dem sie auf Augenhöhe begegnen konnte. Die meisten Männer waren schwach. Sabbernd und willenlos angesichts ihrer Schönheit. Damon war da anders. Er schien von ihrer Ausstrahlung vollkommen unbeeindruckt. Im Gegenteil, ständig reizte er sie und riskierte ihren Zorn, so als wüsste er genau, dass er mit allem, was sie zu bieten hatte, fertigwerden würde.

Er ist ein verdammter Dämon. Mehr nicht. Eigentlich sollte er vor mir im Staub kriechen.

Hinter ihr knarrte die Tür im Wind. Jemand trat heraus in die Nacht und stellte sich neben sie. Amanda musste nicht hinschauen. Ihre Haut kribbelte wie stets in seiner Nähe.

»Hier bist du also«, sagte Damon mit dunkler Stimme, die etwas in ihr zum Vibrieren brachte und noch zorniger auf ihn machte.

»Ja, hier bin ich.«

»Nach dem Mief da drin tut es gut, mal frische Luft einzuatmen.«

»Das stimmt.«

Damon legte den Kopf in den Nacken.

»Heute kann man sogar die Sterne sehen.«

»Was willst du von mir? Warum läufst du mir nach?«

»Ich wollte wie du für einen Moment die Stille genießen. Störe ich?«

Im schwachen Licht des Mondes konnte sie den Ausdruck in seinen Augen erkennen und wusste nicht, ob die Frage ironisch gemeint war.

Sie schwieg.

»Mir gefällt die Insel. Sie ist wild und rau und gefährlich«, sagte Damon.

»So wie du, meinst du sicherlich«, meinte Amanda.

Er lachte. »Ja, so wie ich.«

Dann herrschte Stille zwischen ihnen und Amanda erkannte widerstrebend, dass sie eigentlich ganz gern mit ihm hier draußen stand und zum Himmel aufschaute.

»Denkst du an den bevorstehenden Test?«, fragte Damon.

»Mir geht vieles im Kopf rum.«

»Das alles hier ist wie in einem Traum.« Er lächelte. »Bevor ich in diese Welt gekommen bin, wusste ich nicht mal, was das ist.«

»Und nun träumst du?«

»Ja, manchmal. Wie ist es bei dir?«

»Oft. Meistens von meiner Mutter, die ich als kleines Kind verloren habe. Ich höre noch heute das Lied in meinen Ohren, das sie mir abends vor dem Einschlafen vorgesungen hat.«

»Tut mir leid.«

»Braucht es nicht, es ist fünftausend Jahre her … und trotzdem sehe ich ihr Gesicht immer noch vor mir. Als wäre es erst gestern gewesen. Es ist so ziemlich das Einzige, an das ich mich derzeit gut erinnern kann.«

»Ich weiß nicht, wie es ist, eine Mutter zu haben«, sagte Damon leise. »Aber ich stelle es mir tröstend vor. Komischer Gedanke für einen Dämon, aber vielleicht lebe ich auch schon zu lange unter den Menschen.«

Amanda hätte plötzlich gern die Hand nach ihm ausgestreckt, ihn berührt, doch sie wusste nicht, ob das eine gute Idee war.

Tu es einfach.

Aber sie zögerte.

Dann war der Moment vorbei.

6

Eine Woche später

Damon blickte zu Amanda, die ihre Ausrüstung sortierte. Heute war der große Tag für sie alle gekommen.

Die Eignungsprüfung. Der ultimative Test, der zeigen sollte, ob sie fähig für den Einsatz waren und ob sich die harten Trainingseinheiten der letzten Tage gelohnt hatten. Matterson hatte sie definitiv nicht geschont.

Der Colonel hatte ihnen bei der Morgenbesprechung nicht verraten, was sie erwartete, aber es war klar, dass die Sache kein Spaß werden würde. Dafür war die Lage zu ernst. Er hatte noch einmal betont, dass die Mission nicht stattfinden würde, sollten sie heute versagen. Dann würde der amerikanische Präsident den Befehl zum Abfeuern der Atomwaffen geben, um den Energieschirm zu überlasten und zum Zusammenbrechen zu bringen.

Noch immer wusste niemand, um was es sich bei dem Energieschirm genau handelte, was er verbarg und wohin er führte, wenn man ihn betrat.

Vielleicht ist er das Tor zu einer anderen Welt. Zu einer anderen Dimension. Ein Portal, das sich nicht durch Magie, wie im Fall meiner Beschwörung, sondern durch Energie öffnet.

Und letztendlich, war Magie nicht auch nur Energie? Es war alles nur eine Frage des Standpunktes.

Was werden wir vorfinden?

Damon hatte keine Vorstellung davon und er wusste auch nicht, ob sie, ob irgendjemand auf so ein Abenteuer vorbereitet sein konnte. Aber Matterson ging davon aus, dass er und die vier anderen etwas bewirken konnten.

Damon hoffte, dass er recht hatte, denn er verspürte keinerlei Lust, in das Reich der Dämonen zurückkehren zu müssen, wenn diese Welt unterging. Unsterblichkeit war nur dann interessant, wenn man ein Leben hatte und es genießen konnte. Als Dämon unter Dämonen bestand es nur aus Schmerz und Pein, wohingegen ein Dasein in der Welt der Menschen vielfältige Freuden hatte.

Damon spürte, wie ein Grinsen über sein Gesicht zog. Es war eindeutig von Vorteil, ein gut aussehender Mann in einer Welt voller schönen Frauen zu sein.

Noch während Damon darüber nachdachte, öffnete sich die Tür zur Unterkunft. Sergeantin Haydn trat ein.

»Leute, es ist so weit. Packt eure Ausrüstung zusammen und sammelt euch in fünf Minuten vor dem Gebäude.«

»Und dann?«, fragte Wilbur.

»Matterson will euch persönlich instruieren. So lange müsst ihr euch noch gedulden.«

Die nächsten Minuten vergingen mit dem Klappern von Ausrüstungsgegenständen, der Kontrolle der Waffen und dem Auffüllen der Wasserflaschen, obwohl niemand wusste, ob sie die brauchen würden.

Es roch nach feuchten Armyklamotten und Waffenöl. Niemand lächelte mehr, niemand sprach oder schaute auch nur den anderen an. Sie alle wussten, um was es ging.

Draußen lag der Himmel schwer über dem Land. Dunkle Wolken, die an einen Krähenschwarm erinnerten, zogen darüber, und es war bitterkalt.

Damon schlug den Kragen seiner Uniformjacke hoch,

damit ihm der schneidende Wind nicht in den Nacken fahren konnte. Er fror jetzt schon. Das war tatsächlich einer der Nachteile am Menschsein: Seit dem Moment, in dem er in den menschlichen Körper beschworen worden war, spürte er auch all dessen Empfindungen. Ob Kälte, Hitze, Schmerz oder Erregung … Dennoch konnte er sie gut verbergen. Erst wenn er wieder die Dämonenwelt betreten würde, wäre er wieder eine Art wesenlose Gestalt ohne derlei Schwächen. Aber bis es so weit war, hatte er noch einiges zu erledigen.

Trotz der Kälte war die Luft klar und rein, eine Wohltat nach der Anspannung im Schlafsaal. Damon stieß den angehaltenen Atem aus, der sofort in der Luft kondensierte. Neben ihm stellten sich die anderen auf. Die Hände in den Taschen vergraben, die Köpfe gesenkt.

Matterson trug heute einen langen Armymantel, das Teil war sicherlich um einiges wärmer als die Tarnuniform, die er selbst anhatte und aussah, als hätte ein Schwarm Tauben schwarzen Stoff vollgeschissen.

Damon machte sich nichts vor. Heute war der Eignungstest, und er würde noch genug Bewegung bekommen, die ihn ins Schwitzen brachte. Da war er sich sicher.

»Hallo Leute«, begann der Colonel. Seine Stimme war klar und fest. »Es ist so weit. Daher komme ich gleich zur Sache. Wir marschieren jetzt ein Stück in die Berge hinein. Dort befindet sich das vorbereitete Übungsgelände. Wenn wir da sind, erkläre ich alles Weitere. Falls ihr Fragen habt, wartet ab, bis ihr wisst, worum es geht.«

Malcom war ehrlich zu sich selbst. Amanda, Jenny, Wilbur und Damon waren großartige Kämpfer mit außergewöhnlichen Fähigkeiten. Er war nichts von alledem. Was, wenn der

Test wegen ihm scheiterte? Durch seine Unfähigkeit? Seine Tollpatschigkeit? Was würde dann mit ihm geschehen? Und mit den anderen?

Würde Matterson dann nur vier Jugendliche durch das Energiefeld schicken? Musste er als der größte Versager der Menschheitsgeschichte zurückbleiben?

In der nächsten Stunde konnte er sich zur absoluten Lachnummer machen. Anstatt ein Held zu sein, der die Welt rettete, wäre er wieder mal der Trottel, der im entscheidenden Moment über seine eigenen Füße gestolpert war.

Vielleicht würde ihn Matterson auch gleich an Ort und Stelle erschießen, und niemand erfuhr von seinem Versagen. Unfälle kamen bei der Army öfters vor.

Mann, was hatte ich für ein beschissenes Leben, und es sieht so aus, als könnte es noch beschissener werden …

Malcom gestand sich ein, dass er mehr Angst vor der Eignungsprüfung als vor der eigentlichen Mission hatte. Wenn er dort etwas vermasselte, erfuhr wenigstens niemand davon, und falls doch, war er im Einsatz gestorben. Aber eine Prüfung …

»Lauf mal ein bisschen schneller«, knurrte eine Stimme hinter ihm. »Man kommt ja gar nicht vorwärts.«

Amanda. Er wusste nicht, was er ihr getan hatte, dennoch stand eines fest: Sie konnte ihn absolut nicht ausstehen. Das waren ja rosige Aussichten – eine Mission, bei der er eventuell sein Leben lassen musste, und noch dazu ein Mädchen, das ihm ohnehin schon das Leben zur Hölle machte. Jackpot!

»Warum gehst du nicht einfach vorbei?«

»Damit du mir die ganze Zeit auf den Arsch starren kannst? Oh …«

»Amanda«, zischte Damon hinter ihr. »Lass es!«

»Ist doch …«

»Lass es einfach. Wir müssen uns konzentrieren und brauchen Malcom. Wenn du ihn jetzt nervös machst – entschuldige Malcom –, dann macht er erst recht Fehler.«

Wie ermutigend … danke auch!

»Kümmert euch nicht um mich«, sagte Malcom bitter. »Ich höre gar nicht zu.« Sein Gesicht brannte vor Scham.

Amanda schob sich grob an ihm vorbei und ging mit schnellen Schritten zu Wilbur und Jenny, die an der Spitze des Trupps liefen. Matterson und Haydn befanden sich ganz hinten.

»Sie ist, wie sie ist«, meinte Damon.

»Ich weiß, das Gleiche habe ich auch gerade gedacht.«

Damon klopfte ihm auf die Schulter. »Das wird schon. Kriegen wir hin.«

»Meinst du wirklich?«

Der Dämon sah ihn ruhig an. »Hier geht es um das Schicksal der ganzen Welt, wir dürfen nicht versagen.«

Malcom seufzte. »Gut, dass du mich noch mal daran erinnerst. Ich hatte es schon fast vergessen.«

Damon lachte. Eines musste man ihm lassen: So arrogant und überlegen, wie er manchmal wirkte, glaubte der Dämon wenigstens daran, dass sie nur als Team funktionierten. Und selbst er als tollpatschiger Vollnerd eine wichtige Rolle dabei spielte. Das tat gut, und dafür war er Damon aufrichtig dankbar.

»Und, wie läuft's?«, fragte Wilbur.

Jenny schaute ihn überrascht an, während sie im gleichmäßigen Tempo auf den Hügel zuhielten. Mit dieser Frage hatte sie nicht gerechnet.

»Ganz gut, denke ich. Und bei dir?«

»Bei mir auch. Ein bisschen aufgeregt vielleicht. Du weißt ja, Sport gehört nicht unbedingt zu meinen Lieblingsbeschäftigungen«, meinte er grinsend.

Oh ja, dass sie Wilbur beim Training vorm Absturz die Klippen runter bewahrt hatte, stand ihr deutlich vor Augen. Ehrlich gesagt wunderte sie sich ein wenig, dass er überhaupt mit ihr sprach. Beim Joggen hatte er ihr deutlich zu verstehen gegeben, dass er keine Lust auf Unterhaltung hatte. Schon gar nicht auf Freundschaft, schlussfolgerte sie. Zugegebenermaßen fiel ihr das selbst ebenso schwer, denn ohne jegliche Erinnerungen an ihr früheres Leben kam ihr Vertrauen nahezu unmöglich vor. Trotzdem hatte Wilbur etwas an sich, das sie beruhigte. Sie fühlte sich in seiner Gegenwart wohl.

»Du sprichst heute kaum«, riss Wilbur sie aus ihren Gedanken. »Ist es wegen dem Test? Ich glaube, du musst dir am wenigsten Sorgen von uns allen darüber machen.«

Jenny lächelte zaghaft. »Nein, das ist es nicht.« Sie konnte ihm unmöglich sagen, dass sie gerade über ihn nachgedacht hatte. »Na ja, vielleicht doch«, lenkte sie daher ein.

»Was ich bisher von dir mitgekriegt habe, macht dich nichts so schnell platt. Da könnten selbst die härtesten Knastis nicht mithalten«, versuchte er sie aufzumuntern.

Das war nicht unbedingt das, was man von einem Mann gerne hören wollte, aber immerhin hatten sie nun ein Gesprächsthema.

»Hast du dir mal darüber Gedanken gemacht, was aus uns wird, wenn wir den Test nicht bestehen und die Mission abgeblasen wird?«, fragte sie deshalb. Das hatte sie sich tatsächlich schon das eine oder andere Mal gefragt.

»Keine Ahnung, Matterson hat nie davon gesprochen. Ich glaube, er will nicht, dass wir darüber nachdenken, scheitern zu können.«

»Wahrscheinlich schicken sie dich zurück in den Knast, und ich werde in irgendwelchen Labors verschwinden, wo man den Rest meines Lebens Versuche mit mir anstellt. Mein Traum von einem normalen Leben wäre vorbei.«

»So weit wird es nicht kommen. Erstens schaffen wir die Prüfung, und zweitens ist uns Matterson was schuldig.«

Jenny blickte ihn erneut an. »Ich traue Matterson, und wenn es nach ihm ginge, würde er wahrscheinlich alles für uns tun, aber sieh es mal so, er ist nur ein kleiner Colonel in der Armee. Über ihm stehen wesentlich mächtigere Männer mit vielleicht ganz anderen Interessen. Letztendlich wird er einen Befehl bekommen und befolgen müssen, ob es ihm gefällt oder nicht.«

»Umso wichtiger, dass wir das heute hinkriegen«, sagte Wilbur lächelnd.

»Das sind ja ganz neue Töne …«, meinte Jenny.

»Was meinst du damit?«

»Na ja, du hast von ›wir‹ gesprochen. Bei unserem letzten Gespräch hast du mich einfach im Regen stehen lassen, daher dachte ich, ich und die anderen würden dir tierisch auf die Nerven gehen – oder ich hätte dir irgendwas getan.«

Wilbur schwieg, mit einem Mal war die lockere Stimmung vorbei. Verdammt, in Sachen Unterhaltung hatte sie eindeutig noch eine ganze Menge nachzuholen. Wahrscheinlich würde er sich gleich wieder aus dem Staub machen.

»Weißt du, zwischenmenschliche Beziehungen sind nicht so mein Ding«, sagte er schließlich. Jenny war überrascht. Sie überlegte angestrengt, was sie erwidern konnte.

»Na ja, nach allem, was du durchgemacht hast, ist das ja kein Wunder. Ich weiß nicht mal, ob ich überhaupt schon mal irgendeine Art von Beziehung hatte …« Sie versuchte, lässig zu klingen, was ihr aber alles andere als gelang.

Wilbur schien mit sich zu ringen, nach einer Weile sagte er: »Früher oder später verschwinden alle Menschen, die mir etwas bedeuten, aus meinem Leben.« Er presste die Lippen aufeinander. Es fiel ihm sichtlich schwer, über seine Gefühle zu sprechen. »Besser, sich gar nicht erst auf was einlassen.« Er sprach ihr aus der Seele. Dennoch war Abschottung nicht die Lösung, nicht für die Mission, die ihnen bevorstand.

»Trotzdem sitzen wir fünf alle zusammen in einem Boot. Ich glaube, wir müssen uns aufeinander verlassen können, sonst gehen wir schneller unter als gedacht«, sagte Jenny vorsichtig. »Wir müssen ja nicht zu besten Freunden werden, aber ein bisschen Kommunikation wäre schon ganz nett … Ich unterhalte mich gerne mit dir.« Jetzt war es raus. Hoffentlich machte er nicht gleich den Abflug.

Stattdessen schaute er sie eindringlich an. »Wenn das heute klappt, treten wir eine gefährliche Mission an, von der es vielleicht kein Zurück gibt. Wenn dir etwas geschieht …« Den Rest ließ er unausgesprochen.

Sie spürte, wie das Blut in ihren Adern zu rauschen begann. »Und du denkst, sich auf nichts einzulassen, verhindert das?«

»Nein, aber dann tut es vielleicht nicht so weh.«

Jenny war überrascht von seiner Offenheit und wusste plötzlich nicht mehr, was sie sagen sollte. Damit hatte sie nicht gerechnet.

»Wir zwei sind anders als Malcom, Damon und Amanda«, meinte Wilbur. »Und man sieht es uns an. Unsere Verletzungen sind für jeden sichtbar. Meine Tätowierungen, dein Metallkörper. Wir werden niemals wie andere durchs Leben spazieren. Kein Eis essen, ohne angestarrt zu werden. Kein Alltag. Nichts, was irgendwie normal wäre. Wenn man es genau betrachtet, sind Damon und Amanda viel ungewöhnlicher als wir. Nicht einmal menschlich, aber ihre Fremdartigkeit verbirgt sich hinter schönem Aussehen, hinter bezauberndem Lächeln. Wenn wir lächeln, werden unsere Gesichter zu Fratzen, und die Menschen wenden sich von uns ab.«

»Das stimmt.« Auch wenn es so war, machten sie seine Worte irgendwie wütend. »Aber bald schicken sie uns ins Energiefeld, dann geht es nur noch ums Überleben, und du verschwendest die wenige Zeit, die wir haben, damit, dir Gedanken über unser Aussehen zu machen. Ich sag dir mal was: Wir müssen das Beste aus dem machen, was ist, und wir haben nur den Moment.«

»Schön gesagt, aber ...«

»Was aber?«

»So einfach ist es nicht.«

»Es könnte einfach sein.«

»Nicht, wenn wir sind, was wir sind.«

»Heißt das jetzt, dass du mich in Zukunft links liegen lässt?«

Kurz schien er irritiert. Dann lächelte er sanft und streckte seine Hand nach ihrer aus und umfasste sie. »Nein, das heißt es nicht.«

Die Berührung verwirrte Jenny. Sie räusperte sich und wusste nicht, wie sie mit der Situation umgehen sollte. Daher kam es ihr gerade recht, dass vor ihnen der Hügel auftauchte, an dem alles stattfinden sollte. Er war weder hoch noch steil. Einfach ein mit Moos bewachsener Felsen mit unzähligen Steinbrocken darauf, die einer Armee Schutz bieten konnten.

Jenny zog ihre Hand zurück und konzentrierte sich auf das Geschehen vor ihr, ohne Wilbur noch einmal in die Augen zu sehen. Sie wusste nicht, ob er genauso irritiert war wie sie, als er sie beim Training einfach hatte stehen lassen. Das war jetzt auch egal. Sie musste sich auf den Test konzentrieren, um ihn zu bestehen. Nur das zählte im Augenblick, rief sie sich in Erinnerung. Deswegen war sie hier. Sie war eine Soldatin, die den Auftrag hatte, die Menschheit zu retten.

Mattersons Männer waren bereits da und hatten sich am Fuß des Hügels aufgestellt. Es waren ein Dutzend Soldaten. Wilbur war bisher nicht bewusst gewesen, dass sich so viele auf der Insel befanden, vielleicht waren sie über Nacht eingeflogen worden.

Sie trugen merkwürdige schwarze Uniformen, die aussahen, als hätte man sie aus Metall gemacht. Sie bedeckten den ganzen Körper inklusive Gesicht und Hände. Ob jemand dabei war, den Wilbur schon kannte, ließ sich nicht feststellen, denn sie trugen Masken, die wirkten, als hätte man die Schutzausrüstung eines Eishockeytorwarts mit einer Gasmaske verbunden.

Die Waffen in ihren Händen muteten ebenso futuristisch an. Stumpfnasige Gewehre, deren Mündungen zu klein für normale Patronen zu sein schienen.

Keiner der Männer rührte sich.

Wilbur musste sich zusammenreißen. Darüber, was eben zwischen ihm und Jenny passiert war, konnte er auch später noch nachdenken. Vermutlich würde er im Knast genug Zeit dafür haben, sollte er den verdammten Test verkacken und wieder in einem dieser Dreckslöcher landen. Auch wenn es ihm zugegebenermaßen schwerfiel, sich zu konzentrieren, weil seine Haut noch immer kribbelte, dort wo Jennys Hand die seine berührt hatte.

Matterson trat heran und zeigte auf die Soldaten. »Das ist eine Spezialeinheit der Army Rangers. Ihre Kampfausrüstung besteht aus einer Keramik-Zirkonium-Faser, die Temperaturen bis zu eintausend Grad widerstehen kann. Die Waffen der Männer sind Lasergewehre. Nicht tödlich, aber sehr schmerzhaft. Ihr alle bekommt jetzt Kampfwesten und Beinschützer, die einen Stromschlag an der Stelle abgeben, an der ihr von einem Laserstrahl getroffen werdet. Je nach Schwere des Treffers seid ihr danach bewegungsunfähig oder könnt weitermachen. Euer Ziel ist es, euch mit allen Mitteln den Hügel hinaufzukämpfen. Dort oben …«, er deutete auf eine schwarzgraue Stelle, die Wilbur bisher für einen Felsbrocken gehalten hatte, »… befindet sich eine kleine Blechhütte. Darin ist das Kommunikationsnetzwerk eurer Gegner. Sollte es euch gelingen, es auszuschalten, geht an den Uniformen der Männer ein rotes Licht an und die Mission gilt als erfüllt.« Er schaute in die Runde. »Ihr bekommt die gleichen Waffen wie die Rangers, aber das wird euch nicht viel helfen. Setzt eure Fähigkeiten ein.«

Damon hob die Hand. »Colonel, wie sollen wir vorgehen?«

»Das müsst ihr selbst herausfinden.«

»Die Sache scheint mir zu einfach«, setzte der Dämon nach. »Da stimmt doch was nicht. Amanda könnte einfach singen oder Wilbur die Zeit anhalten.«

Ja, stimmte Wilbur gedanklich zu, *da hat er vollkommen recht. Irgendwas ist da doch faul …*

»Probiert es aus.«

Nun meldete sich Malcom. »Das Kommunikationsnetzwerk … gibt es da einen Ausschalter?«

Matterson lächelte. »Den gibt es tatsächlich. Aber ihr werdet fünf Schalter vorfinden. Nur einer von ihnen bringt euch ans Ziel. Drückt ihr den falschen, wird eine kleine Sprengladung gezündet und die Apparatur zerstört. Die Prüfung gilt dann als gescheitert.«

Alle stöhnten auf.

»Damit soll verhindert werden, dass Damon von hier unten einfach die ganze Anlage einschmelzt.« Matterson blickte Damon an. »Dir ist jetzt sicher auch klar, dass es dort oben einen Hitzesensor gibt, der die Sprengladung ebenfalls zündet.«

»Das ist nicht fair, Sir«, sagte Wilbur. »Sie wollen, dass wir unsere Fähigkeiten einsetzen, gleichzeitig machen Sie uns das fast unmöglich.«

»Wir wissen nicht, was ihr auf der anderen Seite des Energiefeldes vorfindet, aber es wird anders sein, als ihr erwartet. Wir müssen wissen, ob ihr bereit seid, eure Fähigkeiten auch auf ungewohnte Art zu nutzen.«

»Was ist, wenn wir scheitern?«, fragte Jenny, und Wilbur warf ihr einen Blick zu.

»Darüber müssen wir nicht sprechen. Ich glaube an euch. Und jetzt genug geredet. Die Soldaten gehen in Stellung. Ihr habt fünf Minuten Zeit, euch einen Plan auszudenken, dann gibt Sergeantin Haydn mit einer Leuchtrakete das Signal zum Start der Prüfung. Wir werden euch von hier aus beobachten. Haydn filmt alles fürs Pentagon.«

7

»Okay«, sagte Wilbur. »Wie gehen wir die Sache an?«

»Ist doch klar«, meinte Amanda schnippisch. »Ich singe, die Soldaten geraten unter meinen Bann, du und Damon könnt sie dann abknallen. Jenny reißt jedem, der dann noch übrig ist die Arme aus und Malcom versucht, sich kein Bein zu brechen. Am besten, er bleibt in Deckung und rührt sich nicht.«

Na danke, dachte Malcom. *Sie sieht mich immer noch nicht als Teil des Teams, nur als lästige Krücke für die anderen.*

»Ich glaube nicht, dass der Colonel vergessen hat, was du mit deiner Stimme anrichten kannst«, sagte er. »Sicherlich hat er die Soldaten darauf vorbereitet.«

Amanda funkelte ihn an. »Ich dachte, wir sind genau deshalb auf dieser beschissenen Insel. Wir sollen unsere Fähigkeiten einsetzen, um den Scheißtest zu bestehen.«

Malcom ließ nicht locker »Matterson will uns als Team agieren sehen. Wir sollen im Verbund kämpfen. Er kennt die Möglichkeiten eines jeden Einzelnen von uns, aber manchmal ist das Ganze mehr als die Summe seiner Teile.«

»Ach? Was ein geiler Spruch! Aus welchem Glückskeks hast du den denn?« Amandas Wangen glühten vor Wut. »Da draußen sind schwer bewaffnete Soldaten. Wir müssen die irgendwie schwächen, damit wir überhaupt eine Chance gegen sie haben.«

Malcom ärgerte sich über Damon, Wilbur und Jenny, die einfach nur schweigend daneben standen und Amanda das Feld überließen.

»Was denkt ihr?«, fragte er.

Damon verzog den Mund. »Ich glaube, Amanda ist unsere stärkste Waffe. Wir sollten zumindest versuchen, ihren Gesang einzusetzen.«

»Und wenn es nicht klappt?«

»Müssen wir improvisieren«, sagte Jenny. »Ohne Amandas Fähigkeit wird es nahezu unmöglich sein, die Soldaten aus ihren Löchern zu bekommen. Wilbur kann zwar die Zeit anhalten, aber die paar Sekunden reichen niemals aus, damit Damon und ich unsere eigenen Fähigkeiten effektiv anwenden können.«

Von mir spricht wieder keiner. Ich sollte einfach nach Hause gehen …

»Ich kann mir nicht vorstellen, dass es so einfach ist. Wenn es schiefgeht, haben wir keinen Plan B.«

»Wir müssen alles auf eine Karte setzen«, sagte Damon. »Manchmal gewinnt man nur, wenn man alles riskiert.«

Malcom schwieg.

Plötzlich gab es einen Knall. Eine feurige Spur jagte in den Himmel hinauf.

Es war so weit.

Die Leuchtrakete fiel in einem weiten Bogen der Erde entgegen. Malcom wurde ganz schlecht, als er daran dachte, was vor ihnen lag. Amandas Plan konnte nicht klappen, zudem war da noch die seltsame, schwere Ausrüstung, die auf seinen Körper drückte, und das futuristische Lasergewehr lag mehr als fremd in seiner Hand. Verdammt, warum hatte Matterson sie vorher nicht mit so einem Ding trainieren lassen?

Aber die Antwort war klar, selbst bei den zur Verfügung stehenden Waffen sollten sie vor neue Herausforderungen gestellt werden.

»Okay, los!«, zischte Damon.

Amanda begann zu singen. Zunächst leise, dann immer lauter. Sie wollte den Soldaten befehlen, aus der Deckung zu kommen und die Waffen wegzulegen.

Nichts geschah.

»Sie sind zu weit weg und hören mich nicht«, sagte sie, als nichts passierte. »Ich muss weiter den Hügel rauf.«

»Nicht …«, wollte Malcom rufen, aber da hatte sie sich schon aufgerichtet. Der rote Strahl kam wie aus dem Nichts, traf Amanda am rechten Arm und warf sie nach hinten auf den Rücken. Stöhnend blieb sie liegen.

»Scheiße, tut das weh.«

Damon beugte sich über sie. »Ist es schlimm?«

»Fragst du das im Ernst?«, knurrte das Mädchen. »Mein verdammter Arm ist gelähmt.«

Malcom blickte auf ihre Schutzausrüstung. »Deine Kampfweste zeigt an, dass du noch zu siebzig Prozent einsatzfähig bist«, sagte er.

»Danke für die Info, Idiot!«

»Ich hab's dir gleich gesagt. Die Typen sind vorbereitet. Jetzt wissen wir, dass sie einen Gehörschutz tragen.«

»Ach, halt einfach die Klappe«, zischte Amanda.

»Und du, Amanda, solltest nicht allein losstürmen. Wenn wir zusammen eine Entscheidung treffen, müssen wir sie auch gemeinsam umsetzen«, sagte Damon wütend. Darauf wusste Amanda scheinbar keine Antwort.

»Unser erster Ansatz ist also gescheitert. Wir sind keinen Meter vorangekommen. Was machen wir jetzt?«, überlegte Damon weiter.

Malcom dachte nach. Es war klar, dass die Ranger sie im Visier hatten. Sie würden nacheinander außer Gefecht gesetzt werden, wenn sie sich aus der Deckung trauten. Was konnten sie tun? Welche Möglichkeiten hatten sie noch, ihre Fähigkeiten einzusetzen? Er schaute auf seine Hände, öffnete und verschränkte sie. Schließlich sagte er: »Ich habe eine Idee.«

Alle starrten Malcom an.

»Schieß los«, meinte Damon.

»Wir brauchen fünf Sekunden.« Malcom sah Wilbur an.

Der grinste. »Die sollst du haben.«

»Wenn du die Zeit anhältst, kannst du jeden Gegenstand benutzen, wenn du willst. Du bist ja keiner Einschränkung unterworfen, richtig?«

»Richtig.«

»Du könntest also eine Waffe abfeuern?«

»Ja, aber das wird uns nicht helfen.«

»Wart's ab.«

Dann sagte ihnen Malcom, wie er sich die Sache vorstellte.

»Verrückt«, meinte Damon, als er fertig war.

»Es könnte klappen«, sagte Wilbur.

»Niemals«, sagte Amanda. »Das funktioniert niemals.«

»Hast du einen besseren Plan?«, zischte Jenny. »Nein? Dann machen wir es so, wie Malcom beschrieben hat.«

Amanda schwieg mit zusammengepressten Lippen.

»Okay, alle bereit?«, rief Malcom. »Bei drei geht es los! Eins! Zwei! Drei!«

Damon sprang abrupt auf, aus seiner rechten Hand schoss ein grellweißer Energiestrahl hervor, der den Hügel hinaufjagte. Bevor einer der Gegner schießen konnte, hielt Wilbur die Zeit an, sprang ebenfalls auf, packte Damons Hand und bewegte den Energiestrahl über den ganzen Hügel vor ihm. Von rechts nach links. Als die fünf Sekunden um waren, entwichen dicke Nebelschwaden dem Gestein, hüllten den ganzen Hügel ein, sodass nichts mehr zu sehen war.

Wilbur brüllte dem Dämon »Stopp!« ins Ohr und zog ihn zu Boden. Gemeinsam mit Amanda begannen die beiden, nun wild den Hügel hinaufzuschießen, um für so viel Ablenkung wie möglich zu sorgen.

Nun richtete sich Jenny auf, und Malcom sprang auf ihren Rücken. Ihm war bewusst, dass er selbst niemals schnell genug den Hügel hinaufkäme, bevor sich der Nebel verzog, aber Jenny konnte es schaffen. Allerdings wollte sie nicht diejenige sein, die den Schalter auswählte, das sollte Malcom tun, von dem Matterson behauptet hatte, er habe unwahrscheinliches Glück in den richtigen Momenten. Nun konnte er das beweisen.

Jenny stürmte los, den Hügel hoch, und Malcom klammerte sich an ihr fest, so gut er konnte. Um sie herum zerschnitten Laserstrahlen die grauen Schwaden, ohne dass er sagen konnte, woher die Schüsse kamen.

Jennys erweitertes Sichtsystem ermöglichte es ihr, trotzdem zu erkennen, wohin sie rannte, und auftauchenden Felsen auszuweichen.

Kurz bevor sie das Ende des Hügels erreichten, wurde sie dann aber doch getroffen. Ein Schuss legte das Nervensystem in Jennys menschlichem Bein lahm, sie stolperte und fiel hin. Malcom flog über ihre Schulter hinweg und prallte hart auf einen Stein.

Schmerzen jagten durch seinen Körper, und die Luft blieb ihm weg, aber er rappelte sich auf und hastete weiter, während Jenny liegen blieb.

Obwohl er kaum etwas sehen konnte und silberne Flecken vor seinen Augen tanzten, spürte er doch, dass es nicht mehr weit war und er in die richtige Richtung lief. Es fühlte sich an, als hätte sein toter Bruder die Kontrolle übernommen und führe ihn vorwärts.

Dann tauchte wie ein Schemen die Hütte vor ihm auf. Keuchend erreichte er den Eingang, der wie der Schlund eines mystischen Raubtieres wirkte. Da traf ihn ein Laserstrahl direkt in den Rücken.

Ein Stromschlag durchzuckte ihn, sein Körper wurde steif und er fiel nach vorn in die Hütte hinein. Prallte auf einen Metalltisch. Seine Hand suchte nach Halt und fand einen Schalter, der umkippte, als er versuchte, sich daran festzuhalten. Dann lag er auf dem Boden der Hütte und dachte nur ein Wort.

Versagt!

8

Tag X
Zwei Wochen später

Die Prüfung lag lange hinter ihnen. Letztendlich war es bei dem Test gar nicht darum gegangen, ob sie es schafften, den Schalter umzulegen, hatte Matterson ihnen anschließend erklärt. Er hatte sie als Team agieren sehen wollen und musste herausfinden, ob sie in der Lage waren zu improvisieren, wenn mal etwas schiefging.

Ob er durch seine Gabe geahnt hatte, dass die Gruppe zunächst versuchen würde, Amandas Fähigkeit einzusetzen, wusste Damon nicht, aber wahrscheinlich brauchte man keine *Ahnung*, um darauf zu kommen.

Sie hatten tatsächlich bestanden, und Malcom hatte sogar den richtigen Schalter umgelegt. Ob das Glück oder Zufall war, wusste niemand. Letztendlich spielte es auch keine Rolle, denn Malcom hatte seine Fähigkeiten unter Beweis gestellt und gezeigt, dass er ein wichtiges Mitglied der Gruppe war.

Vierzehn Tage lang hatten sie seitdem trainiert, waren über die halbe Insel gekrochen, hatten Tausende Schuss Munition verballert und geübt, gemeinsam ihre Fähigkeit in unterschiedlichen Situationen einzusetzen.

Nun war es so weit.

Tiefe Wolken verdüsterten den morgendlichen Himmel. Die Sonne war nur als fahler Schimmer am Horizont auszumachen. Ein feiner Nieselregen hatte eingesetzt und legte sich wie Nebel auf Damons Gesicht. Es roch nach Meer und Tang.

Er schnupperte in die Luft, dann ließ er seinen Blick über die anderen des Teams schweifen.

Alle beluden schweigend das riesige Dingi, das problemlos einem Dutzend Soldaten Platz geboten hätte. Das dunkelgraue Gummi ließ das Schlauchboot wie einen an der Küste gestrandeten Wal aussehen, wobei der hochgeklappte Außenbordmotor wie die Fluke wirkte.

Hinter ihm standen schweigend Matterson und seine Männer. Matterson war noch einmal kurz zum Helikopter gegangen, um sich von Haydn den neuesten Wetterbericht geben zu lassen. Aber den brauchte Damon nicht, er konnte sehen, dass von dieser Seite keine Probleme zu erwarten waren.

Die Kleidung, die er trug – eine Cargohose, feste Schuhe, Hemd und Regenjacke – war imprägniert, bequem und zweckmäßig für ihr Vorhaben.

Sämtliche Waffen waren in den wasserdichten Rucksäcken verborgen, ebenso wie die gesamte andere Ausrüstung, die schmerzhaft seinen Rucksack herunterzog. Damon verstellte die Gurte ein wenig, um seinen Rücken zu entlasten. Jenny kam herüber. Ihr blondes feuchtes Haar klebte an den Schläfen, die Metallseite ihres Gesichtes glänzte.

»Soll ich den nehmen und einladen?«, fragte sie mit einem Nicken in Richtung seines Rucksacks.

»Danke, ich bringe ihn gleich rüber, wollte nur abwarten, ob Matterson neue Informationen hat.«

»Wie weit ist es bis zur Ölplattform?«

»Der Colonel hat gesagt, dreizehn Seemeilen. Wir werden ungefähr dreißig Minuten brauchen.«

»Du wirkst so gelassen. Ist dir bei der ganzen Sache nicht auch ein bisschen mulmig? Oder ist das so ein Dämonending?«, fragte Jenny und blickte ihn an.

»Ich weiß genauso wenig, was mich erwartet, wie du. Glaub mir, selbst ich habe Schiss, Dämon hin oder her. Wie ist die Lage bei den anderen?«

»Amanda ist heute recht schweigsam – was ziemlich ungewöhnlich ist, wenn ich genau darüber nachdenke …«, meinte sie grinsend, und Damon tat es ihr gleich.

Ja, Amanda hatte Temperament, das musste man ihr lassen.

»… Wilbur und Malcom scheinen sich nicht besonders wohlzufühlen. Malcom hat etwas von Magenproblemen erzählt, aber ich denke, das ist die Aufregung.«

Damon nickte. Verständlich, zudem hatte der Helikopterflug hier raus sicherlich auch seinen Teil dazu beigetragen, dass sich alle ein wenig schummrig fühlten.

Haydn kam durch den Sand auf sie zugestapft. Ihr Gesichtsausdruck war angespannt.

»Hey, kommt mal her«, rief sie den anderen drei am Boot zu, als sie sich zu Jenny und Damon stellte. Amanda, Malcom und Wilbur ließen die Ausrüstung liegen und gesellten sich zu ihnen.

Haydn räusperte sich. »Ich will keine lange Rede halten, wir alle wissen, um was es geht. Dennoch möchte ich euch meinen Respekt zollen für den Mut, den ihr zeigt. Kommt gesund wieder.«

Keiner von ihnen sagte ein Wort. Haydn trat zur Seite, als Matterson zu ihnen herüberkam.

»Es ist so weit«, sagte der Colonel ruhig. »Ihr könnt ablegen.«

»Was ist mit denen?«, fragte Damon und deutete aufs Meer hinaus, wo schemenhaft einige Schiffe der Navy kreuzten.

»Sie werden sich zurückziehen und eine Gasse für euch

bilden. Haydn und ich besteigen den Helikopter und begleiten eure Fahrt. Wir werden aus der Luft alles beobachten.« Matterson schaute in die Runde. »Bis zum Energiefeld sollte es keine Probleme geben, aber achtet auf Wale. Sie nähern sich zwar zumeist von unten dem Feld, aber hin und wieder tauchen sie zum Atmen auf. Weicht ihnen aus, nicht dass ihr gerammt werdet.«

»Wir werden versuchen, Kontakt mit der Basis aufzunehmen, wenn wir durch sind«, sagte Wilbur und sprach damit die zwei Funkgeräte und das Satellitentelefon an, die sie mit sich führten.

Matterson sah ihn nachdenklich an. »Probiert es, vielleicht kommt etwas durch, aber eigentlich erwarte ich erst wieder, von euch zu hören, wenn das Energiefeld zerstört ist und ihr zurückkommt.«

»Falls das möglich ist«, meinte Amanda.

»Ja, falls das möglich ist«, wiederholte der Offizier. Er schaute sie nacheinander an. »Vor euch liegt eine schwierige Aufgabe, und alles hängt davon ab, ob ihr sie erfüllt. Es geht um das Schicksal jedes einzelnen Menschen auf diesem Planeten. Wir verlangen viel von euch und bitten euch, euer Leben für die Mission zu riskieren. Amanda und Damon sind eigentlich unsterblich. Diese Unsterblichkeit steht für euch persönlich auf dem Spiel. Wilbur und Malcom, ihr seid noch so jung, habt kaum etwas vom Leben gehabt und trotzdem wollt ihr gehen.« Er wandte sich an Jenny. »Und du, Jenny, weißt nicht einmal, wer du bist und woher du kommst, und dennoch willst du dieses Abenteuer wagen. Ihr alle wagt euer Leben für Menschen, die ihr niemals kennenlernen werdet. Und wenn die Mission gelingt, werden diese Menschen niemals erfahren, was ihr geleistet habt. Aber ich und einige wenige andere wissen davon und wir danken euch. Wir wünschen euch Glück für die anstehende Mission. Passt aufeinander auf.«

Nacheinander schüttelte Matterson jedem Einzelnen die Hand und klopfte ihnen auf die Schulter. Damon sah in seinen Augen, dass er stolz auf sie war und auf das, was sie bisher vollbracht hatten. Er hoffte nur, dass sie ihn nicht enttäuschten.

Dann drehte sich der Colonel zu Haydn um. »Die Männer können jetzt helfen, das Boot ins Wasser zu schieben.«

Damon ging zum Dingi und warf seine Ausrüstung hinein. Gemeinsam mit den Soldaten und den anderen des Teams schoben sie das Schlauchboot ins Wasser, dann stiegen er, Amanda, Wilbur, Malcom und Jenny ein.

Bei Jenny begann das Dingi zu schwanken, und die anderen mussten zum Ausgleich ihr gegenüber Platz nehmen, um das Gewicht auszutarieren. Matterson klappte den Außenbordmotor herunter und blickte Damon an.

»Du bist dran.«

Damon stand vorsichtig auf und setzte sich neben die Drehgaspinne. Er startete den Motor, der dumpf blubbernd zum Leben erwachte. Mattersons Männer stießen das Boot an, und Damon gab Gas.

Das Dingi erhob seinen Bug wie ein auftauchender Wal und schoss nach vorn. Es gab einen heftigen Ruck, und Damon nahm wieder etwas Gas weg. Amanda grinste ihn an.

»Könntest du versuchen, uns zur Plattform zu schippern, ohne uns vorher zu versenken?«

»Ich versuch's!« Damon grinste zurück. Jenny lächelte. Die beiden anderen Jungs klammerten sich krampfhaft fest und starrten in die Ferne.

Feine Gischt spritzte auf, wenn sie die kleinen Wellentäler durchfuhren, die vom Meer an die Küste strebten. Obwohl es noch kühl war, empfand Damon die Bootsfahrt als sehr belebend. Er legte den Kopf in den Nacken und beobachtete eine Möwe, die den Weg des Bootes kreischend begleitete. Kurz darauf wurde sie vom Lärm des Helikopters vertrieben, der etwa zweihundert Meter über ihnen kreiste. Die Schiebetür des Helis war geöffnet, und Damon sah, dass sich Matterson herauslehnte. Sicherlich hatte er ein Fernglas in der Hand, durch das er sie beobachtete. Damon wollte instinktiv die Hand zum Gruß heben, unterließ es dann aber. Das hier war kein Schulausflug.

Sie hatten den Strand hinter sich gelassen, als Jenny plötzlich »Schaut mal! Da!« ausrief. Sie deutete nach Norden.

Zunächst konnte Damon nichts erkennen, aber dann machte er die Buckel von zwei Walen aus, die gemächlich durch die Wellen pflügten. Es war ein Muttertier mit seinem Kalb. Damon wusste nicht viel über Wale, aber die beiden schienen zu einer der großen Arten zu gehören. Wahrscheinlich Finn-, Buckel- oder Grauwale. Einen Pottwal oder Blauwal hätte er erkannt.

Er drosselte den Motor und schwenkte nach Osten ab, um den Tieren auszuweichen.

»Sie wollen zum Energiefeld«, rief Malcom gegen den Fahrtwind an.

Hier und jetzt wurde Damon bewusst, wie ernst die Lage war. Aus Theorie wurde Wirklichkeit. Die beiden Wale würden in wenigen Minuten beim Energiefeld sein, diese Welt verlassen und wohin auch immer verschwinden. Beide würden sich auf der Erde nicht mehr fortpflanzen und für Nachwuchs sorgen können. Ihre ohnehin schon bedrohte Art würde weiter dezimiert werden, bis eines Tages nicht mehr ausreichend Tiere vorhanden waren, um das Überleben der Art zu sichern.

Während er darüber nachdachte, hatte er offensichtlich etwas übersehen, denn Jenny rief laut: »Vorsicht!«

Delfine, große Tümmler, kreuzten fünfzig Meter vor ihnen die Route, und Damon musste die Pinne herumreißen, um nicht mit ihnen zu kollidieren. Fasziniert beobachtete er, wie die circa dreißig Tiere in einen sanften Bogen gingen und nun direkt auf die Ölplattform zuhielten, die sich wie ein Zeigefinger vor ihnen aus dem Meer erhob.

Es mochten noch drei Meilen sein, und auch wenn die Turmplattform von hier aus nicht besonders eindrucksvoll wirkte, wusste Damon doch, dass sie sich fast einhundertsiebzig Meter in die Höhe streckte. Das Energiefeld um sie herum hatte laut Matterson inzwischen einen Durchmesser von drei Meilen, es konnte also nicht mehr lange dauern, bis sie es erreichten.

Das Feld war nicht sichtbar, es gab laut Matterson kein Flimmern oder Ähnliches, sie würden also erst an einer eventuellen Umgebungsänderung bemerken, dass sie in das Energiefeld eingedrungen waren.

Niemand wusste, wie es darin oder dahinter aussah. Er schüttelte die Gedanken ab und konzentrierte sich auf die rasch näher kommende Ölplattform, die auf vier mächtigen Säulen ruhte und deren Metallturm wie das Grundgerüst einer Kathedrale wirkte.

»Macht euch bereit!«, rief er den anderen zu, die mit verkniffenen Gesichtern in Fahrtrichtung blickten. »Es wird gleich so weit sein.«

Wie wird es sich anfühlen, das Energiefeld zu betreten?

Das Funkgerät in Wilburs Hand knisterte. Mattersons Stimme meldete sich: »Noch fünfhundert Meter. Viel Glück.«

Damon hob die Hand, zum Zeichen, dass sie die Nachricht gehört hatten. Dann nahm er Gas weg, bis sie nur noch langsam voranschipperten.

Amanda drehte sich zu ihm um. In ihren Augen flackerte ein wütendes Feuer. Damon wusste nicht, ob es ihm oder den Umständen galt.

»So nicht!«, brüllte sie herüber.

»Was?«

»Gib Vollgas! Wenn wir schon da rein müssen, dann mit Pauken und Trompeten!«

Damon dachte daran, dass der Commanding Officer ihn angewiesen hatte, sich dem Feld langsam zu nähern, aber dann bemerkte er, dass sich ihm alle vier zugewandt hatten und ihn erwartungsvoll anblickten.

Was soll's? Wir werden wahrscheinlich so oder so alle draufgehen …

Damon drehte den Gashebel voll auf, das Boot schoss mit einem Aufbrüllen des Motors nach vorn. Wasser spritzte herein. Wellen schwappten über den Bug. Ein Ritt wie auf einem bockenden Pferd. Amanda kreischte auf. Sie klang wild und ungebändigt. Jenny lächelte merkwürdig. Malcom und Wilbur brüllten gegen den Fahrtwind an, sie kreischten wie bei einer Fahrt in der Achterbahn, wenn die Waggons den höchsten Punkt erreicht hatten und dann fast schwerelos in die Tiefe stürzten.

Geh nicht gelassen in die gute Nacht.

Wer hatte das gesagt? Richtig, Dylan Thomas. Wie hatte noch mal die erste Strophe seines Gedichtes gelautet?

Geh nicht gelassen in die gute Nacht,
Brenn, Alter, rase, wenn die Dämmerung lauert;
Im Sterbelicht sei doppelt zornentfacht.

Noch einmal warf Damon einen Blick zum Himmel. Der Helikopter kreiste nun hinter ihnen, riskierte nicht, versehentlich in das Feld zu fliegen, das sich an dieser Stelle anderthalb Meilen in die Höhe streckte.

Brenn, Alter, rase, wenn die Dämmerung lauert;
Im Sterbelicht sei doppelt zornentfacht.

Eine letzte Welle.
Dann waren sie hindurch.

PART 2

Von Göttern

9

Als Wilbur erwachte, war er zunächst vollkommen orientierungslos.

Was war geschehen?

Wo war er?

Nur langsam kehrte die Erinnerung zurück, und Wilbur stellte erstaunt fest, dass er festen Boden unter den Füßen hatte.

Obwohl … so ganz richtig war das nicht, denn er lag in Sand, der nach allen Seiten rieselte, als er versuchte, sich aufzurichten.

Über ihm strahlte eine gleißende Sonne vom wolkenlosen blauen Himmel herab. Es war unglaublich heiß, und der Sand glühte regelrecht.

Wilbur kam auf die Knie und rieb sich über die Augen, bis er klar sehen konnte. Alles um ihn herum flimmerte in der Hitze, verschwamm und floss auseinander. Nur mühsam konnte er erkennen, dass sich um ihn eine Wüstenlandschaft in alle Richtungen erstreckte, die nur von Dünen durchbrochen wurde.

Sand, Sand, Sand, wohin er auch schaute.

Wo war das Meer?

Die Ölplattform?

Die anderen seines Teams?

Nicht mal das verdammte Schlauchboot war zu sehen.

Wilbur stützte sich im Sand ab und stand auf. Eine Hand schützend über seine Augen haltend, drehte er sich schwankend um die eigene Achse.

Dort! Gar nicht mal so weit entfernt, war ein dunkler

Fleck auf dem Boden auszumachen. So wie es aussah, lag da ein Mensch. Wilbur spuckte Sand aus, dann leckte er sich über die spröden Lippen.

Wie lange hatte er da gelegen?

Allzu lange konnte es nicht gewesen sein. Sein Gesicht war zwar erhitzt, aber wenn er mehr als eine Stunde bewusstlos gewesen wäre, müsste es ihm wesentlich schlechter gehen und die Haut inzwischen wie Feuer brennen.

Wilbur schaute nach oben, in dem irrsinnigen Wunsch, den Helikopter mit Matterson und Haydn an Bord zu entdecken, aber das war natürlich Blödsinn.

Vielleicht war er ja auch einfach tot, und so sah der Himmel aus? Oder er war auf einen beschissenen Wüstenplaneten gebeamt worden, Lichtjahre von der Erde entfernt? Und würde hier elendig verrotten?

Humpelnd, ächzend und fluchend stapfte er durch den Sand auf den dunklen Schemen zu. Es war Jenny! Wilbur erkannte sie an ihrem blonden Pferdeschwanz. Sie lag mit dem Gesicht nach unten auf dem Boden. Wilbur rief ihr zu. Keine Antwort. Er ließ sich neben sie auf die Knie fallen, die wenigen Meter bis hierher hatten ihn vollkommen erschöpft.

»Jenny?«

Sie rührte sich nicht. Panik stieg in ihm auf. Wilbur fasste nach ihrer Schulter und wälzte sie auf den Rücken.

Gott sei Dank! Ihr Brustkorb hob und senkte sich leicht, wie er jetzt feststellte. Wilbur schob sich weiter nach links, sodass sein Schatten auf ihr Gesicht fiel. Unerwartet schlug Jenny die Augen auf und blickte ihn an.

»Bin ich tot?«, fragte sie als Erstes.

»Hoffentlich nicht, sonst müsstest du mit mir bis in alle

Ewigkeit vorliebnehmen.« Er lachte, und Erleichterung durchströmte ihn.

Jenny fiel das Lächeln sichtlich schwerer, dennoch probierte sie es.

»Hast du Schmerzen? Bist du verletzt?«

Jennys Hände tasteten über ihren Körper. Sie hob die Hände vors Gesicht, bewegte ihre Finger, zappelte mit den Beinen.

»Scheint alles okay zu sein, ich fühle mich nur ein wenig … eingerostet.« Sie blickte sich um. »Wo sind wir?«

»Keine Ahnung.«

»Und die anderen?«

Wilbur zuckte mit den Schultern.

»Hast du nicht nach ihnen gesucht?«

»Ich bin selbst gerade erst aufgewacht. Dafür war noch keine Zeit.«

Jenny schüttelte den Kopf, als wolle sie so ihre Benommenheit loswerden. »Hast du sonst jemanden gesehen?«

»Nein.«

»Irgendwelche Spuren im Sand?«

Wilbur versuchte, sich zu erinnern. Da war nichts gewesen.

»Nein.«

»Wo sind die Rucksäcke?«

Gute Frage, darüber hatte er noch gar nicht nachgedacht. Aber jetzt, wo Jenny es sagte …

»Keine Ahnung«, erwiderte er und schaute sich in alle Richtungen um. »Die Ausrüstung ist weg.«

»Echt jetzt?«

»Ja, sogar das Schlauchboot.«

»Verstehst du das?«

»Nein.« Wilbur kratzte sich am Kopf. »Wir besitzen nur noch das, was wir am Leib tragen.«

Jenny stöhnte auf, dann streckte sie die Hand aus. »Hilf mir mal bitte auf.«

Er zog sie auf die Füße.

»Wir müssen die anderen suchen.«

Plötzlich tauchten hinter Jennys Rücken drei unscharfe Gestalten auf, die eine große Düne heruntergestapft kamen.

»Das brauchen wir nicht«, sagte Wilbur. »Sie haben uns schon gefunden.«

Malcom war erleichtert gewesen, als er Wilbur und Jenny entdeckt und festgestellt hatte, dass sie offensichtlich unverletzt waren, denn beide standen auf ihren eigenen Füßen und schauten ihnen entgegen.

Amanda, Damon und er waren vor etwa einer Stunde in dieser gottverlassenen Wüste erwacht. Die Göttin und der Dämon hatten nicht weit von Malcom entfernt regungslos im Sand gelegen, und er hatte zunächst geglaubt, sie wären tot, aber Amandas Gefluche hatte ihn kurz darauf eines Besseren belehrt. Dann waren die beiden zu ihm herübergekommen.

Unbeschadet, aber vollkommen verwirrt, hatten sie festgestellt, dass der komplette Ozean, die Küste, die Ölplattform, das Schlauchboot und die Ausrüstung verschwunden waren.

»Was ist hier los?«, fragte Amanda. »Wo zur Hölle sind wir?«

Malcom verzog nachdenklich den Mund. »Es scheint, als hätten wir das Energiefeld betreten und wären hindurchgegangen. Ganz offensichtlich befinden wir uns nicht mehr in

Nordamerika. Komisch, dass unsere komplette Ausrüstung verschwunden ist.«

»Das könnte zu einem Problem werden«, meinte Damon nachdenklich.

»Wo zum Teufel sind wir gelandet?«, sagte Amanda.

»Und überhaupt: Wo sind all die Fische und Meeressäuger, die das Energiefeld angezogen hat? Hier müssten doch Unmengen von Kadavern und Skeletten herumliegen.« Sie machte eine umfassende Handbewegung. »Aber da ist nichts. Nur Sand, wohin man schaut.«

»Ja«, stimmte ihr Damon zu. »Es gibt auch keinerlei Anzeichen einer Zivilisation. Und auch sonst nichts, das auf die Entstehung des Energiefelds hinweist. Ganz im Gegenteil, es ist komplett verschwunden. Sind wir da, wo wir hinsollten?«

Darauf gab es nichts mehr zu sagen, also hatten sie einfach das Naheliegende getan und sich auf die Suche nach ihren Kameraden gemacht. Es hatte nicht lange gedauert, bis sie Jenny und Wilbur gefunden hatten. Malcom verspürte große Erleichterung, dass es die beiden ebenfalls auf die andere Seite geschafft hatten.

»Mann, bin ich froh, euch zu sehen«, rief Malcom aus. Wilbur grinste schief. Jenny lächelte schwach.

»Wo wart ihr?«, fragte sie.

»Nicht weit von hier entfernt. Eigentlich war ziemlich viel Glück dabei, euch zu finden, wir hätten ja auch in die falsche Richtung gehen können.«

»Warum habt ihr nicht nach uns gerufen? Meine Systeme hätten es vielleicht wahrgenommen.«

»Haben wir.«

»Ich habe nichts gehört. Das ist merkwürdig«, meinte Jenny.

»Leute, ist doch jetzt egal«, ging Wilbur dazwischen. »Wir haben andere Probleme! Wir wissen nicht, wo wir sind und wohin wir sollen, haben weder Waffen, Ausrüstung, Nahrung noch Wasser. Offensichtlich können wir unseren Auftrag nicht erfüllen, denn hier ist absolut nichts, das sich uns als Ziel bietet. Etwas muss beim Durchschreiten des Energiefeldes schiefgelaufen sein, und nun sind wir verschollen.«

»Und was schlägst du vor?«, fragte Amanda gereizt.

»Wir brauchen Wasser und etwas zu essen«, sagte Jenny, »sonst sterben wir. Außerdem dringend Schutz vor der Sonne.«

»Aber wir wissen doch nicht, wohin wir gehen sollen?«

»Dann sollten wir uns umsehen«, gab Jenny trocken zurück. »Wir trennen uns, gehen in verschiedene Richtungen, besteigen Dünen und schauen, ob es da irgendetwas gibt. Etwas muss da sein.«

Die Sonne war ein großes Stück dem Horizont entgegengesunken, als sie sich wieder an der Stelle trafen, von der sie aufgebrochen waren.

Alle waren zurück, bis auf Malcom.

»Ich wette, er hat sich verlaufen«, ätzte Wilbur.

»Habt ihr etwas gefunden?«, fragte Damon. Die Kleidung klebte an seinem Körper.

»Nein. Nichts«, sagte Jenny. Die Enttäuschung war ihr anzusehen.

»Du?«

Wilbur schüttelte den Kopf.

»Ich auch nicht«, meinte Amanda.

»Tja, mir erging es genauso«, gab Damon zu. »Wohin man blickt, Sand. Nichts als Sand.«

»Wir sollten nach Malcom schauen«, sagte Jenny. »Ihn suchen.«

»Der wird schon auftauchen.« Amandas Lächeln strotzte vor Sarkasmus. »Matterson hat doch gesagt, er habe einen unsichtbaren Schutzgeist, der ihm ständig den Arsch rettet. Der kommt schon noch.«

»Und was, wenn nicht?«, beharrte Jenny.

»Können wir immer noch losziehen. Es ist verdammt heiß und durch den Sand zu stapfen sehr anstrengend. Außerdem beginnt sich die Sohle an meinem linken Schuh zu lösen.«

»Das ist natürlich wichtiger«, zischte Jenny.

»Da kommt er«, sagte Damon in die Auseinandersetzung hinein. Wilbur wandte sich um. Tatsächlich, Malcom stapfte gelassen die Düne herunter, als komme er von einem Spaziergang zurück.

»Ich habe Wasser gefunden«, sagte er lächelnd.

10

Das Wasser war weder frisch noch wohlschmeckend und roch verfault. Trotzdem kam es Amanda so vor, als hätte sie nie etwas Besseres getrunken.

Schon erstaunlich, wie sich die Perspektiven nach ein paar Stunden in flirrender Hitze ändern.

Auch wenn sie es nicht zugab, war sie froh, dass Malcom die Quelle entdeckt hatte, denn sie lag versteckt in der Mitte einer kleinen Felsgruppe, die mit ihrem Schatten dafür sorgte, dass sie nicht austrocknete.

Damon hatte vorgeschlagen, hier die Nacht zu verbringen, um dann am nächsten Morgen die Gegend weiter abzusuchen. Sie mussten raus aus der Wüste, brauchten Nahrung und weiteres Wasser, wenn sie überleben wollten, und da war immer noch ihr Auftrag. Auch wenn es im Moment so aussah, als könnten sie ihn nicht erfüllen.

Amanda schreckte auf, als Malcom zu ihr herüberkam und sich neben sie setzte. Seine dunklen Haare waren zerzaust, einmal mehr sah er aus wie ein verloren gegangenes Kind.

»Darf ich dich mal was fragen?«

Sie nickte widerwillig. Aber je schneller er seine Frage gestellt hatte, desto eher ließ er sie hoffentlich wieder in Ruhe.

»Warum kannst du mich nicht leiden?«, sagte er ruhig.

»Ich weiß es nicht«, antwortete sie. Die Worte kamen leiser über ihre Lippen, als sie erwartet hätte.

»Findest du mich irgendwie abstoßend oder so?«

»Nein, das ist es nicht.« Und das stimmte. Wenn sie genauer darüber nachdachte, fiel es ihr sogar schwer, ihre Abneigung überhaupt irgendwie zu beschreiben. »Du tust auch nichts Bestimmtes, ich weiß es doch selbst nicht … Es ist nur einfach so, dass ich in deiner Nähe wütend werde. Zornig. Keine Ahnung, warum. Aber irgendwie treibst du mich jedes Mal auf die Palme.«

»Puh … danke für deine Ehrlichkeit. Das macht es mir allerdings nicht unbedingt leichter, mit dir umzugehen.«

»Ja, aber ich kann's nicht ändern.« Amanda spürte, wie die Wut allmählich in ihr aufstieg. Sie konnte es nicht kontrollieren.

»Kannst oder willst du nicht?«

Sie biss sich zur Beruhigung auf die Lippen. »Wahrscheinlich beides. Am besten ist, wenn du dich von mir fernhältst, verstanden?«

Malcom stand auf, klopfte sich den Staub von der Hose. »Wenn du nicht immer so ätzend zu mir wärst, könnte ich dich bestimmt gut leiden.«

»Nett gesagt, ändert aber nichts zwischen uns.« *Wenn er sich nicht gleich aus dem Staub macht, springe ich ihm an die Gurgel …*

»Schon gut. Ich fand nur, du solltest es wissen.«

Dann ging er mit hängendem Kopf davon und setzte sich abseits der anderen in eine Felsnische.

Amanda umfasste ihre angezogenen Beine und ließ ihre Stirn daraufsinken. Dabei atmete sie einmal tief durch.

Verdammt, warum kann ich mich nicht zusammenreißen? Wir sind in einer aussichtslosen Lage und ich mache einen kleinen Jungen fertig, der die Gefahr eines neu geborenen Welpen ausstrahlt. Malcom hat mir nichts getan. Was ist nur los mit mir?

»Amanda?«

Überrascht blickte sie auf. Damon stand vor ihr, schaute zu ihr herab. »Ist was?«

Sie schüttelte den Kopf.

»Hast du deine Laune mal wieder an Malcom ausgelassen, so geknickt wie er dasitzt?«

»Was? Nein? Ich habe gar nichts gemacht. Er ist zu mir gekommen, weil er etwas wissen wollte.«

Damon blickte sie an, als würde er darauf warten, dass sie weitersprach.

»Er wollte wissen, warum ich ihn nicht leiden kann.«

»Was hast du ihm gesagt? Mich würde das nämlich auch mal interessieren.«

»Herrgott! Ich weiß es nicht! Es gibt keinen konkreten Grund dafür.« Amanda biss sich zornig auf die Lippen.

»Kann ich mich zu dir setzen?«

Amanda machte ihm wortlos Platz. Damon rutschte neben sie. So nah, dass sich ihre Beine und Schultern berührten.

»Malcom ist ein netter Kerl, er würde keiner Fliege etwas zuleide tun.«

»Musst du mir nicht sagen.«

»Was ist es dann?«

»Keine Ahnung«, knurrte sie. »Immer wenn er in meiner Nähe auftaucht, beginnt mein Gesicht zu glühen, und ich werde rasend vor Wut.«

»Bist du ihm vielleicht schon mal begegnet? Also früher meine ich?«

»Malcom?« Es klang selbst in ihren Ohren mehr als nur verächtlich. »Nein, ich habe ihn das erste Mal auf Attu Island getroffen.«

»Dann haben wir es hier mit einem weiteren Rätsel zu

tun. Vielleicht hilft es dir, wenn du einfach akzeptierst, dass es so ist, wie es ist.«

»Habe ich schon versucht. Funktioniert nicht.«

Eine Weile saßen sie schweigend nebeneinander.

»Sind alle Dämonen so wie du?«, fragte sie schließlich.

Er lachte leise. »Du meinst gierig, grausam und unerbittlich.«

»Nein, so bist du nicht.«

Er lachte erneut. »Wer sagt dir das?«

»Ich kann es spüren, also sag mir, warum bist du anders?«

Sein Blick wurde ernst. »Ehrlich, Amanda, ich weiß nicht, ob ich so viel anders als sie bin.«

»Doch, das bist du.«

»Eines Tages kehre ich in meine Welt zurück, dann werde ich es herausfinden.«

»Geh nicht.« *Fuck, warum habe ich das gesagt?*

Es war einfach so aus ihr rausgerutscht und jetzt war es zu spät, die Worte ließen sich nicht mehr zurücknehmen.

Er sah sie aufmerksam an, suchte in ihrem Blick.

»Sag bloß, du würdest mich vermissen«, fügte er scherzhaft hinzu.

Amanda spürte, wie ihr Hitze in die Wangen stieg. Doch bevor sie etwas erwidern konnte, fügte er hinzu: »Das liegt nicht in meiner Hand. Es wird jemand kommen, der das Tor zur Dämonenwelt öffnet und mich dorthin zurückschickt. Irgendwann wird es so weit sein.« Gedankenverloren schaute er in den Himmel. »Ich bin froh, dass ich auf dieser Welt gelandet bin. Es ist eine einzigartige Erfahrung, ein Mensch zu sein. Zu leben, zu lieben …«

»Hast du denn schon einmal …«, fragte Amanda zögerlich, »… jemanden geliebt?«

Damon sah sie nun wieder an. »Ja, das ist aber schon ewig lange her …«

»Wie war sie?«

Damons Blick nahm einen merkwürdigen Ausdruck an. Es wirkte, als schaue er in die Ferne, zu einem weiten Horizont.

»Sie war die Tochter einer Magd und eines Pferdeknechts auf einer Burg in Franken, auf der ich zur damaligen Zeit lebte. Der Burgherr, ein Fürst, und seine Gemahlin hatten mich wie einen Sohn angenommen. Sie wussten nicht, dass ich ein Dämon bin. Ich lebte ein komfortables Leben im Überfluss, kannte keinen Mangel, nur die Langeweile eines nichtsnutzigen Lebens, das mich betörte und einschläferte.« Er hielt inne. »Bis zu dem Tag, als Miriam kam. Sie und ihre Eltern waren vor dem Krieg geflohen, der seit drei Jahren im benachbarten Reich tobte, und suchten Arbeit auf der Burg, die ihnen mein Adoptivvater gab. Schon damals hatte er ein Auge auf Miriam geworfen, und ich glaube, sie war auch der Grund, warum er sich so großzügig zeigte und ihre ganze Familie anstellte.«

Amanda hörte mit angehaltenem Atem zu. Sie fühlte die Unruhe in Damon, während er versuchte, seine Stimme ruhig zu halten und sein Gesicht ausdruckslos wirken zu lassen, so als läge das alles weit hinter ihm. Sie spürte, dass dem nicht so war.

»Eine Weile ging alles gut«, fuhr Damon fort. »Da wir die beiden einzigen jungen Menschen auf der Burg waren, schien es unvermeidlich, dass wir uns näherkamen, und so war es dann auch. Ich traf Miriam am Brunnen, im Pferdestall, an allen Orten in der Burg, entweder weil ich ihr nachgegangen war oder sie heimlich meine Nähe suchte.

Irgendwann standen wir voreinander, Angesicht zu Angesicht. Es gab keine Fragen, nur einen einzigen langen Kuss. Als sie ging, wusste ich, was Liebe war.«

»Und dann?«

Damons Mundwinkel wurden hart. Düstere Wolken zogen über sein Gesicht. »Meinem Stiefvater war das nicht entgangen, aber er wollte Miriam für sich haben. In der gleichen Nacht ließ er sie von seiner Wache auf sein Zimmer bringen. Ich wusste davon nichts, schlief den Schlaf des Ahnungslosen. Am nächsten Morgen lag Miriam tot im Burghof. Der Fürst ließ verkünden, dass es Selbstmord sei, aber ich glaubte ihm nicht. Warum sollte sich Miriam umbringen, nachdem sie und ich herausgefunden hatten, wie wir zueinander standen? Also suchte ich die Wache auf. Henrik war ein verschlagener Typ, ein ehemaliger Söldner, der seinen früheren Lehnsherren verraten und zur Belohnung in den Dienst meines Adoptivvaters getreten war. Wenn jemand etwas über Miriams Tod wusste, dann er. Ich brachte ihm Wein, trank mit ihm, aber er war zu gerissen und merkte, was ich vorhatte. Irgendwann wollte er mich aus seiner Kammer werfen und allein weitersaufen, da habe ich ihm gezeigt, zu was ich fähig bin.«

Amanda fragte nicht nach. Sie konnte sich vorstellen, was das war.

»Ich bin zu Miriams Eltern gegangen und habe ihnen alles Geld gegeben, das ich hatte, und ihnen gesagt, sie müssten noch in dieser Nacht aufbrechen. Sie wollten wissen warum, und ich sagte ihnen, dass der Fürst ihre Tochter vergewaltigt und Henrik sie aus dem Fenster in den Burghof geworfen hatte. Beide wussten, dass ihr Leben ebenfalls bedroht war, denn zur damaligen Zeit kam eine Anklage gegen einen Adeligen einem Todesurteil gleich. Also flohen sie.«

»Was dann?«

Damon sah Amanda tief in die Augen, dann sagte er ruhig: »Das willst du nicht wissen.«

Sie wollte es wissen, wagte aber nicht, ihn danach zu fragen.

Damon erhob sich und streckte seine Hand nach ihr aus. »Lass uns zu den anderen gehen. Wir haben einiges zu besprechen.«

Amanda nahm die Hand, spürte ihre Wärme und stand auf.

»Okay«, sagte sie.

Sie saßen im Kreis auf dem harten Felsboden, der von einer dünnen Schicht Sand bedeckt war. Jenny nahm immer wieder eine Handvoll davon auf und ließ sie durch ihre menschliche Hand fließen. Wilbur beobachtete sie dabei, ohne zu wissen, was ihn daran irritierte.

»Warum haben wir keine Spuren oder Ausrüstungsgegenstände der Soldaten gefunden, die vor uns durch das Energiefeld gegangen sind?«, fragte Jenny in die Runde hinein.

Malcom blickte sie an. »Vielleicht sind sie weitergezogen und haben sich in der Wüste verirrt«, meinte er.

»Oder sie sind tot und der Sand bedeckt sie alle«, sagte Amanda. »Ich kenne mich in Wüsten aus. Sie sind wie das Meer und verschlingen alles wie ein Grab.« Sie deutete um sich. »Hier kann man spurlos verschwinden. Heute ist da eine flache Ebene, am nächsten Tag erhebt sich eine zehn Meter hohe Düne.«

Jenny nahm wieder eine Handvoll Sand, und ihr Spiel begann von Neuem. Und da wusste Wilbur plötzlich, was es war. Aufgeregt sah er sich um. Wischte mit den Händen über den Boden, bis der nackte Fels sichtbar wurde.

»Was ist los?«, fragte Damon.

»Fällt euch nichts auf?«

»Jetzt sprich nicht in Rätseln.«

»Schaut doch mal.« Er zeigte auf den Stein unter seinen Händen. »Alles da draußen ist mit Sand bedeckt, und ich glaube Amanda, wenn sie sagt, dass Sandstürme alles verschwinden lassen. Aber hier zwischen den Felsen ist kaum etwas davon zu finden. Die Sandschicht ist nicht besonders hoch.«

»Die Quelle liegt geschützt«, warf Damon ein.

»Ja, aber nicht so sehr, dass kein Sand eindringt, sonst wäre da ja nichts. Das bedeutet, irgendjemand kennt diese Quelle und säubert sie regelmäßig, sorgt dafür, dass sie nicht zuweht und versandet.«

Verblüfftes Schweigen hielt Einzug. Schließlich sagte Amanda: »Wilbur hat recht. Die Quelle dürfte es eigentlich gar nicht mehr geben. Hier muss regelmäßig jemand vorbeikommen und die Quelle nutzen.«

»Und was hilft uns das jetzt?«, fragte Damon. »Wir können schlecht hier herumsitzen, bis jemand vorbeispaziert. Erstens könnten es Feinde sein – wer weiß, ob es überhaupt Menschen sind! –, und zweitens kann es Wochen dauern.«

»Ja, aber wir wissen nun, jemand kommt her«, sagte Wilbur. »Die Frage ist, von wo und wie?«

»Ich verstehe, was du meinst. Ihr schlagt also vor, auszuschwärmen und eine Straße oder was auch immer zu suchen.«

»Ja«, gab Amanda zu.

»Ich will euch ja nicht deprimieren«, fuhr Damon fort. »Aber die Wüste erstreckt sich in jede Richtung meilenweit, ohne dass uns zuvor etwas aufgefallen ist.«

»Wir wussten nicht, dass es etwas da draußen gibt«, meinte Jenny. »Jetzt wissen wir es und können nach Spuren suchen. Irgendetwas werden wir finden.«

Damon hob beide Hände an. »Okay, dann machen wir es so. Wir suchen noch einmal die Gegend ab.«

»Aber diesmal bleiben wir zusammen, damit nicht einer etwas übersieht. Und wir lassen uns Zeit. Die Quelle bietet uns einen Rückzugsort und Wasser, wir können die Sache also sorgfältig angehen.«

Als die anderen sich Schlafplätze für die Nacht suchten und mit den Händen den Sand wegfegten, ging Wilbur zum Eingang der Felsgruppe und setzte sich auf den steinigen Boden, der noch immer warm von der Hitze des Tages war.

Er zog die Knie an und blickte zum bleichen Mond hinauf, so wie er es oft nachts getan hatte, wenn er nicht schlafen konnte.

Er war schon als Kleinkind im Waisenhaus gelandet und hatte seine eigenen Eltern niemals kennengelernt, wusste weder ihre Namen noch den Grund, warum sie ihn auf einer Parkbank abgelegt hatten und einfach weggegangen waren.

Eine alte Frau hatte ihn gefunden und die Behörden verständigt. Man hatte ihn zunächst ins nächste Krankenhaus und dann in das erste Heim von vielen gebracht.

All die Jahre waren Kinder gekommen und gegangen. Viele hatten eine Familie gefunden, waren adoptiert worden, ihn hatte niemand haben wollen. Der schüchterne Junge mit dem viel zu stillen Wesen, den dunklen Haaren und noch dunkleren Augen war den meisten Menschen unheimlich, und so wurde er zum Wanderer zwischen den Waisenheimen verschiedener Staaten der USA. Einmal von Norden nach Süden und zurück. Viele Jahre lang, bis etwas Merkwürdiges mit ihm geschehen war.

Eines Tages hatte man ihn nach einem seiner vielen Fluchtversuche in den modrigen Keller des Waisenhauses gesperrt, in dem er seit neun Monaten lebte und das den traurigen Höhepunkt seiner Laufbahn als ungewolltes Kind darstellte. Betreuer, die keine Betreuer, sondern Wärter waren, Kinder schlugen, einsperrten oder ihnen das Essen entzogen.

Wilbur war eines ihrer beliebtesten Opfer geworden, denn seit seinem vierzehnten Geburtstag war es vorbei mit der Schüchternheit und dem Schweigen. Inzwischen ließ er sich nichts mehr gefallen, war aufsässig und klaute, was das Zeug hielt. Wenn er nicht gerade für Tage im Keller des »Home of the Homeless« verrottete, war er auf der Flucht, die in absoluter Regelmäßigkeit auf irgendeinem Polizeirevier endete, von dem man ihn abholte und zurück ins Paradies der Waisenkinder brachte, wie er es selbst nannte.

Wilbur war durchaus bewusst, dass er so nicht weitermachen konnte, denn irgendwann würde ihn irgendein Richter wegen Herumtreiberei oder Diebstahl verurteilen und in den Knast schicken, aber er konnte nicht anders.

Klauen, Streit anzetteln und Abhauen war sein Leben gewesen, bis zu dem Tag …

Manning schloss die Tür auf. Der Gestank von Schimmel und Moder drang in Wilburs Nase, die Feuchtigkeit kroch über seine nackten Arme. Er trug nur seine Unterhose, den

Rest hatte man ihm abgenommen, denn er sollte es die nächsten zwei Tage hier unten nicht allzu gemütlich haben.

»Geh rein«, sagte Manning.

»Einen Scheiß werde ich.«

»Du kennst das Spiel, und ich mache die Regeln.«

»Fick dich.«

»Falsche Antwort.«

Malcolm wurde hart in den Rücken gestoßen und stolperte in die Zelle, die früher einmal ein Weinkeller gewesen sein mochte, denn noch immer lag der schwere Geruch von Rotwein und alter Eiche im Raum.

Manning warf eine zerschlissene Decke und zwei Plastikflaschen Mineralwasser hinterher, die dumpf über den Boden polterten.

»Wir sehen uns in achtundvierzig Stunden«, knurrte er und verschloss die massive Tür. Wilbur war allein mit sich und der Dunkelheit. Er rappelte sich auf, legte die Decke um seine nackten Schultern und begann zu weinen. Hier unten eingesperrt und allein musste er die Rolle des Rebellen nicht mehr spielen, um sich den Respekt der anderen Kinder im Heim zu verdienen. Hier in der Finsternis, die sich unendlich schwer anfühlte, fielen alle Masken von ihm ab, und er schluchzte aus tiefster Seele, weinte um sein Leben, das nie eines gewesen war, um Eltern, die er nie kennengelernt hatte.

Irgendwann sackte er erschöpft zu Boden und schlief ein.

Und träumte.

Von Stimmen, die er durch die geschlossene Tür hindurch flüstern hörte. In seinem Traum betraten ein Mann und eine Frau seine Zelle. Er konnte ihre Gesichter nicht ausmachen, aber sie sprachen mit ihm. Was sie sagten, verstand er nicht.

Alles um ihn herum verschwand immer wieder. Farben zerflossen, Formen lösten sich auf, Töne schwirrten wie fleißige Bienen davon.

Waren das seine Mutter und sein Vater?

Gekommen, ihn endlich heimzuholen?

Er streckte seine Hände nach ihnen aus, aber da waren sie schon wieder verschwunden.

Als er vom Drehen des Schlüssels im Türschloss erwachte, war seine Gefangenschaft vorüber. Achtundvierzig Stunden Einsamkeit. Hinter Mannings massiger Gestalt fiel Licht in die Zelle. Der Betreuer starrte ihn entsetzt an.

Wilbur verstand nicht, was los war.

»Was zum Henker …?«, ächzte Manning.

Wilbur blickte auf seine Arme. Seinen nackten Oberkörper. Seine Beine.

Überall blauschwarze Tätowierungen, die aussahen, als wären sie schon vor Jahren gestochen worden. Sein ganzer Körper unterhalb des Halses war davon bedeckt, buchstäblich jeder Zentimeter freie Haut zeigte merkwürdige Runen und Symbole, die an eine alte Schrift erinnerten.

Wo kommen die her?

Wilbur rieb an seinem Arm. Die Dinger waren echt. Keine Farbe. Was sollten die Zeichen bedeuten, und wer hatte sie ihm verpasst? Es musste Stunden gedauert haben, seinen Körper derartig zu verunstalten. Sein Blick fiel auf eine Spiegelscherbe auf dem Boden und zwei mit einem Faden umwickelte Nadeln. War er selbst das gewesen?

»Wie hast du das gemacht?«, fragte Manning schnaufend.

»Ich …«

»Wie?«

»Ich habe keine …«

»Lüg mich nicht an!«, brüllte der Betreuer und hob die Hand zum Schlag. Der schwere Schlüsselbund, den er eben noch gehalten hatte, fiel aus seinen Fingern.

Und da hielt Wilbur zum ersten Mal die Zeit an. Ohne dass er wusste, wie er es tat und dass er es tat. Die Hand erstarrte mitten in der Bewegung. Der Schlüsselbund schwebte in der Luft, ohne weiter zu Boden zu fallen. Wilbur glotzte verblüfft auf den Wärter und verstand nicht, was gerade geschah.

Er streckte seine Hand aus und berührte den Schlüsselbund, der in Hüfthöhe des Betreuers gegen jedes Gesetz der Schwerkraft regungslos in der Luft verharrte.

Dann machte er zwei Schritte nach vorn. Mannings weit aufgerissene Augen blinzelten nicht einmal, als Wilbur auf ihn zutrat und ihm aus nächster Nähe ins Gesicht starrte. Er wedelte mit der Hand vor der Nase des Betreuers herum.

Nichts, keine Reaktion.

Dann plötzlich, ohne Vorwarnung, bewegte sich Manning wieder. Der Schlüsselbund fiel klirrend zu Boden.

Manning glotzte ihn an. Er ächzte, schien nicht zu verstehen, wie ihm Wilbur von einem Moment auf den anderen so nahe gekommen war und warum ihm die Schlüssel aus der Hand gefallen waren. Seine Augen kniffen sich bösartig zusammen.

»Du willst dich mit mir anlegen«, knurrte der Betreuer.

»Ich …«

»Den Schlüssel abnehmen und abhauen!«

»Nein, ich …«

Mannings Faust flog nach vorn, direkt auf Wilburs Gesicht zu. Das würde wehtun. Wahrscheinlich ihm die Nase brechen. Da erst bemerkte Wilbur, dass sich Manning erneut nicht rührte und die Faust regungslos vor seinem Gesicht schwebte.

Die Zeit hatte erneut angehalten.

Diesmal zögerte Wilbur nicht. Er hob blitzschnell den Schlüssel vom Boden auf, schlüpfte durch die offene Tür, warf sie zu und schloss Manning ein. Keinen Moment zu spät, wie ein lautes, wütendes Brüllen aus der Zelle ihm verriet.

»WILBUR! MACH SOFORT DIE TÜR AUF ODER ICH VERPASSE DIR DIE GRÖßTE ABREIBUNG DEINES LEBENS!«

Wilbur antwortete nicht. Drinnen warf sich Manning gegen die Tür. Das Holz erzitterte, die Scharniere ächzten, aber die alte Tür hielt stand.

»WILBUR!«

Wilbur warf sich herum und rannte die Treppe nach oben. Hinaus ins Licht. Hinaus in die Freiheit.

11

In der Nacht war es kühl geworden. Eine Weile hatten die Felsen noch die am Tag gespeicherte Wärme abgegeben, aber nach und nach hatte die Kälte der Nacht ihre Finger nach ihnen ausgestreckt.

Jenny hatte vorgeschlagen, eng beieinander zu liegen, und als sie nun die Augen aufschlug, stellte sie fest, dass Wilbur seinen Arm um ihre Hüfte gelegt hatte. Er schlief. Seine Gesichtszüge waren weich, ließen die Tätowierungen vor ihrem geistigen Auge verschwinden. Sie betrachtete ihn und dachte daran, dass sie aus ihm immer noch nicht richtig schlau wurde – vor allem nicht seit ihrem letzten Gespräch vor dem großen Test, über das sie nie wieder ein Wort gewechselt hatten.

Wilbur verhielt sich oft merkwürdig, sonderte sich ab, saß irgendwo allein herum und beteiligte sich nicht an den Gesprächen.

Gestern Abend war das anders gewesen. Sie hatte Wilburs Aufregung gespürt, als er entdeckt hatte, dass jemand die Quelle sauber hielt. Für einen Moment war er Teil der Gruppe gewesen, aber später hatte er sich wieder zurückgezogen, hatte noch eine Weile am Eingang der Felsgruppe gesessen und hinaus auf die Wüste gestarrt, über der ein fahler Mond wie ein Totenschädel hing.

Irgendwann in der Nacht hatte Jenny gemerkt, dass er sich neben sie legte. Auf ihre menschliche Seite. An der anderen ruhte Malcom und brabbelte leise im Schlaf. Wilbur war nahe an sie herangerutscht, ohne sie zu berühren. Nun hielt er sie allerdings umschlungen, und sie musste seine Hand wegschieben, um sich aufzurichten.

Jenny erhob sich und schaute sich um. Alle anderen schliefen noch. Sie ging zur Quelle hinüber und schöpfte etwas Wasser in die hohle Hand. Der Geschmack war über Nacht nicht besser geworden, auch wenn das Wasser jetzt kühler war. Jenny schüttelte sich. Immerhin war es trinkbar.

Nachdem sie ihren Durst gestillt hatte, stapfte sie hinaus in die Wüste. Die Sonne erschien gerade als feuriger Ball am Horizont und tauchte alles in rotes oder orangefarbenes Licht. Es war ein schöner Anblick, der den Zauber der Wüste einfing. Aber bald würde die Sonne vom Zenit herabbrennen und alles Leben verdorren lassen.

Wir haben nichts, um Wasser mitzuführen.

Das war ein Problem, denn es bedeutete, sie mussten ohne Vorrat in die Leere hinausstapfen. Sich auf den Weg machen, ohne zu wissen, wo und wann sie wieder Wasser finden würden. Es war ein Scheißspiel!

Plötzlich stand Damon neben ihr. Sie hatte ihn nicht kommen gehört. Ein erstaunlicher Umstand, wenn man bedachte, dass all ihre Sinne verstärkt worden waren.

»Wir müssen heute da raus.« Damon sah sie an.

»Ich weiß. Es wird schwierig. Wir können kein Wasser mitnehmen.«

»Ja, aber dir macht noch etwas anderes Sorgen, hab ich recht?«

Sie wandte sich ihm zu, schaute direkt in seine grauen Augen. »Was meinst du?«

»Ich weiß es nicht, sag du es mir.«

Damon war ein guter Beobachter. Denn es gab tatsächlich etwas, das sie beschäftigte, und zwar seit dem Moment, als Amanda gesagt hatte, sie müssten erneut in die Wüste aufbrechen, um Spuren zu suchen. Irgendetwas stimmte mit ihrem Körper nicht, vor allem mit ihrem nichtmenschlichen Teil. Sie war zu einer Kampfmaschine umkonstruiert worden, wer immer das getan hatte, hatte sicherlich mitbedacht, sie auch gegen Hitze zu rüsten. Aber seit sie gestern hier gelandet waren, hatte sie das Gefühl, dass die Sonne alles so sehr erwärmte, dass ihr System zusammenbrechen könnte. Möglicherweise hatte das Energiefeld irgendetwas in ihr beschädigt oder außer Gefecht gesetzt.

»Wie gesagt, ich mache mir Sorgen, weil wir kein Wasser mitnehmen können.« Sie wollte Damon nicht beunruhigen oder die Mission gefährden. »Aber sonst ist alles okay.«

Dabei war nichts okay gewesen. Die Erwärmung ihres Körpers hatte zu einem Schwächegefühl geführt, das sie beinahe taumeln ließ. Je länger sie in der prallen Sonne gestanden hatte, desto kraftloser hatte sie sich gefühlt. Nun wusste sie nicht, was geschehen würde, wenn sie einen ganzen Tag oder mehrere der Hitze ausgesetzt war.

Werde ich einfach zusammenbrechen?

Damons Blick wurde eindringlich. »Okay, wenn du meinst.«

»Was meinst?«, fragte Amanda, die zwischen den Felsen auftauchte.

»Nichts«, sagte Jenny hastig.

Ein zweifelnder Blick traf sie, aber Amanda hakte nicht nach.

»Ich nehme mal an, das Frühstück fällt heute aus«, lenkte Jenny stattdessen auf ein anderes Thema. »Lasst uns Wilbur und Malcom wecken und uns auf die Suche machen, solange es noch nicht zu heiß ist.«

Drei Stunden später blieb Amanda abrupt stehen. Malcom, der direkt hinter ihr gegangen war, prallte gegen ihren Rücken.

»Hey, pass doch auf«, zischte ihn die Göttin an.

»Sorry.« Mehr als ein leises Murmeln brachte er nicht zustande. Wie hätte er auch ahnen können, dass Amanda plötzlich anhielt. Seit Stunden tappten sie nun durch den Sand. Erst hatten sie es im Norden versucht. Erfolglos. Sich dann nach Osten gewandt, und nun probierten sie ihr Glück in südlicher Richtung.

Die Quelle lag irgendwo schräg hinter ihnen, und Malcom konnte nur noch an Wasser denken. Die verdammte Sonne brannte ihm das Hirn aus dem Schädel. Ebenso wie alle anderen hatte er seine Jacke ausgezogen und als Schutz über den Kopf gelegt, das half zwar ein wenig, dennoch machte ihn diese Hitze vollkommen fertig.

Sein Mund war so ausgedörrt, als hätte er mit Sand gegurgelt. Die Zunge klebte trocken am Gaumen, und er hatte ziemliche Kopfschmerzen. Dem Rest schien es ähnlich zu ergehen, denn seit geraumer Zeit hatte niemand ein Wort gesagt. Bis eben.

»Was ist?«, fragte Damon.

Amanda deutete auf etwas im Sand.

»Na toll, ein Stein«, stellte Wilbur fest.

Das dunkelhaarige Mädchen bückte sich lächelnd. »Das ist Kameldung.«

Sie nahm den faustgroßen Klumpen in die Hand und brach ihn auf. Unappetitlich, aber darauf kam es jetzt nicht an. Endlich hatten sie etwas anderes als Sand und Steine gefunden.

»Und woher willst du wissen, dass das ausgerechnet

Kameldung ist? Wir wissen ja noch nicht einmal, wo wir überhaupt gelandet sind und ob es an diesem Ort Kamele gibt. Wahrscheinlich taucht da vorne gleich ein riesiger Sandwurm aus dem Boden auf und verschlingt uns mit Haut und Haar«, warf Wilbur ein.

»Ich weiß, wie Kameldung aussieht, ich bin in der Wüste aufgewachsen. Also nerv mich nicht«, sagte Amanda, bevor sie hinzufügte: »Ausgetrocknet. Aber es ist eindeutig. Hier sind Kamele langgezogen.«

»Selbst wenn, was heißt das jetzt?«, stichelte Wilbur weiter.

»Bist du schwerhörig?«, sagte Amanda gereizt. »Das heißt eben, dass hier Kamele langgezogen sind. Und dass es mehr geben muss als nur diese gottverdammte Wüste.«

»Amanda hat recht, die Hinweise sprechen für sich. Wichtig ist, dass wir einen Ausweg aus der Wüste finden, sonst sterben wir. Das heißt, wir müssen mehr von dem Kamelmist aufspüren«, versuchte Damon offensichtlich, die Lage zu entspannen. »Vielleicht entdecken wir eine Spur, der wir folgen können.«

Alle nickten, und sie schwärmten aus.

Es war Wilbur, der sich zuerst meldete. »Hier ist etwas.«

Die anderen vier gingen zu ihm hinüber. Tatsächlich, nur hundert Meter entfernt lag ein weiterer Haufen. Jetzt wo man wusste, wonach man suchte, fielen einem die Dinger leichter auf. Kamele schienen einen regelmäßigen Stuhlgang zu haben, oder es waren sehr viele Tiere gewesen.

»Warum sehen wir keine Hufabdrücke und Fußspuren?«, fragte Jenny.

»Der Wind«, meinte Amanda kurz und knapp.

»Was meinst du, wann sind sie hier langgezogen?«, fragte Damon.

Amanda hatte auch diesen Klumpen aufgebrochen. »Ist sehr ausgetrocknet, aber das geht in der Wüste schnell. Der Dung ist nur ein wenig von Sand bedeckt, also gab es in letzter Zeit keinen Sandsturm, nur den üblichen Wind, der durch die Wüste weht. Ich würde sagen drei Tage, nicht mehr.«

»Hilft uns das?«

»Zumindest wissen wir jetzt, in welche Richtung wir ziehen müssen. Nach Süden.« Sie streckte die Hand aus. Malcom folgte ihr mit seinem Blick. Da war nichts. Absolut nichts. Nur Sand, so weit das Auge reichte.

Verdammt!

»Wir haben kein Wasser«, sagte er. »Vielleicht sollten wir bei der Quelle bleiben. Da draußen sterben wir.«

»Wir haben kein Wasser *und* keine Wahl«, zischte Amanda. »Schon vergessen? Unser Auftrag? Das Schicksal der gesamten Menschheit liegt in unseren Händen, und du willst es dir an der Quelle bequem machen?«

»Wir nutzen niemandem, wenn wir in der Wüste verdursten«, beharrte Malcom. Irgendwie wusste er, dass Amanda recht hatte, aber eine unerklärliche Furcht hatte ihn ergriffen. Vielleicht war es die Angst vor dem Tod, doch letztendlich spielte das keine Rolle. Alle seine Glieder waren wie gelähmt, und Kraft hatte er sowieso nicht mehr. In der Nähe der Quelle gab es zumindest Hoffnung, da draußen in der Wüste gab es gar nichts.

»Was denkt ihr?«, fragte Amanda in die Runde. Ihr Gesicht glühte. Malcom wusste nicht, ob es an der Hitze lag oder dem Zorn, der sie erfasst zu haben schien.

»Wir müssen weiter«, stimmte ihr Damon zu.

War ja klar gewesen. Irgendetwas lief zwischen den beiden, natürlich schlug er sich auf Amandas Seite.

»Tut mir leid, Malcom«, meinte Wilbur nur.

»Was ist mit dir?«, wandte sich Amanda an Jenny, die seltsam teilnahmslos wirkte.

»Weitergehen«, sagte sie schlicht.

»Dann ist es beschlossen.«

Amanda drehte sich auf dem Absatz um und stapfte los. Alle anderen ihr hinterher.

Malcom stöhnte laut auf, dann ging auch er los.

Während sie unablässig der Spur aus Kamelmist folgten, fühlte sich Jenny zusehends schwächer. Ihr Körper schien mittlerweile mehrere Tonnen zu wiegen, und sie schleppte sich nur noch mühsam voran.

Es war so heiß. So unendlich heiß. Jeder Teil von ihr fühlte sich an, als würde er in Flammen stehen, ihre Metallseite brannte regelrecht, als würde sie die Hitze der Sonne noch verstärken. Jenny wusste nicht, wie lange sie sich noch auf den Beinen halten konnte.

Seit der Entdeckung des ersten Misthaufens waren Stunden vergangen. Jenny stapfte als Letzte in einer lang auseinandergezogenen Reihe. Ganz vorn marschierte Amanda unverdrossen voran und suchte die Hinterlassenschaften der Kamele. Weder hielt sie an, um Pause zu machen, noch verlangsamte sie ihr Tempo. Jenny war sich sicherer denn je, dass ihr Körper eine Fehlfunktion hatte. *Was für eine Ironie …*

Erst war Damon an ihr vorbeigezogen, dann Wilbur und schließlich sogar Malcom, aber der litt offensichtlich ebenso sehr wie sie, denn er taumelte durch die Gegend, als wäre er an Bord eines Schiffes auf hoher See.

Jenny konnte nur noch an zwei Sachen denken.

Wasser.

Und Schatten.

Nur raus aus der Sonne, für einen Moment stehen bleiben und sich erholen. Was würde sie für einen frischen Luftzug geben, der ihr erhitztes Gesicht abkühlen konnte.

Wasser.

Schatten.

Noch ein Schritt.

Das war keine Wüste. Es war ein Brennofen, der die Seelen all derjenigen einschmolz, die so verrückt waren, sich hineinzubegeben.

Vor ihren Augen flirrte es, aber das war nicht die Hitze. Ein merkwürdiges verzerrtes Bild tanzte vor ihren Augen. Jenny kniff sie zusammen, konnte aber trotzdem nichts erkennen.

Da schien ein Mann zu stehen. Nein, er stand nicht, sondern marschierte vor ihr her.

Matterson?

Wie kam der hierher?

Nein, er war es nicht. Dieser Mann war größer, viel größer, und auch die linke Seite seines Körpers war von Metall bedeckt.

Wer ist das?

»Caitlin!«, sagte er laut.

Jenny schaute sich um. Mit wem sprach der Typ?

»Du musst dich zusammenreißen. Du gehörst zur *Black Force.* Mehr Ehre geht nicht, du musst dich würdig erweisen.«

Jenny verstand nicht, was da ablief. Warum hielten die anderen nicht an? Sahen sie den fremden Mann nicht?

Sie blieb stehen. Der Typ ebenfalls. Das Bild von ihm wurde klarer, und sie erkannte, dass er einen schwarzen Ganzkörperanzug trug, an dem seltsam aussehende Waffen und Ausrüstungsgegenstände befestigt waren. In seinen Händen hielt er ein futuristisch wirkendes Gewehr mit aufmontierter Zieloptik.

Der Mann war so groß, dass Jenny den Kopf in den Nacken legen musste. Vor der blendenden Helligkeit des blauen Himmels blieb das Gesicht des Fremden im Schatten, aber Jenny erkannte zumindest, dass sein Schädel kahl rasiert war. Sie wollte den anderen vier etwas zurufen, sie warnen, aber nur ein leises Krächzen verließ ihre ausgedörrte Kehle.

»Caitlin!«

Wieder dieser Name. Von wem sprach er da, meinte er etwa sie? War das ihr Name? Der Name, an den sie sich nicht erinnern konnte? Sie lauschte in sich hinein, ob sich beim Klang seiner Stimme etwas in ihr regte, war aber zu erschöpft, um sich überhaupt noch auf den Beinen zu halten.

»Du hast einen Auftrag zu erfüllen. Es geht um das Schicksal der ganzen Welt.«

Das weiß ich doch, dachte Jenny. *Matterson hat es oft genug erwähnt.*

»Wenn wir dich und dein Team durch das Tor schicken, gibt es kein Zurück mehr, nur die Mission.«

Ja, ja, ja.

»Du musst sie finden und töten!«

Was?

Was hatte der Typ da gesagt? Jemanden finden und umbringen?

Von was redet der Typ da? Unser Auftrag ist es, die Energiequelle und die Maschine, die das Energiefeld erzeugt, zu zerstören. Von Mord war nie die Rede.

Jenny kniff die Augen zusammen, versuchte, den Mann besser zu erkennen. Wer zum Henker war das? Spielte ihr die Hitze einen Streich und sie sah Spukbilder? Hatte sie Halluzinationen? Möglich war es, aber die Stimme des Fremden war vollkommen klar und deutlich, auch wenn Jenny sein Bild nicht scharf stellen konnte. Das beunruhigende Gefühl, ihn von irgendwoher zu kennen, machte sich in ihr breit.

Wie heißt du?

»Sag … mir … deinen … Namen«, röchelte sie.

»Was soll der Scheiß, Caitlin«, knurrte er sie an. »Du kennst meinen Namen. Konzentriere dich auf die Mission.«

»Ich … fühle mich nicht …«

»Das ist die Droge, die sie dir verabreicht haben. Zunächst löst sie Schwindel aus, aber dann steigert sie die Adrenalinproduktion deines Körpers. Du musst fünf Tage lang nicht mehr schlafen, kannst stundenlang marschieren oder kämpfen, ohne müde zu werden.«

»Was? Ich kann keinen Schritt mehr gehen.«

»Für diesen Blödsinn habe ich keine Zeit!«, brüllte er sie an. Warum nur hörte ihn niemand? Jenny warf einen Blick nach vorn, aber die anderen vier stapften unermüdlich voran, keiner sah sich nach ihr um. Sie war allein mit dem Typ, den sie irgendwie kannte, aber sich nicht erinnern konnte, wann und wo sie ihn schon einmal gesehen hatte.

»Der Countdown läuft. Tritt jetzt ins Feld! Erfülle deinen Auftrag! Finde und töte sie!«

Nein … nein … ich werde niemanden …

Dann veränderte sich ihre Perspektive. Sie lag plötzlich

auf dem heißen Sand und glotzte auf einen kleinen Haufen Kamelscheiße.

Das war wichtig.

Hoffentlich hatte Amanda den Klumpen gesehen. Er lag vom Sand fast vollständig bedeckt direkt vor ihrem Gesicht, sie musste nur die Hand ausstrecken, um ihn zu berühren, aber sie war schwach, so schwach.

Offensichtlich war der fremde Mann weggegangen, denn er sagte nichts mehr. Vielleicht stand er auch einfach hinter ihr und glotzte auf sie herab, wie sie da im Sand lag. Erschöpft und ohne jede Kraft.

Soll er doch, dachte Jenny. *Ich muss mich ausruhen. Nur für einen kurzen Moment, dann rappele ich mich wieder auf und marschiere weiter. Ich verspreche es. Wenn ich doch nur etwas trinken …*

Dann war da nichts mehr.

Irgendetwas stimmte nicht. Wilbur konnte es deutlich spüren, aber das Denken fiel ihm schwer. Wenn er überhaupt etwas dachte, dann an Wasser, der Rest war ihm mittlerweile egal. Mochte die Welt untergehen oder nicht, die Menschheit verhungern oder einen Weg in die Zukunft finden, ihn kümmerte das nicht mehr. Sie würden sowieso nicht aus dieser Wüste herauskommen, das war ihm inzwischen vollkommen klar. Amanda konnte der Kamelscheiße noch weitere zehn Meilen folgen, wenn sie mochte, aber es würde nichts bringen. Wo auch immer die Viecher hingezogen waren, sie würden es nicht erfahren, denn wenn er hochschaute und versuchte, mit zusammengekniffenen Augen gegen das Flirren der Hitze anzustarren, erkannte er, dass da nichts war. Gar nichts. Nur Scheißsand!

Wilbur blickte auf seine Stiefel. Er hatte das Gefühl, die verdammten Sohlen lösten sich auf. Inzwischen konnte er die glühende Hitze des Sandes hindurchspüren, aber nicht nur das, ihm machten auch die aufgescheuerten Stellen an seinen Fersen zu schaffen, als würde jemand bei jedem Schritt ein Reibeisen darüberziehen.

Warum habe ich Idiot bloß die Socken ausgezogen?

Ja, gestern hatte er in den Stiefeln geschwitzt, sie an der Quelle ausgezogen und gewaschen. Aber dass er sie heute Morgen nicht wieder angezogen hatte, war das Blödsinnigste, das er je getan hatte.

Die Socken steckten in seinen Hosentaschen, doch Wilbur wusste, seine Füße waren dermaßen angeschwollen, wenn er jetzt die Stiefel auszog, würde er nie wieder hineinkommen.

Wie es wohl Jenny bei all dem geht? Bestimmt ist sie kein solches Weichei wie ich, dachte er und blieb stehen, um sich nach ihr umzusehen.

Keine Jenny, weit und breit.

Er bedeckte seine Augen. Sie war nicht da. Wie konnte das sein?

Eben noch war sie hinter ihm gelaufen, und jetzt war sie spurlos verschwunden. Oder war es schon Stunden her, dass er das letzte Mal nach ihr gesehen hatte?

Angestrengt blickte er den Weg zurück. Weit entfernt machte er einen dunklen Fleck im Sand aus und hatte ein Déjà-vu.

»Hey!«, rief er nach vorn.

Damon wandte sich um. »Was ist?«

»Jenny liegt da hinten. Sie muss zusammengebrochen sein.«

»Fuck!«

Amanda hatte nun ebenfalls angehalten. Ebenso Malcom.

»Was ist mit ihr?«, fragte Amanda.

»Woher zum Teufel soll ich das wissen«, fuhr Wilbur sie an. Obwohl ihn ebenfalls wunderte, dass die Wüste ausgerechnet Jenny in die Knie zwang.

Im nächsten Moment zuckte die Sorge, dass Jenny tot sein könnte, durch seinen Kopf.

Nein, nein, nein. Das durfte nicht sein. Jenny war nur erschöpft, ein wenig Ruhe, und es würde ihr besser gehen. Dennoch bohrte sich der Gedanke in seinen Schädel. Ohne auf die anderen zu warten, rannte er, so schnell er konnte, den Weg zurück.

12

Damon sah auf den ersten Blick, dass Jenny bewusstlos war. So wie sie dalag – als hätte jemand achtlos eine Puppe weggeworfen –, konnte es gar nicht anders sein.

Er kniete sich neben Wilbur, der Jenny unterfasste und ächzend versuchte, sie auf den Rücken zu drehen. Er schaffte es nicht.

»Hilf mir mal«, bat er.

Gemeinsam gelang es ihnen, Jenny so hinzudrehen, dass sie ihr ins Gesicht sehen konnten. Ihre Augen waren geschlossen, der menschliche Teil ihres Gesichtes rot und voller Sand. Wilbur strich mit den Händen darüber, um es zu säubern.

»Jenny«, rief er leise. Dann lauter: »Jenny.«

Sie rührte sich nicht.

Damon schob ihn zur Seite und legte seine Finger auf Jennys Halsschlagader. »Sie lebt, aber der Puls ist schwach.«

Amanda und Malcom waren nun auch herangeeilt.

»Ist sie bewusstlos?«, fragte die Göttin.

»Das siehst du doch«, knurrte Damon.

»Was machen wir jetzt? Wir haben nichts, um sie zu versorgen.«

»Wir warten«, sagte Damon.

»Das können wir nicht.« Amanda wischte sich mit der Hand über die Stirn. »Wir müssen weiter.«

»Du willst sie zurücklassen?«

»Wenn es sein muss.«

Wilbur sprang auf und stellte sich vor Amanda. »Was hast du gesagt?«

»Wir dürfen die Mission nicht gefährden.«

Er kam noch näher. »Vielleicht sollten wir dich hierlassen. Du bist schlimmer als die Wüste, als diese Scheißhitze. Ich habe große Lust, deinen hübschen Hals zu packen und dich so lange zu würgen, bis du endlich dein ätzendes Verhalten lässt.« Er deutete auf Jenny. »Sie ist Teil unseres Teams und tausend Mal wertvoller für die Mission als du. Aber viel wichtiger, sie ist ein Mensch, was du bist, weiß ich nicht.«

Amanda wollte etwas erwidern, aber Damon fuhr dazwischen. »Genug davon. Niemand wird zurückgelassen. Haltet eure Jacken über Jenny, bildet ein Dach, um die Sonne abzuschirmen«, befahl Damon. »Sie braucht Schatten, damit sich ihr Körper abkühlen kann.«

Er selbst spannte seine eigene Jacke wie ein Segel zwischen beide Arme und hielt sie über Jennys Gesicht. Die anderen taten es ihm nach. Sogar Amanda. Schließlich bildeten sie eine Art Zelt mit den Kleidungsstücken, hockten sich in den Sand und bekamen selbst etwas Schatten ab.

Damon blickte zu Wilbur, der verzweifelt auf Jenny hinabsah.

»Was können wir tun?«, fragte er.

»Nichts«, entgegnete Damon. »Wir haben kein Wasser, es gibt hier keinen Unterschlupf und tragen können wir sie nicht. Jenny ist zu schwer.«

»Aber wir müssen doch …«

»Wir warten«, sagte Damon hart.

Schweigend saßen sie beieinander. Jeder hing seinen eigenen Gedanken nach. Die Hitze brannte auf sie herunter, aber im Schatten war es einigermaßen erträglich. Dennoch klebten Damons Lippen aufeinander, und sein Mund fühlte sich staubtrocken an.

Eine Stunde später erwachte Jenny. Ohne Vorwarnung schlug sie die Augen auf und fragte: »Was ist los?«

»Du bist bewusstlos geworden, wahrscheinlich die Hitze«, erklärte Wilbur.

»Oh«, sagte Jenny. Sie schaute sich um. »Und ihr habt mich nicht einfach zurückgelassen?«

»Natürlich nicht«, knurrte Damon und warf einen warnenden Blick zu Amanda, die ungerührt auf Jenny herabblickte. »Was dachtest du denn?«

»Ich meinte nur …«

»Sag so etwas nicht. Wir sind ein Team.«

»Okay … danke.«

»Können wir jetzt endlich weitergehen?«, schnaubte Amanda.

»Nein, wir ruhen uns aus«, sagte Damon. »Wenn wir jetzt losmarschieren, kippt sie innerhalb der nächsten dreißig Minuten wieder um.«

»Wie lange willst du rasten?«, fragte Amanda. Sie betonte jedes Wort.

Damon schaute sie wütend an. »Wir warten auf die Nacht. Es ist Vollmond, wir gehen bei Mondlicht weiter.«

Amanda verzog verärgert den Mund. »Und wie sollen wir dann den Kameldung finden? Das Licht reicht doch nie. Wir müssen weiter!«

»Ihr müsst nicht wegen mir warten. Ich kann nachkommen, wenn es mir besser geht. Eure Spuren sind …«

»Wir machen es so und nicht anders«, sagte Damon. »Wir brauchen keinen Kamelmist mehr, wir kennen jetzt die Richtung, die die Karawane genommen hat. Solange es schnurstracks durch die Wüste geht und kein Hindernis kommt, werden sie nicht die Richtung gewechselt haben, sondern die kürzeste Strecke nehmen. Außerdem kann Jenny in der Nacht sehen.«

»Ich bin nicht …«, wollte Amanda ansetzen, aber Damon ließ sie nicht aussprechen.

»… damit einverstanden, ich weiß, aber alles andere wäre Blödsinn.«

Amanda funkelte ihn an, sagte aber nichts.

Von da an sprach keiner mehr ein Wort.

Als die Dunkelheit hereinbrach, erhob sich Malcom mit steifen Gliedern. Sein Körper schien eine Tonne zu wiegen und seine Füße die Größe von Autoreifen zu haben, aber er musste zugeben, dass ihm die Rast gutgetan hatte. Und jetzt, wo es endlich etwas kühler wurde, spürte er neue Hoffnung. Und dann war da noch die unsichtbare Anwesenheit seines toten Bruders, die ihm wie in jeder schwierigen Lebenslage Kraft gab und ihn dazu ermahnte durchzuhalten. Es war nicht mehr als ein Gefühl in seinem Inneren. Ein Gefühl, dass da jemand war und er niemals allein sein würde. Nicht mehr als eine Kerze in der Dunkelheit, aber sie vertrieb die Finsternis.

Manchmal bildete er sich sogar ein, die Stimme seines Bruders zu hören, die ihn neckte und antrieb.

Aufgeben gilt nicht, Malcom. Geh weiter. Nur noch diesen einen Schritt und vielleicht einen weiteren. Du schaffst das!

Malcom lächelte. Neben ihm rappelten sich die anderen auf. Wilbur und Damon zogen Jenny mit vereinten Kräften auf die Füße, die wankend dastand, aber jede weitere Hilfe ablehnte.

Damon deutete nach Süden. »Seht ihr den hellen Stern am Himmel? Dem folgen wir.«

Malcom war froh darüber, dass Damon das Kommando übernommen hatte. Er hatte einen Plan und schien zu wissen, was er tat. Das beruhigte ihn ungemein. Er selbst würde ohne jede Hilfe wahrscheinlich tagelang im Kreis laufen.

Die Gruppe setzte sich in Bewegung.

Schon nach kurzer Zeit fühlte sich Malcom genauso erschöpft wie zuvor. Den anderen schien es ähnlich zu ergehen. Jenny wirkte schwach, Wilbur schleppte sich mit schweren Schritten voran und selbst Damon ging langsam. Lediglich Amanda machte das alles offenbar nichts aus, sie stapfte mit gesenktem Kopf durch den tiefen Sand. Wahrscheinlich war sie immer noch auf Damon wütend, der sie so brüsk vor allen anderen angegangen war.

Egal, nicht sein Problem.

Im nächsten Leben mache ich Sport. Viel mehr Sport, dachte er, während er versuchte, nicht über seine eigenen Füße zu stolpern.

Und so ging es weiter. Meile um Meile. Es musste gegen Mitternacht sein, als Jenny plötzlich stehen blieb.

»Was ist?«, fragte Damon. »Geht es dir nicht gut?«

Sie schüttelte den Kopf, starrte in die fahle Dunkelheit, die nur vom Licht des Mondes unterbrochen wurde.

»Da vorne!«, sagte sie und streckte die Hand aus.

»Was meinst du?«, fragte Grey.

»Da ist eine Wärmequelle. Ich habe auf Nachtsicht umgeschaltet und kann sie erkennen. Nur punktgroß, aber ich denke, da brennt ein Feuer.«

»Was?«, rief Wilbur aus. »Bist du dir sicher?«

»Ja«, sagte Jenny. »Es ist eindeutig.«

»Das bedeutet, dort muss jemand sein«, sagte Wilbur und umarmte Jenny. »Gut gemacht.«

Ein solcher Gefühlsausbruch von Wilbur war ungewöhnlich, Malcom musste grinsen.

»Wissen wir nicht«, warf Amanda dazwischen. »Jenny kann sich auch täuschen und ein Felsen strahlt noch Resthitze ab.«

»Nein.« Jenny schüttelte den Kopf, während sie sich aus Wilburs Umarmung löste, die sie offensichtlich verlegen machte. »Es ist ein Feuer.«

»Wie weit entfernt?«, fragte Damon.

»Zehn Meilen. Minimum.«

»Und auf die Entfernung kannst du sehen?«

»Ja, ich verfüge über eine aufgerüstete Optik.«

»Bei unserer derzeitigen Geschwindigkeit erreichen wir das Feuer erst im Morgengrauen.«

»Irgendwelche Hindernisse auf dem Weg dahin, Jenny?«

»Nein, wenn da etwas wäre, könnte ich das Feuer nicht sehen.«

Malcom schaute die anderen an. Damon und Wilbur standen so im Mondlicht, dass er in ihre Gesichter sehen konnte. Er entdeckte Hoffnung darin. Amanda hatte sich abgewandt.

»Wie sieht es bei euch aus?«, fragte Damon. »Können wir etwas schneller gehen? Ich möchte nicht die einzige Chance verpassen, die wir vielleicht haben. Dort gibt es vielleicht jemanden, der uns hilft. Der uns Wasser und Essen und hoffentlich Informationen darüber gibt, wo wir gelandet sind. Der Energieschirm ist in dieser Welt nicht vorhanden, also führt vorerst kein Weg zurück, aber ich will glauben, dass wir eine Möglichkeit finden, unseren Auftrag auszuführen und zurückzukehren. Wir sind gestrandet, aber noch nicht verloren, also lasst uns alle Kräfte mobilisieren und dorthin marschieren.«

Malcom lauschte in sich hinein. Er konnte es versuchen, aber viel war da nicht mehr. Er fühlte sich ausgelaugt, kraftlos und hätte alles für einen Schluck Wasser gegeben. Er schaute zu den anderen hinüber. Jenny nickte zaghaft. Wilbur stand regungslos da, ohne eine Miene zu verziehen, Amanda blickte in eine andere Richtung.

»Sagt mal einer was«, knurrte Damon.

»Okay«, sagte Wilbur.

»Jenny?«

»Ich versuche es.«

»Was ist mit dir, Malcom?«

Ja, was ist mit mir? Wahrscheinlich falle ich auf den nächsten zwei Meilen um, aber was soll's.

»Bei mir ist alles prima«, sagte er laut und so überzeugend wie möglich. Der klägliche Ton in seiner Stimme war dennoch nicht zu überhören.

Wem willst du was vormachen?

Für einen Moment dachte er erneut an seinen toten Bruder, der in ihm lebte und ihn beschützte, aber was konnte der gegen Wassermangel und glühende Hitze tun?

Wenn wir die Karawane nicht rechtzeitig erreichen, werden wir sterben.

Als sich im Osten die ersten zarten Schleier der aufgehenden Sonne zeigten, waren sie dem Feuer wesentlich näher gekommen, aber dann erlosch es unvermittelt, wie ihnen Jenny mitteilte.

»Was soll das heißen?«, fragte Amanda wütend.

»Das Feuer ist aus«, erwiderte Jenny ruhig.

»Siehst du sonst etwas?« Amanda wollte es nicht glauben. Sie waren so nah dran an dem wahrscheinlichen Aufenthaltsort der Karawane, und jetzt waren sie aufgebrochen. Da sie über Kamele verfügten, würde es unmöglich sein, sie einzuholen. Am liebsten hätte sie ihre Wut, ihren grenzenlosen Zorn hinausgebrüllt. Ihre erneut verzweifelte Lage war einzig und allein der Tatsache geschuldet, dass sie für Jennys Erholung stundenlang gerastet hatten.

Amanda war sich absolut sicher, dass sie auch ohne Jennys Fähigkeiten früher oder später das Lagerfeuer entdeckt hätten.

Noch während sie Damon innerlich alle nur denkbaren Verwünschungen an den Kopf warf, weil er sich geweigert hatte, das Maschinenmädchen zurückzulassen, sagte Jenny: »Da ist ein Schatten.«

»Was für ein Schatten?«, zischte Amanda. »Von was redest du?«

»Ein Umriss. Vor uns, dort wo das Feuer gebrannt hat, ist ein großes Gebäude.«

»Mitten in der Wüste? Was denn für ein Gebäude?«

»Kann ich noch nicht sagen. Das Objekt ist zu weit entfernt, um Genaueres auszumachen.«

Ein Gebäude oder eine kleine Siedlung wäre besser als das Lagerfeuer einer Karawane, denn es bedeutete, dass dort vorn jemand lebte, der sie mit Wasser und Nahrung versorgen konnte. Zudem würden sie endlich erfahren, wohin es sie verschlagen hatte.

Amanda spürte einen regelrechten Euphorieschub. Endlich raus aus der Scheißwüste. Ihre schlechte Laune war plötzlich verflogen. Mit Schwung klopfte sie Jenny auf die Schulter.

»Auf geht's! Jetzt ist es nicht mehr weit.«

Etwas später war es hell genug, sodass Jenny mehr Einzelheiten ausmachen konnte. Ihre verstärkte Optik filterte das Rot der aufgehenden Sonne und stellte das Bild scharf.

Es waren eindeutig Gebäude zu erkennen, die an menschliche Behausungen erinnerten. Auf den ersten Blick wirkte das Ganze wie ein Dorf aus einer groben Ansammlung von kleinen, flachen Häusern, die sich um ein größeres Gebäude scharten. Sie teilte den anderen ihre Entdeckung mit.

Amanda grinste, Damon verzog keine Miene, sondern wirkte plötzlich sehr ernst, als traue er der Sache nicht. Wilbur lächelte sie an, und Malcom leckte sich über die aufgerissenen Lippen, als könne er das Wasser, das er gleich trinken würde, jetzt schon darauf schmecken.

Als sie sich näherten, bemerkte Jenny, dass Amanda unruhig wurde. Irgendetwas war mit der Göttin los. Seit geraumer Zeit hatte sie nichts mehr gesagt, sondern stur geradeaus auf das Dorf gestarrt. Ihre Euphorie war wie weggeblasen. Etwa eine Meile von den ersten Häusern entfernt, blieb Amanda abrupt stehen. Jenny blickte sie an, sah, dass ihre Lippen bebten.

»Das kann nicht sein!«, sagte Amanda kaum hörbar.

»Was ist los?«, fragte Jenny.

»Es kann einfach nicht sein. Unmöglich.«

Damon trat heran. »Ist was passiert?«

Amanda wandte sich ihm zu. Jenny sah die Fassungslosigkeit in ihrem Gesicht, als sie sagte: »Ich weiß, wo wir sind. Ich kenne dieses Dorf.«

13

»Du kennst dieses Dorf?«, hakte Damon verblüfft nach.

»Ja, es heißt *Bait Challaf*, wir befinden uns in Oberägypten, am Übergang von der Libyschen Wüste zum Niltal. Mein Großvater *Netjeri-chet* hat es gegründet.«

»Netjeri-*was*?«, meinte Malcom. »Nie gehört.«

»Das ist sein Horusname, heute kennt man ihn als Pharao Djoser.«

Amanda starrte völlig fassungslos und mit großen Augen auf das Dorf vor ihnen. Jennys Gehirn brauchte einige Momente, um das Gesagte zu verarbeiten.

»Was soll das bedeuten? Willst du uns damit sagen, dass wir in … Ägypten sind?«

Und nach wie vor auf der Erde? Hatte sie das Energiefeld einfach nur an einem anderen Punkt der Welt ausgespuckt? Nein, das konnte nicht sein. Matterson und die Army hätten längst herausgefunden, wenn die Ägypter das Energiefeld errichtet hätten. Außerdem zu welchem Zweck? Was war mit sämtlichen Soldaten und Meerestieren passiert, die ebenfalls das Energiefeld passiert hatten? Das ergab keinen Sinn.

In den anderen schienen sich die Gedanken ebenfalls zu überschlagen. Jenny blickte in ratlose Gesichter.

»Ja, wir sind eindeutig in Ägypten.« Amandas Stimme hatte einen schrillen Klang angenommen. »Seht ihr das große Gebäude mitten im Dorf?«

Alle nickten.

»Es ist kein Haus, sondern ein Tempel des Horus, den mein Großvater ungefähr zweitausendsiebenhundert vor

Christus erbauen ließ. Er diente dem Sonnenkult zur Anbetung des Himmelsgottes.«

»Ich verstehe trotzdem nicht …«, sagte Damon.

»Lass mich ausreden«, herrschte ihn Amanda an. »Dieser Tempel wurde im Jahr zweitausendvierzehn von Terroristen gesprengt und vollständig zerstört. Was wir da sehen, dürfte es eigentlich gar nicht geben.«

Kurz herrschte verblüfftes Schweigen, dann sagte Wilbur: »Bist du dir sicher, dass du diesen Ort kennst, Amanda?«

»Ja, ohne jeden Zweifel. Wir sind in Ägypten. Auch wenn ich nicht weiß, warum da plötzlich wieder dieser Tempel steht und was das alles mit dem Energiefeld zu tun hat. Das passt doch nicht zusammen.«

»Ich habe nicht den blassesten Schimmer, was hier vor sich geht … Sind wir in einer beschissenen Parallelwelt gelandet? Und was hat das mit dir zu tun, Amanda? Warum sind wir ausgerechnet an einem Ort gelandet, den du kennst?«

»Was willst du damit sagen?«, fuhr Amanda ihn an.

Wilbur wollte schon etwas erwidern, als Jenny dazwischenging. »Stopp!«, schrie sie. »Beruhigt euch. So kommen wir nicht weiter. Wir sind alle erschöpft, und unsere Nerven liegen blank. Kein Wunder nach dem langen Marsch. Lasst uns in das Dorf gehen, wir brauchen dringend Wasser, dort finden wir vielleicht auch Antworten auf unsere Fragen.«

»Wir können da nicht einfach reinspazieren«, sagte Damon. »Wir müssen vorsichtig sein, solange wir nicht wissen, mit wem oder was wir es hier zu tun haben.«

Wilbur lachte meckernd und leckte sich über die trockenen Lippen. »Soll das ein Witz sein? Wir sind halb verdurstet, brauchen was zu essen und Schutz vor der Sonne, und du willst Soldat spielen? Dich anschleichen und beobachten?« Er schüttelte ungläubig den Kopf. »Wenn es stimmt, was Amanda sagt« – er blickte abschätzig in ihre Richtung – »dann leben in diesem Dorf Menschen. Wir sind Menschen. Wir brauchen Hilfe. Sie werden sie uns geben.«

»Und was, wenn nicht?«, beharrte Damon. »Was, wenn wir angegriffen werden, sobald man uns entdeckt?«

»Mal an unsere Fähigkeiten gedacht? Die Mission ist sowieso gescheitert, oder siehst du hier irgendwo ein verdammtes Energiefeld? Wir können nichts mehr tun, nur noch versuchen, uns selbst zu retten, also leck mich am Arsch mit deinem Geschwafel!«

Mit diesen Worten stapfte Wilbur los. Malcom folgte ihm kurz darauf. Dann Amanda. Schließlich stand Jenny mit Damon allein da.

»Lass uns gehen«, sagte sie. »Wilbur hat recht. Wir haben keine andere Wahl.«

»Ich habe immer noch meine dämonischen Fähigkeiten. Wir könnten …«

»Damon, alle sind total fertig. Wir müssen raus aus der Wüste, sonst war's das.«

Dann wandte auch sie sich ab und ging den anderen hinterher.

Es dauerte noch eine Weile, bis sie endlich den Rand des Dorfes erreichten. Aus der Nähe erkannte man, dass es sich nicht um massive Häuser, sondern einfache Lehmhütten handelte, die von Stroh bedeckt waren.

Das verwirrte Damon und machte ihm Sorgen. Hier stimmte doch etwas nicht. Noch immer ging er davon aus, dass man sie nicht freundlich begrüßen würde. Trotzdem musste er sich eingestehen, dass sie letztendlich keine andere Wahl hatten, als sich einer Situation zu stellen, in der sie keinen Einfluss mehr auf ihr Schicksal hatten.

Ohne Wasser würden sie keinen weiteren Tag durchhalten, und tot nützten sie niemandem etwas.

Der Tempel, der sich hinter den Behausungen erhob, war massiv gebaut und dreimal so hoch wie die größte Hütte. Von eindrucksvoll konnte allerdings nicht die Rede sein. Wie Damon jetzt erkennen konnte, hatte man einfach grob behauene Quader aufgeschichtet, die vage an eine Pyramide erinnerten. Davor stand eine schlanke Stele, die mit irgendwelchen Bildzeichen verziert war. Alles wirkte wie aus längst vergangener Zeit.

Noch war niemand zu sehen. Im Licht der immer heißer werdenden Sonne schien der Ort verlassen und ausgestorben. Ein leichter Wind war aufgekommen und trieb Sandwolken vor ihnen her. Die Sonne brannte auf seinen Nacken, und Damon fragte sich, ob es hier tatsächlich Wasser gab. Jemand musste in dem Dorf leben, sonst hätten sie letzte Nacht nicht das Feuer gesehen, aber vielleicht war derjenige inzwischen auch schon weitergezogen und hier gab es nichts mehr.

Plötzlich geschah etwas vor ihm. Die anderen waren stehen geblieben und pressten sich in den Schatten einer Häuserwand. Er tat es ihnen gleich. Ein seltsames Geräusch erklang, und er hob seine Handflächen, bereit, seine Fähigkeit notfalls sofort einzusetzen. Damon würde sich jedem Gegner entgegenstellen. Gleich musste er um die Ecke biegen, ein Schatten eilte dem Feind voraus und entpuppte sich – als meckernde Ziege. Die Anspannung ließ nach, und Damon musste über sich selbst lachen. Auch die anderen atmeten sichtlich erleichtert aus.

Ihr Versteck verließen sie allerdings noch nicht, denn kurz darauf rannte ein etwa zwölf Jahre alter Junge hinter der Ziege her und rief aufgeregt etwas in einer fremden Sprache.

»Er sagt: Bleib stehen«, flüsterte Amanda. »Das ist Altägyptisch. Sonderbar, die Sprache habe ich lange nicht mehr gehört.«

»Nicht sonderbarer als alles andere auch«, meinte Jenny neben ihr.

Plötzlich machte die Ziege eine scharfe Kehrtwende und stob direkt auf sie zu. *So ein Mistvieh, das war's dann wohl mit unserem Versteck …*

Damon machte eine blitzschnelle Bewegung, packte das Tier an den Hörnern und hielt es fest. Nach kurzem Widerstand gab die Ziege den Versuch, sich zu befreien, auf und blieb zitternd stehen.

Der Junge kam vorsichtig heran, als er sie entdeckte. In seinem braun gebrannten Gesicht war Erleichterung auszumachen, dass die Ziege nicht entkommen und in die Wüste gelaufen war.

Vor ihnen blieb er stehen und starrte sie neugierig an. Dann sagte er etwas.

»Er bedankt sich«, übersetzte Amanda. »Du sollst ihm die Ziege geben.«

»Was hat er da um den Hals?«, fragte Malcom.

Alle schauten den Jungen an, um dessen schlanken Nacken eine silbern glänzende Kette lag, an deren Ende etwas herabbaumelte.

»Das sind Erkennungsmarken der US-Army«, sagte Wilbur tonlos. »Jemand war vor uns da.«

Einen Moment lang herrschte verblüfftes Schweigen. Damon spürte, wie ihn tiefe Beunruhigung erfasste, aber er ließ sich nichts anmerken, sondern sagte bemüht ruhig zu Amanda: »Frag ihn, woher er das hat.«

Amanda sprach in der fremden Sprache, dann wandte sie sich an die anderen.

»Einer der Silbergötter hat es ihm gegeben.«

»Wen meint er damit? Was für Silbergötter? Ist das irgendwas Ägyptisches?« Wilbur wirkte verwirrt.

Amanda sah ebenfalls irritiert aus und schüttelte den Kopf.

»Ich weiß es nicht. Ich habe noch nie etwas von solchen Göttern gehört.«

»Frag ihn, was er damit meint«, sagte Damon.

Amanda übersetzte die Frage, und auf dem Gesicht des Jungen breitete sich augenblicklich Entsetzen aus, als er mit offenem Mund auf Jenny deutete. Als hätte er sie eben zum ersten Mal wahrgenommen.

»Jemand wie sie.«

Der Junge war drauf und dran wegzulaufen, doch Amanda hielt ihn fest und redete auf ihn ein. Nein, vielmehr sang sie. Schließlich hatte er sich wieder beruhigt und entspannte sich sichtlich.

»Hast du deine Fähigkeit eingesetzt?«

Amanda zuckte lässig mit den Schultern. »Ja, und ich habe ihm gesagt, dass er keine Angst vor uns zu haben braucht und wir ihm nichts tun werden.«

Damon wandte sich zu Jenny und sah, wie sie die Luft anhielt. Die menschliche Seite ihres Gesichtes erbleichte trotz der großen Hitze.

»Er soll uns das genauer erklären.«

Amanda wandte sich an den Jungen und fing kurz darauf an zu übersetzen.

»Eines Tages kamen fremde Menschen wie ihr aus der Wüste. Sie sahen krank aus. Alle trugen seltsame Kleider mit grüner Farbe, deren Muster ineinanderflossen, und Sandalen, wie ich sie noch nie gesehen habe.«

»Warum spricht der so komisch? So altmodisch?«, sagte Wilbur. »Meint er Tarnuniformen und Kampfstiefel?«

»Um ihre Hälse trugen sie silberne Amulette.« Der Junge deutete auf die Erkennungsmarken, die auf seiner Brust baumelten. »Sie waren halb verdurstet und mehr tot als lebendig, als sie unser Dorf erreichten. Wir gaben ihnen Wasser und Nahrung. Mein Großvater, der Älteste des Dorfes, verteilte die Fremden auf die Hütten der Familien. Wir sind arm, und eine einzige Familie konnte so viele Menschen nicht versorgen. Einer der Fremden starb am gleichen Tag, die anderen erholten sich, aber dann tauchten die Silbergötter auf.« Tränen stiegen in die Augen des Jungen, die er sich wegwischte, bevor er weitersprach. »Sie kamen nachts und töteten die Fremden und zwei Dorfbewohner, die sich ihnen widersetzten. Als sie ihr schlimmes Werk getan hatten, gingen sie wieder. Seitdem leben wir in Furcht, dass sie zurückkommen. Einer von ihnen gab mir das Amulett, nachdem er den Mann im Haus meines Großvaters getötet hatte. Als Mahnung, dass mir das Gleiche passieren würde, wenn ich mich widersetzte.«

Als der Junge mit seiner Erzählung geendet hatte, sagte keiner ein Wort. Damon spürte in den anderen die gleiche Unruhe, die auch ihn erfasst hatte. Was war hier los?

Es war Malcom, der zuerst sprach. »Das klingt alles sehr merkwürdig. Frag ihn, wann das war?«

»Er sagt vor vielen Monaten, aber genau, weiß er das nicht. Er kann nicht so weit zählen.«

»So, wie es aussieht«, schlussfolgerte Malcom, »ist ein Trupp Soldaten hier angekommen, die Matterson in das Energiefeld geschickt hat. Genau wie wir sind sie in der Wüste gelandet und haben sich bis hierher durchgekämpft. Dann sind diese Silbergötter aufgetaucht und haben sie getötet. Warum sie das getan haben, wissen wir nicht, aber anscheinend haben sie gar nicht erst versucht, mit den Soldaten zu reden oder sie gefangen zu nehmen, sondern sie einfach umgebracht. Das ist nicht gut. Das ist gar nicht gut, Leute.«

»Nein, da stimme ich dir ausnahmsweise zu«, sagte Amanda. Dann beäugte sie Jenny mit einem gewissen Misstrauen im Blick. »Zumindest wissen wir jetzt, wie der Feind aussieht.«

Jenny zuckte bei diesen Worten zusammen.

»Und das ergibt auch Sinn«, fuhr Amanda fort. »Das Energiefeld wird von einer unbekannten Technologie erzeugt. Jennys Körper wurde durch unbekannte Technologie verändert. Wenn man eins und eins zusammenzählt …«

»Was dann?«, knurrte Jenny.

»… glaube ich, dass du zu ihnen gehörst und eine Spionin bist.«

Jenny gab ein Geräusch von sich, das mehr als ein Knurren war. Damon glaubte, sie würde sich gleich auf Amanda stürzen. Die Göttin ihrerseits ging in Kampfstellung.

»Das ist doch Unsinn«, wagte sich Malcom in die angespannte Situation hinein. »Jenny wurde von der Polizei aufgegriffen. Sie wusste nichts von Matterson und dem Energiefeld. Matterson hat sie entdeckt, nicht umgekehrt, und sie zu dieser Mission überredet. Außerdem ist sie wie wir in der Wüste gelandet und wäre fast draufgegangen, und mal ehrlich, wenn sie uns schaden wollte, hätte sie das längst tun können. Jenny könnte jeden von uns mühelos erledigen, da helfen auch unsere Fähigkeiten nichts. Nein, etwas anderes liegt in der Luft. Ich kann es nicht greifen, aber ich spüre, dass da was ist.«

»Ich spüre nur eines«, sagte Wilbur, »Durst! Ich brauche etwas zu trinken. Über alles andere können wir später sprechen, wenn wir wieder einen klaren Kopf haben.«

»Nein!«, sagte Jenny hart. »Erst wird sich Amanda bei mir entschuldigen und zugeben, dass ich nicht der Feind bin.«

»Das werde …«, setzte Amanda an.

Jenny trat einen Schritt vor. »Du alterst nicht, bist praktisch unsterblich, aber ich kann deinen Körper zerstören und komme dabei nicht mal ins Schwitzen.«

Damon sah Angst in Amandas Augen aufflackern. Es wurde Zeit einzugreifen, bevor die Situation eskalierte.

»Hört auf damit. Ich glaube dir, Jenny, und die anderen sicherlich auch. Wir haben dringendere Probleme. Wir brauchen Wasser und müssen endlich raus aus der Sonne.«

»Sie soll es sagen, oder wir gehen nirgendwohin«, zischte Jenny.

Fünf Sekunden lang herrschte angespanntes Schweigen, dann meinte Amanda: »Okay, okay. Vielleicht bin ich zu weit gegangen. Ich hätte dich nicht verdächtigen sollen, aber der Gedanke lag auf der Hand.«

Jenny verzog den Mund, dann wandte sie sich um und schritt auf das Dorf zu.

Damon atmete erleichtert auf. Er wandte sich an Amanda. »Frag ihn, ob es im Dorf ein Telefon oder Handy gibt?«

Amanda sprach mit dem Jungen.

»Er weiß nicht, was das ist.«

»Wie bitte?«, ächzte Malcom. »Wie kann man so etwas nicht wissen? Wo sind wir hier gelandet? Wie rückständig sind die denn?«

»Keine Ahnung, ist jetzt auch nicht wichtig«, knurrte Damon. »Ich habe Durst.«

Der Junge führte sie, nachdem er die Ziege im Boden angepflockt hatte, zu einem Brunnen am Rand des Dorfes, der im Schatten einiger hoher Palmen lag, in denen der Wind säuselte.

Es war nicht mehr als ein mit Ziegenfell abgedecktes Loch im Boden, dessen Rand von niedrigen Lehmziegeln eingefasst wurde. Der Junge nahm das geflochtene Hanfseil in die Hand und ließ einen dunkelbraunen Ledereimer hinab. Wenige Sekunden später zog er den Eimer wieder hoch und goss das Wasser in ein flaches Becken neben dem Brunnen. Offensichtlich die Viehtränke.

Amanda und die anderen warfen sich auf die Knie und schöpften gierig Wasser mit den Händen.

Als der erste Durst gestillt war, wuschen sie sich die verbrannten und sandigen Gesichter. Es war unglaublich belebend.

Plötzlich fiel ein Schatten auf Amanda. Sie wandte sich um. Vor ihr stand ein alter Mann im Lendenschurz, der ein Tuch um die knochigen Schultern gelegt hatte, um sie vor der Sonne zu schützen. Der Alte blickte sie nacheinander an, besonders lang blieb sein Blick an Jenny hängen. Die Furcht vor ihr war ihm deutlich anzusehen. Das faltige Gesicht zerfiel in unzählige Runzeln, als er den fast zahnlosen Mund öffnete und etwas auf Ägyptisch sagte.

»Das ist Namid, der Großvater des Jungen«, erklärte Amanda.

»Sieht aus, als komme er direkt aus der Steinzeit«, sagte Wilbur.

Offensichtlich hatte der Bursche die Gelegenheit genutzt, den Dorfältesten von ihrer Ankunft zu berichten, während sie ihren brennenden Durst befriedigten.

»Er sagt, wir dürfen vom Brunnen trinken, dann müssen wir gehen. Das Dorf verlassen. Er will nicht, dass die Silbergötter zurückkommen.«

»Wir brauchen etwas zu essen«, sagte Wilbur. »Müssen uns ausruhen und herausbekommen, was hier los ist. Dieses ganze Gerede von Silbergöttern macht mich verrückt. Wie auch immer, es ist sinnlos, sich ohne Ziel auf den Weg zu machen, wohin auch? Wahrscheinlich geht die Wüste direkt hinter der Dorfgrenze weiter.«

Amanda sprach zu dem Alten und übersetzte seine Antwort.

»Er sagt, eine Tagesreise von hier entfernt sei ein größeres Dorf, eine kleine Stadt, er hat den Namen genannt, aber ich kenne den Ort nicht. Ich weiß also nicht, ob er lügt, um uns loszuwerden. Er meint, dort würde man uns helfen, hier könne er nichts für uns tun.«

»Hoffentlich gibt es dort ein Telefon«, meinte Jenny.

Der Mann deutete mit seinem dürren Finger auf sie. »Diese Frau gehört zu den Silbergöttern und ist hier nicht willkommen.«

»Sie sieht vielleicht so aus wie die Silbergötter«, erklärte Amanda. »Aber sie ist keine von ihnen. Die Menschen, von denen du sprichst, sind unsere Feinde.«

»Das geht mich nichts an. Eure Kriege sind nicht unsere

Kriege. Wir sind Viehzüchter, einfache Leute, die dem Pharao dienen. Ihr müsst das Dorf verlassen.«

Hat er gerade Pharao gesagt? Von was faselt der Alte da?

Amanda betrachtete ihn nachdenklich. Angst lag in den fast schwarzen Augen, die an stumpf gewordene Kiesel erinnerten.

»Er hat von einem Pharao gesprochen und dass wir hier weg müssen.«

»Was?«, ächzte Wilbur. »Bist du sicher?«

»Wahrscheinlich habe ich ihn falsch verstanden, mein Ägyptisch ist etwas eingerostet. Aber da ist noch mehr, er verschweigt uns etwas«, sagte Amanda zu den anderen.

»Frag ihn danach«, meinte Damon.

»Er wird es uns nicht sagen. Hat viel zu viel Angst. Es steckt mehr hinter der Sache. Wenn es wirklich nur um die Silbergötter ginge, könnte er uns bei ihrem Auftauchen einfach ausliefern oder sich so lange mit den Dorfbewohnern in der Wüste verstecken, bis alles vorbei ist. Er weiß ja nun, wie es läuft und dass die Silbergötter nicht an ihm oder seinen Leuten interessiert sind.«

»Was machen wir jetzt?«, fragte Jenny.

»Um zu erfahren, was hier vorgeht, müssen wir ihn davon überzeugen, dass wir stärker als die Fremden sind und das Dorf beschützen können«, meinte Amanda.

»Okay, das übernehme ich«, sagte Damon. »Sag ihm, er soll den Holzkarren ansehen, der dort unter der Palme steht.«

Amanda befahl es dem Alten.

Damon hob beide Arme an. Die Luft um ihn herum begann zu flirren, dann schoss ein gleißender Strahl aus seinen Händen, und der Karren explodierte. Der klägliche Rest, der dann noch übrig war, ging in Flammen auf und schwebte als brennende Holzteilchen zu Boden.

Der Dorfälteste zitterte unkontrolliert bei dieser Machtdemonstration. Sein ausgemergelter Oberkörper zuckte, und die schmalen Schultern bebten, als er sich vor Damon auf die Knie warf und um Gnade flehte.

»Sag ihm, er soll aufstehen. Ihm wird nichts geschehen, auch sonst niemandem«, erklärte Damon.

Amanda sprach leise auf den Mann ein, der sich zunächst weigerte, sein Gesicht aus dem Staub zu heben.

»Ihr müsst uns nicht fürchten, wir kommen in Freundschaft, und wie du siehst, sind wir mächtig, wir werden die Silbergötter vertreiben, wenn sie wieder auftauchen.«

Der Junge kniete sich neben dem Alten in den Sand und flüsterte ihm ins Ohr. Der Mann schüttelte den Kopf und sagte ebenfalls etwas, woraufhin der Junge noch energischer wurde. Das Gespräch ging weiter. Amanda konnte nicht verstehen, was da besprochen wurde.

»Was ist los?«, fragte sie.

Der Alte hob das Gesicht an. Amanda sah Verzweiflung und widerstreitende Gefühle darin. Der Mann war kurz davor, sich ihr zu offenbaren. Der zahnlose Mund öffnete sich und schloss sich wieder, so als könne er sich nicht entscheiden. Dann sah er Amanda tief in die Augen.

»Es geht nicht um euch oder die seltsamen Menschen, die in unser Dorf kamen und von den Silbergöttern getötet wurden. Sondern darum, was uns die Silbergötter antun werden, wenn sie erfahren, dass wir diejenigen verbergen, die sie suchen.«

»Ich verstehe dich nicht, alter Mann. Was willst du mir sagen?«

»Die Fremden wurden nur durch Zufall von den Silbergöttern entdeckt, die in unser Dorf kamen, um die Tochter des Pharaos aufzuspüren. Sie jagen sie seit vielen Monden, wollen ihrer habhaft werden, nachdem sie schon ihren Vater getötet haben. Die Prinzessin ist aus der Hauptstadt geflohen und verbirgt sich hier, bevor sie ihre Reise in die Heimat ihrer Mutter antritt. Bei deren Volk will sie Schutz vor den Silbergöttern suchen.«

»Von welcher Prinzessin sprichst du? Es gibt keine Pharaonen und Prinzessinnen mehr in Ägypten.«

Der Alte rappelte sich aus dem Staub auf. »Folgt mir, ich bringe euch zu ihr.«

14

Wilbur starrte Amanda an, die ihnen gerade vom Gespräch mit dem alten Mann berichtet hatte. Er war sich nicht ganz sicher, ob er alles richtig verstanden hatte, da war von diesen ominösen Silbergöttern die Rede, die nicht wegen der Soldaten ins Dorf gekommen waren, sondern irgendeine entflohene Prinzessin jagten. Und dass die Beseitigung des Kommandotrupps spontan geschehen war. Die ganze Sache klang wie aus einem Märchen aus *1001 Nacht*. Warum die Fremden, die wie Jenny aussahen, die Prinzessin jagten, hatte der Alte nicht gesagt. Entweder wusste er es nicht oder er verschwieg ihnen erneut einen Teil der Wahrheit.

Wie auch immer, nun wollte er sie zu dieser angeblichen Prinzessin führen.

Irgendwie schien alles miteinander zusammenzuhängen.

Menschen und Silbergötter und Energiefeld.

Der Alte hatte die Silbergötter genau beschrieben, und wenn sie so wie Jenny aussahen, konnte man sich vorstellen, dass es sich bei ihnen um technisch aufgerüstete Menschen handelte. Aber wer sollte so etwas getan haben und warum versuchte er, ihre Welt zu zerstören? Was steckte hinter all dem?

Der Tempel selbst war eine Enttäuschung. Ein zehn mal zehn Meter großer Raum, in dessen Mitte ein steinerner Altar stand, in den ein Becken eingelassen und mit Wasser gefüllt war. Ein seltsamer Duft lag in der Luft, schwer und süß.

An die Wände waren Bilder gemalt, dazu unzählige Hieroglyphen, die Wilbur nicht entziffern konnte.

Sonst war da nichts.

Keine Menschenseele.

Amanda sagte etwas zu dem Alten, der sie nicht weiter beachtete, sondern zielstrebig zum Altar ging. Er rief den Jungen zu sich, und gemeinsam verschoben sie den Stein, der auf versteckten Schienen zur Seite glitt.

Darunter wurde eine dunkle Öffnung sichtbar, die in die Tiefe führte.

Der Dorfälteste rief etwas hinab. Leise Stimmen antworteten, dann redete der Alte längere Zeit. Schwacher Lichtschein wurde sichtbar. Der Geruch von brennendem Öl drang nach oben. Eine einfache Holzleiter wurde von unten aufgerichtet. Der Alte sprach mit Amanda.

»Was hat er gesagt?«, fragte Malcom.

»Die Prinzessin hält sich mit ihren Leibwächtern in den Tunneln unter dem Tempel versteckt. Er hat ihr erklärt, wer wir sind. Sie kommt jetzt herauf.«

Die Leiter wackelte, dann tauchte der kahle Schädel eines Mannes auf. Er war kräftig und muskulös, mit Lendenschurz bekleidet und einem kurzen Schwert in der rechten Hand. Als er Jenny entdeckte, wich er zurück und hob seine Waffe an. Der Alte sprach zu ihm, und das Schwert wurde gesenkt.

Wilbur glotzte das Schwert an. Es wurde immer seltsamer.

Ein weiterer Wächter kletterte nach oben, auch er war bewaffnet. Es folgten noch zwei Männer, dann kamen drei Dienerinnen mit schwarzen Haaren in einfachen Baumwollgewändern nach oben. Sie stellten sich nebeneinander. Hinter ihnen erschien eine schlanke Gestalt, ebenso gekleidet wie die anderen Frauen, nur dass ihr Gewand von edlerem, leichterem Stoff war. An beiden Oberarmen trug sie goldene

Reife, und um ihren Hals lag eine schwere Kette aus Gold mit einem eingefassten blauen Edelstein.

»Das ist Nianch-Hathor«, sagte der alte Mann. »Prinzessin des Reiches und Tochter von Netjeri-chet.«

Neben Wilbur gab Amanda ein Ächzen von sich, dann kippte sie um.

Malcom stand wie alle anderen um die bewusstlose Amanda herum und wusste nicht, was er tun sollte. Das dunkelhaarige Mädchen war plötzlich grundlos zusammengebrochen. Eben noch hatte sie mit dem alten Mann gesprochen, nun lag sie auf dem steinernen Boden und rührte sich nicht mehr.

Der Dorfälteste gab einen kurzen Befehl und eine der Dienerinnen riss sich ein Stück Stoff aus ihrem Gewand, das sie in das Wasserbecken des Altars tauchte. Die Prinzessin nahm es ihr ab, kniete sich neben Amanda und befeuchtete ihr Gesicht damit.

Malcom konnte sehen, dass sich Amandas Brustkorb hob und senkte. Wahrscheinlich war es die Erschöpfung, die sie umgeworfen hatte. Wie alle anderen hatte sie schon lange nichts mehr gegessen, und der auszehrende Marsch durch die Wüste hatte ihr den Rest gegeben.

Während er noch darüber nachgrübelte, öffnete Amanda die Augen. Entsetzen lag in ihrem Blick, als sie die Prinzessin neben sich knien sah. Sie stöhnte laut auf, rappelte sich hoch und rutschte auf dem Boden zurück, um Abstand zwischen sich und die Prinzessin zu bringen. Sie war vollkommen bleich, die Lippen bebten unkontrolliert, dann wandte sie sich ab, verbarg ihr Gesicht zwischen den Händen und weinte.

Malcom verstand überhaupt nichts mehr. Was war mit Amanda los? Warum diese heftige Reaktion?

Damon ging zu Amanda, hockte sich neben sie und nahm sie in den Arm. Lautes Schluchzen drang zu Malcom herüber.

Die Einheimischen waren ebenso verwirrt wie er, Jenny, Wilbur und Damon, denn sie sahen sich erstaunt an und flüsterten leise miteinander. Auch sie schienen nicht zu verstehen, was vorgefallen war.

»Kommt her. Amanda muss uns etwas sagen«, rief Damon plötzlich. Wilbur, Jenny und Malcom traten zu ihm. Noch immer hielt Damon Amanda umschlungen, aber sie weinte nicht mehr, sondern schaute sie aus weit aufgerissenen Augen an.

»Ich … ich … kenne diese Frau.« Sie nickte in Richtung der fremden Prinzessin. Malcom hielt die Luft an.

»Ich …« Amanda brach ab.

Sie holte tief Luft.

Dann sagte sie: »Das ist meine Mutter!«

Erst verstand Malcom nicht, was Amanda meinte. Dann traf ihn die Erkenntnis ihrer Worte mit voller Wucht. *Amanda glaubt, in der jungen Frau ihre Mutter zu erkennen.*

»Das kann nicht …«, setzte er an, aber Amanda ließ ihn nicht aussprechen.

»Sie ist es!«

»Unmöglich«, meinte Damon. »Die Hitze …«

»Ich bin mir sicher.«

»Aber wie …«

»Das weiß ich auch nicht. Ich habe meine Mutter das letzte Mal als kleines Kind gesehen. Sie starb, als ich acht Jahre alt war, aber ich erinnere mich genau an sie. Außerdem war ihr Name Nianch-Hathor. Die zweite Tochter Pharao Djosers. Ich weiß noch, dass sie mir erzählt hat, dass sie als junges Mädchen aus der Hauptstadt fliehen musste. Fremde Krieger hatten ihren Vater getötet und jagten sie durchs ganze Land. Das war in der Zeit vor meiner Geburt. Ich habe die Puzzleteile bisher nicht zusammenbekommen, aber nun ist es klar, die Silbergötter sind es, die sie verfolgen.«

Malcom spürte, wie sich sein Magen zusammenzog. Ihm wurde schlecht. Wenn das stimmte, was Amanda sagte, dann gab es nur einen einzigen logischen Schluss, und alles fügte sich zusammen.

Sie waren nicht in eine andere Welt gekommen.

Nicht in eine andere Realität.

Das hier war die Vergangenheit. Die Zeit der Pharaonen. Das alte Reich.

Sie waren in die Vergangenheit gereist. Fast fünftausend Jahre.

Etwa ins Jahr 2700 vor Christus.

Malcom merkte, dass er laut gesprochen haben musste. Alle anderen starrten ihn an.

»Was hast du gesagt?«, ächzte Wilbur.

Malcom schaute ihn an. »Wir sind in der Vergangenheit.«

»Was?«

»Denkt doch mal nach. Die Wüste, die verschwundenen Soldaten und ihre Ausrüstung, das spurlose Verschwinden der Fische und Meerestiere, der Umstand, dass Amanda den Tempel erkannt hat. Die primitiven Lehmhütten und einfachen Menschen, die Altägyptisch sprechen. Pharao Djoser und Nianch-Hathor, ihre Mutter. Wir haben eine Zeitreise gemacht.« Das alles klang ziemlich verrückt, das war Malcom bewusst. Aber es war die einzig logische Erklärung.

»Im alten Ägypten gab es aber keine Silbergötter, keine Maschinen, die Energiefelder erzeugen«, wandte Damon ein.

»Das ist richtig«, sagte Malcom. »Wir sind nicht da gelandet, wo wir sein sollten. Vielleicht hat das Energiefeld eine Einstein-Rosen-Brücke verursacht.«

»Eine was?« Jenny riss die Augen auf.

»Meine Mutter hat mir davon erzählt. Das ist so eine Art künstliches Wurmloch. Theoretisch kann man dadurch andere Galaxien und Dimensionen erreichen oder eben durch die Zeit reisen. Wie gesagt, das ist eine Hypothese. Um ein Wurmloch zu erzeugen, braucht es unglaublich viel Energie, aber das bietet ja das Energiefeld, in das wir eingedrungen sind.«

»Dann sind wir voll im Arsch«, meinte Wilbur. »Die Mission ist gescheitert, und wir hängen fünftausend Jahre in der Vergangenheit fest.«

»Das muss nicht sein«, sagte Malcom ruhig. »Ein Wurmloch funktioniert in beide Richtungen. Eine Brücke verbindet ja auch zwei Punkte.«

»Du meinst, hier gibt es auch einen Eingang?«

»Vielleicht. Wir müssen ein Energiefeld suchen wie das in der Beringsee. Aber ich denke, im Augenblick haben wir andere Probleme. Was der Alte über die Silbergötter und ihre Jagd nach der Prinzessin erzählt hat, klingt nicht unbedingt beruhigend. Sieht so aus, als könnten die hier jederzeit wieder auftauchen, und da sie, ohne zu zögern, den Armytrupp getötet haben, der vor uns ins Energiefeld ging, werden sie bestimmt auch uns sofort angreifen.«

»Also, was machen wir jetzt?«, fragte Damon.

»Ist doch klar«, meinte Wilbur. »Wir müssen hier weg, so schnell wie möglich.«

»Ja, aber wir müssen uns auch die Frage stellen, warum wir ausgerechnet in dieser Zeit gelandet sind«, sagte Malcom.

Amanda stand da und versuchte, sich nichts anmerken zu lassen, aber in ihr tobte ein Sturm. Vor beinahe fünftausend Jahren hatte sie ihre Mutter das letzte Mal gesehen. Damals war sie noch ein kleines Kind gewesen, und das Bild ihrer Mutter war im Laufe der Jahrhunderte in ihrer Erinnerung verblasst. Ihr nun gegenüberzustehen, überforderte Amanda vollkommen. Sie wusste nicht, was sie tun sollte. Was sie sagen sollte.

Am liebsten hätte sie sich in Nianch-Hathors Arme geworfen, sie festgehalten und ihr immer wieder gesagt, wie sehr sie ihre Mutter vermisst und wie unendlich lieb sie sie hatte.

Ihre Hände begannen zu zittern, aber noch immer konnte sie sich nicht rühren.

Was mache ich nur?

Wenn sie Nianch-Hathor sagte, dass sie ihre Tochter war, würde diese sie für verrückt halten. Und es war ja auch verrückt. Vor ihr stand das junge Mädchen, das sie in naher Zukunft auf die Welt bringen würde, denn Nianch-Hathor war ungefähr in ihrem Alter gewesen, als sie schwanger wurde.

Oh mein Gott, ich drehe noch durch.

In ihrem Geist erklang die sanfte Stimme ihrer Mutter, die ein Kinderlied aus alter Zeit sang. Jeden Abend hatte sie an ihrem Bett gestanden, dieses Lied gesungen, das von einem schönen Prinzen und einer Prinzessin handelte, die im Licht des Mondes inmitten einer großen Wüste zueinanderfanden. An die Worte hatte sie sich bis gerade eben nicht erinnern können, aber die Melodie war ihr nie aus dem Kopf gegangen. Leise begann sie zu summen.

Wenn der Wind dich findet,
in sternklarer Nacht,
dein Liebster dich hält
und der Mond über euch wacht,
wird die Zeit zum Kind des Glücks
und niemals vergehen.

Unbemerkt war Nianch-Hathor neben sie getreten.

»Ein schönes Lied«, sagte die Prinzessin. »Woher kennst du es?«

Amanda schluckte schwer. Die Hilflosigkeit der Situation machte sie unfähig, klare Gedanken zu fassen. Ihre Mutter war ihr so nahe. Sie musste nur die Hand ausstrecken und sie berühren. Endlich wieder berühren, nach so langer Zeit.

»Meine Mutter hat es für mich gesungen, als ich ein Kind war.«

»Die Worte sind wunderbar, kannst du sie mich lehren?«

Amanda spürte, wie ihre Knie weich wurden und die schwarzen Nebel der Ohnmacht erneut nach ihr griffen.

Plötzlich wurde Amanda von ihren Gedanken abgelenkt. Ein Mann stürmte in den Tempel. Er war schweißgebadet. Panik stand in seinen Augen. Keuchend vor Erschöpfung sprach er auf den Dorfältesten ein.

»Was ist los?«, fragte Damon aufgeregt.

»Die Silbergötter kommen!«, sagte Amanda.

Aufruhr brach aus. Plötzlich rannten alle durcheinander. Die einen wollten aus dem Tempel hinaus, die anderen zurück in die Tiefe der Tunnel.

Es war der alte Mann, der die Nerven behielt und mit erstaunlich lauter Stimme etwas rief. Malcom brauchte nicht zweimal überlegen, um zu verstehen, dass der Alte alle aufgefordert hatte, stehen zu bleiben und Ruhe zu bewahren.

Dann sprach er hastig.

»Er sagt, wir sollen in die Tunnel gehen. Die Silbergötter kennen das Versteck nicht«, übersetzte Amanda. »Dort unten gibt es weit verzweigte Gänge, die über große Entfernungen unter der Wüste verlaufen. Er will uns den Jungen mitschicken, der sich in den Höhlen auskennt.«

Amanda sagte etwas zu dem Alten. Er antwortete, und sie berichtete. »Ich habe ihn gefragt, warum er uns vertraut. Wir sind vollkommen fremd für ihn und Jenny sieht aus, wie der Feind, aber er sagt, er habe keine Wahl und bittet uns, Nianch-Hathor zu begleiten, sie zu beschützen. Sie will zum Volk ihrer Mutter fliehen, ins Reich der Hyksos. Dort wird sie in Sicherheit sein. Wenn sie hierbleibt, stirbt sie in jedem Fall, meint er.«

»Wie weit ist das Reich entfernt?«, fragte Jenny.

»Er sagt, wir werden viele Stunden unterwegs sein.«

»Was tun wir?«, fragte Damon. »Kämpfen oder mit ihnen gehen?«

»Wenn wir bleiben und uns unvorbereitet auf einen Kampf mit unbekannten Gegnern einlassen, ist die Wahrscheinlichkeit zu sterben sehr groß«, sagte Amanda.

»Wir kennen den Gegner«, meinte Wilbur. »Er ist wie Jenny.«

»Schlimm genug. Wir wissen, was sie draufhat, und das macht sie schwer besiegbar. Was wir aber nicht wissen, ist, über welche Waffen unser Gegner verfügt. Ich schlage vor, wir gehen mit Nianch-Hathor. Wir brauchen mehr Informationen, müssen herausfinden, was hier eigentlich los ist. Vielleicht ein Energiefeld finden, das uns zurück in unsere Zeit bringt. Im Augenblick sind wir erschöpft und verwirrt, haben Hunger und keinen Plan.« Amanda zögerte. »Und außerdem ist sie meine Mutter. Ich kann sie nicht ihrem Schicksal überlassen.«

Alle schwiegen einen Moment, dann sagte Damon: »Lasst uns in die verdammten Tunnel steigen, solange wir noch eine Chance haben.«

15

Das Erste, das Damon wahrnahm, war nicht die trübe Finsternis, die ihn umgab, auch nicht der raue Fels und der Hall, den Jennys Flüstern hervorrief, während sie leise mit Wilbur sprach. Es war der Geruch nach Papier.

Hier unten gab es kein Papier, aber es roch danach. Trocken und modrig.

Über ihm verschwand der letzte Schimmer Tageslicht, als der Dorfälteste mit dem Mann, der sie vor den Silbergöttern gewarnt hatte, den Altar mit einem dumpfen Rumpeln an seine alte Position schob.

Im Schein der Fackel, die einer von Nianch-Hathors Leibwächtern entzündet hatte, standen sie im Halbkreis und starrten sich stumm an.

Dann sagte der Junge etwas. Amanda übersetzte.

»Nicht weit von hier, in einem Nebengang, hat sein Dorf ein Lager für schlechte Zeiten angelegt. Dort gibt es Öl, Mehl, getrocknetes Ziegenfleisch und Datteln. Bevor wir aufbrechen und uns auf den Weg ins Reich der Hyksos machen, müssen wir dort hin und uns mit Proviant versorgen.«

»Haben wir genug Fackeln?«, fragte Malcom.

»Ja. Der Junge drängt darauf loszugehen. Die Silbergötter sind auf dem Weg zum Dorf und werden es bald erreichen. Wenn sie das Versteck unter dem Altar entdecken, müssen wir uns einen Vorsprung erarbeitet haben. Hier unten sind wir gefangen wie die Ratten.«

Kluger Bursche, dachte Damon. Dann betrachtete er die Leibwache der Prinzessin. »Ich glaube nicht, dass die uns eine große Hilfe im Kampf sind. Ich würde mit allen vier in Sekundenschnelle fertigwerden.«

»Sie sind Verbündete«, stellte Amanda trocken fest. »Jede Hilfe im Kampf gegen die Silbergötter ist von Bedeutung.«

»So meine ich das nicht. Wir sollten uns nur nicht auf sie verlassen, und außerdem könnten wir ihre Schwerter gut für uns selbst gebrauchen.«

»Lieber nicht«, meinte Amanda. »Malcom würde sich selbst nur eine Hand abhacken oder schlimmer noch – mir.«

Zum ersten Mal, seit sie Nianch-Hathor begegnet waren, lächelte sie wieder. Damon war froh darüber.

Wieder rief der Junge zum Aufbruch.

»Ich könnte mit meiner Energie den Gang hinter uns zum Einsturz bringen, dann können sie uns nicht verfolgen«, sagte Damon.

Amanda dachte kurz nach, dann schüttelte sie den Kopf.

»Zu gefährlich, es könnte sein, dass du den ganzen Tunnel über uns zum Einsturz bringst, dann würden uns die Steinbrocken unter sich begraben. Aber selbst wenn das nicht geschieht und wir entkommen, verfolgen uns die Silbergötter an der Oberfläche weiter. Wenn sie herausbekommen, wo wir sind, wissen sie auch, dass wir irgendwo wieder ans Tageslicht kommen, und werden uns dort auflauern.«

»*Wenn* sie davon wissen …«, widersprach Damon.

»Die Silbergötter haben irgendwie erfahren, dass sich meine Mutter im Dorf versteckt hält, sonst wären sie nicht zurückgekehrt. Sie werden die Dorfbewohner so lange foltern, bis sie erfahren, wo Nianch-Hathor ist. Es ist besser, wir lassen zu, dass sie uns verfolgen, und lauern ihnen tief im Höhlensystem an einer geeigneten Stelle auf.«

»Könnt ihr mal mit dem Gequatsche aufhören?«, schaltete

sich Wilbur ein. »Alles nette Pläne, aber erst einmal müssen wir hier weg, sonst machen wir bald gar nichts mehr. Außerdem haben wir seit zwei Tagen nichts gegessen, und ich kippe demnächst um. Allein bei dem Gedanken, schon wieder durch die Gegend zu marschieren, könnte ich kotzen. Ich bin todmüde.«

»Das sind wir alle«, sagte Damon. »Amanda, sag dem Jungen, dass wir bereit sind.«

Die Leibwächter hatten Jenny eine weitere Fackel gegeben, die am Ende der Reihe hinter allen anderen marschierte. Sie war froh, etwas abseits zu sein, sie musste erst einmal verdauen, was sie gehört hatte.

Der Feind sah aus wie sie.

Waren das ihre Leute? Wenn ja, woher kamen sie und warum waren sie so skrupellos?

Was mache ich, wenn ich ihnen begegne? Es könnte zum Kampf kommen. Werde ich mich wieder an mein Leben erinnern, wenn ich einem von ihnen gegenüberstehe?

Es war bizarr. So bizarr. Alles!

Malcom hatte gesagt, sie wären in der Vergangenheit gelandet. In einer Zeit vor fünftausend Jahren. Wenn sie hier nicht wieder wegkamen, wäre alles schlimmer als jemals zuvor. Hier war sie noch fremder als in der Welt des einundzwanzigsten Jahrhunderts, und hier gab es sicherlich niemanden, der ihr helfen konnte, die Veränderungen rückgängig zu machen, die man an ihr durchgeführt hatte. Und wenn etwas an ihrem maschinellen Körper versagte, gab es keine Ersatzteile und Reparaturen. Dafür war ihr aufgerüsteter Körper viel zu kompliziert. Im alten Ägypten hatten sie ja noch nicht einmal den Schraubenzieher gekannt, von mikroskopischer Feinmechanik, Computertechnik, Nanobots und gesteuerter Biologie ganz zu schweigen.

Egal wie das hier ausgeht, ich stecke tief in der Scheiße.

Malcoms Theorie, dass es auch hier ein Energiefeld geben könnte, mit dem sie zurück in ihre Zeit reisen konnten, glaubte sie nicht. Im Jahr zweitausendzwanzig war das vorstellbar, aber hier zur Zeit der Pharaos konnte sicherlich niemand solche großen Energiemengen aufbringen und ein Feld erzeugen. Dieser Gedanke war lächerlich, aber Jenny wollte den anderen nicht die Hoffnung nehmen. Außerdem mussten sie erst mal so weit weg wie möglich von dem Dorf und den Silbergöttern.

Sie liefen jetzt schon seit Stunden durch die niedrigen Gänge. Immer wieder gab es Abbiegungen, taten sich neue Gänge auf oder verzweigte sich der Hauptgang, dem sie folgten. Jenny hatte längst die Orientierung verloren, aber der Junge schien genau zu wissen, wo es langging.

Niemand sprach ein Wort. Alle setzten nur stumm einen Fuß vor den anderen, jedem war die Erschöpfung anzumerken. Ganz vorn ging einer der Leibwächter, dem die Prinzessin und die Dienerinnen folgten, dann kamen Wilbur, Malcom, Amanda und Damon. Hinter ihnen trotteten die restlichen Leibwächter her, von denen sich Jenny inzwischen fragte, ob sie stumm waren.

Plötzlich blieben alle stehen. Damon rief nach hinten, dass sie das Lager erreicht hatten. Warum man seine Vorräte so weit vom Dorf entfernt lagerte, war Jenny ein Rätsel, aber irgendetwas würde man sich dabei schon gedacht haben.

Der Raum, in dem Tonkrüge mit Öl, Mehl, Fleisch und Datteln standen, war eine natürliche Höhle von der Größe eines halben Footballfeldes. Über ihnen spannte sich in fünf Meter Höhe die Felsdecke wie eine Rundkuppel. Von irgendwoher drang frische Luft ein, denn hier war es nicht so stickig wie im Gang, und Jenny konnte besser atmen.

»Ist in diesen Krügen Wasser?«, fragte Wilbur.

»Nein«, übersetzte Amanda. »In der Nebenhöhle ist eine natürliche Quelle, sagt der Junge.« Sie deutete nach links, wo sich ein schwarzes Loch in der Felswand auftat.

Nun war auch klar, warum das Lager hier errichtet worden war. Bei einer Bedrohung oder einer Katastrophe konnten die Dorfbewohner Schutz finden und lange Zeit ausharren.

Ebenso wie alle anderen folgte Jenny dem Jungen in die Nebenhöhle und trank frisches kühles Wasser, das ein wenig nach Metall schmeckte. Danach hockten sie sich in die große Höhle, um sich zu besprechen.

Der Junge öffnete verschiedene Krüge und reichte flache Schalen mit Öl und Trockenfleisch herum.

Heißhungrig stürzte sich Jenny auf das Essen und hatte das Gefühl, niemals etwas Besseres zwischen die Kiefer bekommen zu haben.

Die Ägypter in ihrer Gruppe schienen keinen Hunger zu haben. Ebenso wie die Prinzessin zupften sie ein wenig am Brot herum und tunkten es ins Öl, bevor sie es sich in den Mund schoben, aber so richtig essen wollte anscheinend keiner.

Jenny spürte ihre heimlichen, furchtsamen Blicke, die von einem ihrer Gefährten zum nächsten wanderten, aber zumeist länger bei ihr verweilten.

Sie haben Angst vor uns, aber keine Wahl, und sie müssen uns vertrauen.

Amanda sprach mit dem Jungen, dann wandte sie sich an die anderen. »Wir können uns hier kurz ausruhen, dann müssen wir weiter. Jenny?«

»Ja?«

»Deine Sinne sind verstärkt. Hörst du etwas? Werden wir verfolgt?«

Jenny schüttelte den Kopf. »Da ist nichts. Sie haben den Zugang zum Höhlensystem noch nicht gefunden.«

»Dann haben sie entweder das Dorf noch nicht erreicht oder …«

Amanda musste nicht weitersprechen.

… die Dorfbewohner halten der Befragung noch stand, vollendete Jenny in Gedanken den Satz. Sie mochte sich gar nicht vorstellen, was ihnen die Silbergötter antaten, um herauszufinden, wo sich die Prinzessin befand.

»Wir können nicht ewig weglaufen, sondern müssen irgendwann kämpfen«, sagte Damon. Sein Blick richtete sich auf Jenny. »Wie lange kannst du ohne Unterbrechung marschieren, wenn du genug Vorräte hast?«

Sie musste über die Antwort nicht nachdenken. Sie wusste es einfach. »Drei Tage, wenn es nicht heiß ist und mein Körper überhitzt.«

»Und dann?«

»Kann ich stundenlang kämpfen, wenn es sein muss.«

»Dachte ich mir«, gab Damon zu.

»Woher weißt du das plötzlich?«, fragte Malcom, der neben der Prinzessin auf dem Boden hockte. »Davon hast du nie gesprochen. Kehrt deine Erinnerung zurück?«

»Nein, aber als mich Damon fragte, wusste ich die Antwort.« Genau so war es, auch wenn sie es sich selbst nicht recht erklären konnte.

Damon wandte sich an Amanda: »Sag den Ägyptern, dass wir hier rasten. Wir müssen uns ausruhen. Schlafen, wenn es möglich ist.«

Die Göttin übersetzte.

Nianch-Hathor antwortete, woraufhin Amanda wieder etwas sagte. Kurz darauf nickte ihre Mutter.

»Sie meint, es wäre besser, noch tiefer in das Höhlensystem einzudringen, bevor wir eine längere Pause machen. Aber ich habe ihr gesagt, dass wir zwei Tage durch die Wüste gelaufen sind. Und wenn wir jetzt nicht rasten, wir irgendwann vor Erschöpfung zusammenbrechen und ihnen nicht mehr helfen können. Sie ist einverstanden.«

Jenny beobachtete, wie Dienerinnen mitgeführte Leinentücher auf dem Boden ausbreiteten, damit sich die Prinzessin nicht auf den staubigen Felsboden legen musste. Die jungen Frauen, kaum älter als sie selbst, ließen sich schützend neben Nianch-Hathor nieder, die ihr Gesicht in den Armen verbarg. Die Leibwächter hockten sich in der Nähe auf den Boden, die Schwerter in ihren Händen. Sie würden sicherlich nicht schlafen.

Nicht weit von ihnen entfernt legte sich Amanda ebenfalls hin. Ihr Blick war auf die Prinzessin gerichtet.

Jenny fragte sich, wie es sein musste, der eigenen Mutter zu begegnen, die vor Jahrtausenden gestorben war. Sie konnte sich nicht vorstellen, wie es für Amanda sein musste, dem wichtigsten Menschen in ihrem Leben, dem Menschen, der sie geboren hatte, noch einmal gegenüberzustehen, ihn zu berühren, mit ihm zu sprechen.

Wieder dachte Jenny an ihre eigene Herkunft.

Werde auch ich meiner Mutter oder meinem Vater wieder begegnen?

So viele Fragen und keine Antworten, aber möglicherweise kannte die jemand anderes.

Jenny schaute zu den anderen hinüber. Malcom hatte sich gerade hingelegt. Wilbur lächelte schief. Amanda lag dicht neben Damon, der schon die Augen geschlossen hatte.

Sie verspürte eine tiefe Verbundenheit zu ihnen, aber sie konnten ihr keine Antwort darauf geben, wer sie war.

Wer sie wirklich war.

Diese Frage brannte in ihr, brachte ihr Herz zum Schmelzen.

Ich muss es einfach wissen.

Jenny traf eine Entscheidung.

16

Wilbur hatte das Gefühl, gerade erst eingenickt zu sein, als Amanda an seiner Schulter rüttelte. Nur mühsam öffnete er die verklebten Augenlider und blickte in ihr ernstes Gesicht.

»Was ist los?«, krächzte er mit trockenem Mund. »Geht es schon weiter?«

»Jenny ist weg!«

Schrecken durchzuckte Wilbur. Ruckartig richtete er sich auf.

»Was?«

»Sie ist abgehauen.«

»Du spinnst.«

»Weißt du, was sie vorhat? Hat sie dir gegenüber irgendwas erwähnt?«

»Nein, keine Ahnung, ehrlich.«

Wilbur schaute sich um. Die Prinzessin und ihre Dienerinnen waren ebenfalls wach und blickten furchtsam in ihre Richtung. Die Wächter hatten Aufstellung um sie herum genommen. Ihre finsteren Gesichter drückten Misstrauen und Entschlossenheit aus.

»Warum haben die Typen Jenny nicht aufgehalten oder uns geweckt?«

»Jenny hat gewartet, bis wir alle eingeschlafen sind, dann hat sie Nianch-Hathors Leibwächtern mit Zeichen zu verstehen gegeben, dass sie ein Stück zurück in die Tunnel gehen wolle, um nach dem Feind Ausschau zu halten. Sie hat sich eine Fackel geben lassen, ihnen bedeutet, leise zu sein und uns nicht zu wecken. Die Männer haben getan, was sie wollte. Sie fürchten sich vor ihr. Außerdem hatten sie keinen Grund zu glauben, dass sie lügt.«

»Sie kommt bestimmt gleich wieder«, sagte Wilbur. »Es ist sicherlich so, wie sie gesagt hat, und sie hält Ausschau nach unseren Feinden.«

»Wilbur, mach dir doch nichts vor. Jenny war diejenige, die von uns am meisten erschöpft war. Anstatt zu schlafen und sich auszuruhen schleicht sie heimlich davon. Nein …« Amanda schüttelte den Kopf. »Sie ist auf dem Weg zu den Silbergöttern. Irgendwie kann ich das sogar verstehen.«

»Das glaube ich nicht«, versetzte Wilbur und sprang auf die Füße. »Jenny würde das nicht tun. Sie ist keine Verräterin.«

»Vielleicht ist es so, aber wir müssen vorbereitet sein und sofort aufbrechen. Ich habe keine Ahnung, wie lange wir geschlafen haben und ob Jenny schon den Tempel erreicht hat.«

Wilbur war hin- und hergerissen. Die Möglichkeit, dass Jenny tatsächlich zu ihren Feinden übergelaufen war, bestand natürlich, und er konnte verstehen, dass Amanda bereit war, es zu glauben. Aber tief in sich drin spürte er, dass Jenny niemals etwas tun würde, das ihnen schaden konnte.

Und dann war da noch ihre aufkeimende Freundschaft. Er fühlte eine tiefe Zuneigung zu diesem Mädchen, und er glaubte, dass es ihr ebenso erging. Auch wenn sie nicht darüber gesprochen hatten, waren da doch diese Blicke gewesen, die ihm gesagt hatten, dass es eines Tages die Chance gab, sich näher kennenzulernen.

Damon kam herüber. Er deutete auf die Ägypter, die sich wie eine kleine Schafherde zusammendrängten. »Sie sind verängstigt«, sagte er. »Und fragen sich jetzt bestimmt, ob sie uns noch vertrauen können. Amanda, vielleicht solltest du dich der Prinzessin gegenüber zu erkennen geben.«

»Auf keinen Fall. Niemand sagt ein Wort zu ihr.«

Wilbur sah, dass sie bleich geworden war.

Damon grinste. »Sei froh, dass niemand außer dir ihre Sprache spricht.«

»Und das ist gut so!«, versetzte Amanda hart. »Ich weiß nicht, was es bedeutet, dass wir hier gelandet sind. Aber seiner Mutter vor der eigenen Geburt zu begegnen, ist nicht leicht zu verkraften. Schaut sie euch doch an. Sie ist noch ein Mädchen.«

Alle blickten zur Prinzessin, die sich abwandte, als sie das Interesse der Gruppe bemerkte.

»Du hast doch gesagt, sie wäre fast noch ein Kind gewesen, als sie dich zur Welt gebracht hat«, erinnerte sich Damon.

»Ja, meine Geburt kann nicht weit in der Zukunft liegen.«

»Fehlt nur noch dein Vater …«

»Vielleicht lernt sie ihn erst bei den Hyksos kennen. Ich weiß nicht viel über ihn. Meine Mutter hat nicht über ihn gesprochen und nur seltsame Andeutungen gemacht.«

»Wollt ihr jetzt echt darüber quatschen?«, fragte Wilbur. »Viel wichtiger ist doch, was wir jetzt machen.«

»Was wohl«, sagte Amanda harsch. »Wir müssen weiter.«

»Auf keinen Fall. Ich gehe zurück.«

»Du willst was?«, entfuhr es Amanda.

Wilbur sah die Verblüffung in ihren Augen. »Ich gehe und hole Jenny.«

»Das tust du nicht«, sagte Amanda. »Jenny hat sich entschieden. Du wurdest von ihr bei dieser Entscheidung nicht mit einbezogen, oder verschweigst du uns doch etwas? Und bist genauso ein Verräter wie deine ach so süße Jenny?«

»Was?«

Wilbur spürte, wie Hitze in sein Gesicht stieg. Das war alles zu viel. Erst Jennys Verschwinden und nun Amandas Verdächtigungen. Alte Ängste und vertraute Wut stiegen in ihm auf. Er fühlte, wie alles in ihm zu beben begann. Seine verkrampften Hände öffneten sich, so als wolle er beten …

… dann hielt er die Zeit an.

Drei Schritte und er war beim ersten regungslosen Wächter, riss ihm das Schwert aus der Hand. Der Mann zuckte nicht einmal mit der Wimper.

Drei Schritte zurück und die Klinge des Schwertes lag an Amandas Hals.

Die Zeit erwachte wieder zum Leben.

Amanda erstarrte. In ihrem Blick lag Ratlosigkeit, dann verstand sie.

»Du wirst niemals wieder Derartiges über mich sagen«, zischte Wilbur.

Damon hob seine Hände an, richtete sie auf ihn. »Lass das Schwert los, hast du mich verstanden?«

»Jenny ist keine Verräterin.«

»Das mag sein. Vielleicht hat sie tatsächlich Gründe zurückzugehen, aber du wirst Amanda sofort in Ruhe lassen. Das bringt doch nichts.«

Wilbur ließ das Schwert sinken.

»Leute«, meldete sich nun auch Malcom zu Wort. »Wenn ihr vorhattet, unsere Begleiter in Panik zu versetzen, dann ist euch das gelungen.«

Er nickte in Richtung der Ägypter. Der entwaffnete Wächter glotzte fassungslos immer wieder zwischen seiner Hand und Wilbur hin und her, der das Schwert von Amandas Hals sinken ließ.

»Am besten, du redest mit ihnen und erklärst die Situation, Amanda«, meine Malcom.

Amanda nickte. Bevor sie zur Prinzessin und ihren Begleitern ging, schaute sie Wilbur fest in die Augen.

»Mach das nicht noch einmal«, sagte sie so leise, dass nur er die Worte hören konnte. »Oder du erlebst den nächsten Tag nicht.«

Amanda stand vor ihrer Mutter und hätte sich ihr erneut am liebsten in die Arme geworfen und hemmungslos geweint. Das alles war zu viel für sie, fünftausend Jahre hatten sie nicht auf das vorbereiten können, was sie nun aushalten musste.

Wie gern hätte sie die Wahrheit über sich gesagt, aber dann hätte sie ihr auch alles andere erzählen müssen.

Amanda spürte Tränen der Verzweiflung in ihre Augen steigen, kämpfte sie aber herunter. Nianch-Hathor war verwirrt genug, sie durfte sie nicht noch zusätzlich verunsichern oder ihr Angst machen.

»Was ist geschehen?«, fragte die Prinzessin. »Warum streitet ihr? Wieso bedroht dich dein Gefährte mit dem Schwert, und wie ist es ihm gelungen, Kamil die Waffe abzunehmen?«

»Alle sind in Unruhe. Jenny, das Mädchen mit dem Metall …«

»Du meinst die Silbergöttin. Ist sie doch unser Feind?«

»Nein, ja … ich weiß es nicht. Sie ist verschwunden. Und möglicherweise zurückgegangen, um die anderen Silbergötter zu treffen. Sie entstammt wahrscheinlich diesem Volk, wusste das aber bis jetzt nicht, weil sie in der Fremde unter Menschen wie uns aufgewachsen ist.«

»Dann seid ihr keine Götter?«

Die Frage brachte Amanda in die Bredouille. Sie selbst kam damit schon kaum klar, was geschehen war. Wie sollte sie das alles einem Mädchen erklären, das bisher wohlbehütet in einem Palast gelebt hatte und nun auf der Flucht war?

Zeitreise. Energiefelder. Ein Dämon. Ein Junge, der die Zeit anhalten konnte. Und eine junge Frau, die ihre Tochter werden würde, aber noch nicht geboren war.

Nianch-Hathor würde das niemals begreifen. Schlimm genug, dass man ihren Vater ermordet hatte und sie durchs ganze Land jagte, um sie ebenfalls zu töten. Nein, wichtig war es jetzt, sie zu beruhigen und ihr die Angst zu nehmen.

»Wir sind Menschen wie ihr, haben aber besondere Fähigkeiten.«

Nianch-Hathor nickte in Richtung Damon. »Namid hat gesagt, dieser könne Feuer aus seinen Händen schießen.«

»Er ist ein mächtiger Priester.«

»Was ist mit ihm?« Sie meinte Wilbur. »Warum trägt er Henna auf der Haut? Warum ist sein ganzer Körper davon bedeckt? Soll er den Göttern geopfert werden?«

Amanda musste trotz dem Ernst der Lage innerlich lächeln.

Das würde ihm nach der Aktion gerade ganz recht geschehen.

»Nein, er entstammt einem Volk, das damit heilige Männer kennzeichnet. Er hat die Gabe, alle erstarren zu lassen. So hat er auch Kamil das Schwert abgenommen.«

»Und er? Ist er auch ein Priester?«

»Malcom ist nichts dergleichen.«

»Er sieht nicht wie ein Soldat aus.«

»Nein. Er ist unser … Berater.« Etwas Besseres fiel Amanda auf die Schnelle nicht ein.

»Ich denke, er ist mehr als das für dich«, sagte Nianch-Hathor vieldeutig.

Amanda schaute sie verblüfft an. Malcom? Mehr für sie? Dieser idiotische Tollpatsch, der sie ständig auf die Palme brachte? Vollkommener Blödsinn. Wenn diese Mission auf jemanden verzichten konnte, dann auf diesen Trottel, und wenn die Prinzessin glaubte, Malcom bedeute ihr irgendetwas, lag sie total daneben. Amanda überlegte, ob sie etwas in die Richtung sagen sollte, hielt dann aber doch lieber den Mund.

Nianch-Hathor schwieg einen Moment, dann fragte sie: »Was ist mir dir? Welche Fähigkeiten hast du?«

Amanda zögerte. »Ich bin eine Kriegerin.«

»Oh.« Die Prinzessin lächelte schüchtern. »Dann kommst du von weit her. Ich kenne kein Reich, kein Volk, in dem es Frauen erlaubt ist, zu kämpfen oder eine Waffe zu tragen.«

Jetzt wird sie mich gleich fragen, woher wir stammen und wieso wir hier sind.

»In deinen Augen liegt etwas, das mir bekannt vorkommt. Wir haben uns noch nie gesehen, und dennoch sagt mir mein Gefühl, wir kennen uns. Wie kann das sein?«

Mutter, schrie es in Amanda auf. Sie musste alle Kraft zusammennehmen, um nicht loszuheulen.

»Deine Worte ehren mich, Prinzessin«, sagte sie stattdessen.

»Erlaube mir, dir einige Fragen zu stellen.«

»Du willst wissen, woher wir kommen und warum wir hier sind, oder?«

»Namid sagte, ihr kamt aus der Wüste. Seid ihr Hethiter? Hurriter? Ihr seht nicht aus wie Menschen dieser Völker, und eure Sprache klingt anders.«

»Wir stammen aus einem weit entfernten Reich, das sich Amerika nennt.«

»Amerika«, wiederholte Nianch-Hathor. »Das ist ein schöner Name. Sind dort alle wie ihr? Mächtige Priester und Kriegerinnen? Stammen von dort auch die Silbergötter?«

»Die meisten Leute sind ganz normale Menschen. Bauern, Viehhirten und Handwerker, nur wenige haben besondere Fähigkeiten. Die Silbergötter kommen aus einem anderen Reich. Sie sind unsere und eure Feinde.«

»Aber dieses Mädchen ...«

»... hat lange Zeit unter uns gelebt, ohne zu wissen, woher sie stammt. Nun hat sie gehört, dass es andere wie sie gibt. Wir glauben, sie ist zurückgegangen, um etwas über sich selbst zu erfahren.«

»Wird sie uns verraten?«

Amanda beschloss, ehrlich zu sein. »Ich weiß es nicht.«

»Warum seid ihr hier?« Langsam gingen ihr die Antworten aus, gleichzeitig wollte sie, dass ihre Mutter nie aufhören würde, mit ihr zu sprechen. Es gab so viel nachzuholen, so viel, was sie über sie wissen wollte.

»Wir sind auf einer Pilgerreise zu heiligen Stätten«, log sie. »In der Wüste wurden wir von Beduinen ausgeraubt und mussten uns ohne Kamele zu Fuß durch die Wüste schlagen. Wir erreichten Bait Challaf, dort hörten wir, dass andere unseres Volkes von den Silbergöttern getötet worden waren. Den Rest der Geschichte kennst du. Der Dorfälteste brachte uns zu euch, damit wir zusammen reisen und wir euch schützen.«

»Warum tut ihr das?«

»Gemeinsam sind unsere Chancen größer.«

»Und euer ursprüngliches Ziel. Wo lag das?«

»Das ist jetzt nicht mehr wichtig, wir werden es nicht erreichen. Jetzt geht es darum, den Silbergöttern zu entkommen und heimzukehren.«

»In der Heimat meiner Mutter gibt es viele heilige Orte«, sagte Nianch-Hathor. »Vielleicht sind einige davon für euch interessant. Ich habe als Kind eine Reise ins Land meiner Vorfahren gemacht, um die Familie meiner Mutter kennenzulernen. Dort gab es große Städte, mit zahlreichen Tempeln für die Götter. Ich habe vor gigantischen Statuen gestanden, die bis in den Himmel reichten. Alles geschmückt und mit Edelsteinen verziert. Es war zur Erntezeit. Prächtige Feste wurden abgehalten und viele Opfer dargebracht. Die Menschen haben in den Straßen gesungen und getanzt. Aber am meisten hat mich ein Ort beeindruckt, den man ›Kahir-na-beth‹ nennt, den schwebenden See.«

»Was meinst du mit ›schwebender See‹, Prinzessin?«

»Er ist wie ein Spinnennetz in die Luft gespannt. Man sagt, jeder, der in diesen See eintauche, verlasse diese Welt und schwimme in ein anderes Reich. Ich weiß nicht, ob das stimmt, aber der See ist sehr eindrucksvoll.«

Amanda hielt die Luft an. Was Nianch-Hathor da sagte, konnte nicht sein. Oder doch? Sie musste mit den anderen darüber sprechen. Vielleicht gab es doch eine Möglichkeit, von hier fortzukommen.

»Dieser Junge, der dir ähnlich sieht, kann ich mit ihm sprechen?«

»Er versteht deine Sprache nicht. Warum willst du mit ihm reden?«

»Etwas an ihm ist anders als bei allen anderen Menschen, die ich kenne. Ich kann es spüren. Das macht mich sehr neugierig.«

Ja, er ist ein Volltrottel, das ist anders an ihm ... Vielleicht hat sie aber auch eine besondere Fähigkeit und erfühlt seinen toten Bruder?

Der Gedanke war skurril, aber wenn es die Prinzessin von ihrer Angst und den Gefahren ablenkte, konnte es nicht schaden, wenn Malcom sich mit ihr unterhielt. Wie das funktionieren sollte, war ihr allerdings nicht klar.

»Ich werde ihm sagen, dass er zu dir kommen soll. Bevor wir aufbrechen, muss ich aber mit ihm und den anderen sprechen. Bitte sag deinen Dienerinnen und Wächtern, dass es gleich weitergeht.«

Mit diesen Worten wandte sich Amanda ab und ging zu den anderen hinüber. Malcom stand wieder auf den Füßen. Amanda warf einen Blick auf seine Schuhe. Irgendwie hatte er es doch noch hinbekommen, den Knoten zu lösen.

»Hat sie sich beruhigt?«, fragte Damon.

Amanda nickte. »Ich habe etwas von ihr erfahren, was für uns von enormer Bedeutung sein könnte.«

Alle schauten sie gespannt an.

»Nianch-Hathor sagt, in der Heimat ihrer Mutter gibt es einen Ort, der sich Kahir-na-beth nennt, der schwebende See. Er soll wie ein Spinnennetz in der Luft gespannt sein, und wer in ihn eintaucht, gelangt in ein anderes Reich.«

»Sie redet von einem Energiefeld«, sagte Malcom aufgeregt. »Der schwimmende See ist die Brücke, das Wurmloch, das wir gesucht haben.«

»Ja«, stimmte Damon zu. »Das würde auch erklären, warum wir hier nichts gefunden haben, was dieses Wurmloch erzeugt. Dieser Ort oder besser diese Zeit ist viel zu primitiv für die eingesetzte Technik. Vielleicht ist das hier nur ein Zwischenfeld, eine Falle für alle Menschen, die aus unserer Zeit durch das Energiefeld kommen. Die Silbergötter sind die Wächter, die alles bekämpfen und vernichten, was hier auftaucht. Das eigentliche Portal, dasjenige, das uns an den Ort bringen kann, in der die Energiequelle zu finden ist, befindet sich in der Heimat deiner Mutter.«

»Das sind tolle Neuigkeiten«, sagte Malcom freudestrahlend. »Ich kann's kaum erwarten, von diesem Ort wegzukommen!«

Bevor sie wütend werden konnte, sagte Amanda: »Der Plan steht. Lasst uns am besten sofort aufbrechen. Wir wissen nicht, ob die Silbergötter den Tunnel schon entdeckt haben und wie weit sie noch entfernt sind. Wir müssen los!«

»Amanda hat recht.« Damon sog hörbar die Luft ein. Es klang wie ein Seufzen. »Diesmal gehe ich am Ende der Reihe. Wenn die Fremden auftauchen, kann ich sie aufhalten. Zumindest für eine Weile.«

Amanda trat zu Malcom und sagte leise: »Die Prinzessin will mit dir reden.«

Seine Augen wurden groß. »Mit mir?«

»Ja.«

»Warum?«

»Glaub mir, das ist mir auch ein Rätsel. Ist auch egal. Alles, was sie von ihrer aktuellen Situation ablenkt, ist gut für uns. Wir müssen zum Energiefeld und sie in Sicherheit bringen. Hast du schon mal darüber nachgedacht, was passiert, wenn sie getötet wird?«

»Dann würdest du nie geboren.«

»Richtig. Dann könnte ich nicht fünftausend Jahre alt

werden, mich von Matterson einlullen lassen und durch das Energiefeld geschickt werden, um zu verhindern, dass meine Mutter ermordet wird. Man kann davon echt Kopfschmerzen bekommen.«

»Das nennt sich ein Paradoxon.«

»Malcom, echt jetzt. Deine Klugscheißerei hilft niemandem. Geh bitte zur Prinzessin und sprich mit ihr, aber kein Wort darüber, wer ich in Wahrheit bin.«

Der dunkelhaarige Junge mit der wirren Frisur lachte. Irgendwie sah er ja ganz nett aus, aber dieses aufkommende Gefühl verbannte Amanda gleich wieder.

»Wie soll das gehen?«, sagte er. »Ich spreche kein Ägyptisch.«

»Zum Glück. Wenn du nur mit Händen und Füßen sprichst, baust du schon keine Scheiße.«

»Freundlich wie immer«, meinte Malcom, aber er grinste.

»Ich bin bekannt für meinen Charme. Und Malcom?«

»Ja?«

»Bitte fall nicht in eine Felsspalte oder brich dir ein Bein, weil du über einen Steinbrocken stolperst. Für diesen Mist haben wir keine Zeit.«

»Ich werde mir Mühe geben.«

17

Jenny wusste nicht, ob sie das Richtige tat. Sie war verwirrt, und das Gefühl, die anderen im Stich gelassen zu haben, nagte an ihr.

Ich sollte an ihrer Seite sein und kämpfen, stattdessen gehe ich zu unseren Feinden, weil ich mehr über mich selbst erfahren will.

Nur, dass diese Feinde vielleicht ihr eigenes Volk, ihre Leute waren. Jenny versuchte, sich einzureden, dass sie als Vermittlerin mit den Silbergöttern sprechen konnte. Sie war Teil beider Welten, vielleicht gab es einen Weg, das alles zu beenden. Vielleicht war diese Hoffnung aber auch eine Lüge, die sie sich selbst erzählte, um sich zu beruhigen.

Und dann war da noch Wilbur. Wie würde er darauf reagieren, dass sie gegangen war? Wilbur hatte sich ihr geöffnet. Hier allein in der Dunkelheit wurde ihr bewusst, wie sehr sie ihn mochte. Diesen komischen jungen Mann, der die Zeit anhalten konnte und nicht wusste, was man mit so einer Fähigkeit anfing.

Wilbur war ein Mensch, der viel Schlimmes in seinem Leben erfahren hatte und dem es schwerfiel, sich gegenüber anderen zu öffnen. Bei ihr hatte er es getan, und Jenny fühlte sich von ihm angenommen, so wie sie war. In seinen Blicken lag Zuneigung, da war keine Befremdlichkeit darüber, dass ein Teil ihres Körpers nicht menschlich war. Für ihn gehörte dieser Teil zu dem Mädchen, dem er sich geöffnet hatte, und dieses Mädchen hatte ihn nun verlassen. Ohne ein Wort, ohne Erklärung war sie davongeschlichen. Also, was sollte er wohl von ihr denken?

Jenny spürte, wie eine Träne aus ihrem menschlichen Auge über ihre Wange lief. Die andere Gesichtsseite war dazu nicht fähig.

Ich bin ein Monster. Irgendjemand hat aus mir ein Monster gemacht. Eine Kampfmaschine. Verdammt sollen sie sein.

Unvermittelt nahmen ihre verstärkten Sinne ein Geräusch wahr. Jenny blieb sofort stehen. Wenn sie etwas hören konnte, konnten es die Silbergötter auch.

Sie lauschte in die Dunkelheit hinein. Die Fackel in ihrer Hand flackerte. Sie löschte die Flamme und schaltete auf Nachtsicht. Sicher war sicher. Ein Luftzug, jemand bewegte sich durch die Tunnel. Dann konnte sie Stimmen ausmachen.

»Sie müssen hier entlanggekommen sein. Ihre Abdrücke sind im Staub sichtbar«, sagte eine Stimme, die ihr vage bekannt vorkam. Wie konnte das sein?

Ein anderer Mann antwortete: »Aber wir wissen nicht, welchen Gang sie genommen haben. Wir müssen uns aufteilen. Du bleibst hier, falls sie an uns vorbeischleichen und zurückkommen.«

»Wir sind nur zu dritt, kann das nicht Vegas machen? Ich habe keine Lust, im Dunkeln rumzustehen, während ihr euch die Lorbeeren verdient.«

»Halt's Maul. Ich habe dir einen Befehl gegeben und du wirst ihn befolgen.«

Soldaten!

Es waren nur drei Männer, das war die gute Nachricht. Mit denen konnten die anderen im Notfall fertigwerden, falls ihr Versuch, Frieden zu schließen, schiefging.

Eine Frage blieb. Wo war der Rest? Jenny mochte nicht

glauben, dass sich lediglich ein so kleiner Trupp an die Verfolgung gemacht hatte.

Die Antwort kam prompt.

»Wir versuchen nicht, sie zu killen, sondern treiben sie nur vor uns her. Am Ausgang der Tunnel wartet Svenson mit den anderen. Sie werden nichts ahnend in die Falle laufen.«

»Einer von denen soll eine besondere Waffe haben«, sagte der erste Mann.

»Hast du dem alten Mann aus dem Dorf nicht zugehört? Die Energie kam direkt aus seinen Händen.«

Sie sprachen von Damon.

»Was meinst du, was das ist?«

»Der Alte war schon fast hinüber, als er davon erzählt hat. Du hättest ihn nicht so hart rannehmen dürfen.«

»Du weißt, wir müssen den Auftrag erfüllen oder sterben selbst.«

»Daran musst du mich nicht erinnern.«

Jenny wurde mulmig. Was sie da hörte, ließ all ihre Hoffnung im Nichts verfliegen. Diese Männer würden nicht mit ihr sprechen. Es gab keinen Weg der Verständigung. Die Soldaten hatten eine klare Mission und keine Wahl. Keinen Spielraum. Nun war auch klar, warum sie den Trupp Soldaten, der vor ihnen durch das Energiefeld gekommen war, kaltblütig ermordet hatten.

Was mache ich jetzt?

Sicher, sie konnte zurück zu den anderen schleichen, aber was hätte ihr kleiner Ausflug dann gebracht? Wahrscheinlich würde ihr Amanda vorwerfen, eine Verräterin zu sein, und dabei hatte sie alle Argumente auf ihrer Seite.

Mach dir nichts vor, Jenny. Du hast dich heimlich davongeschlichen. Was würdest du denken?

Eine Möglichkeit gab es allerdings. Wenn es ihr gelang, einen der Soldaten zu überwältigen und zu befragen, konnte sie den anderen wichtige Informationen bringen, die es vielleicht leichter machten, ihre Tat zu verzeihen.

Jenny zog sich zurück. Sie hatte genug gehört. Bald würde einer der Silbergötter vorbeikommen. Sie musste ein Versteck, eine Gelegenheit finden, ihm aufzulauern, ohne dass er sie frühzeitig bemerkte.

Und dann werden wir reden, ob du willst oder nicht.

Malcom stand vor der Prinzessin und versuchte krampfhaft, nicht wie ein Idiot zu grinsen. Im Licht der Fackeln, die eine Dienerin neben Nianch-Hathor hielt, sah die Prinzessin wie das schönste Mädchen aus, das er jemals gesehen hatte. Amanda war ebenfalls unglaublich schön, aber neben Nianch-Hathor verblasste auch sie.

Warum will sie mit mir sprechen?

Amanda hatte keine Andeutung gemacht, ob sie wusste, um was es ging und was der Grund war, ihn kennenzulernen. Ausgerechnet ihn und nicht Damon oder Wilbur.

Die Prinzessin sagte etwas.

Malcom deutete es als Begrüßung, verbeugte sich leicht und antwortete mit einem »Hallo«.

Nianch-Hathor hob die perfekt geschwungenen Augenbrauen an und wiederholte das Wort. Sie lachte beim Klang ihrer eigenen Stimme. Es war das bezauberndste Geräusch, das sich Malcom vorstellen konnte. Vergessen waren die brenzlige Lage, der anstrengende Marsch durch die Wüste und die Flucht durch die Tunnel. Es gab nur noch Nianch-Hathor, ihre faszinierenden dunklen Augen und dieses glockenhelle Lachen.

Was er allerdings nur schlecht ignorieren konnte, waren die finsteren Blicke ihrer Leibwächter. Die vier Männer standen nicht weit entfernt und starrten ihn misstrauisch an. Malcom lächelte sie schüchtern an, aber seine Freundlichkeit wurde nicht erwidert.

»Nianch-Hathor«, sagte die Prinzessin und legte ihre schmale Hand auf die Brust.

»Malcom«, sagte er.

Sie sprach auch dieses Wort nach und lachte erneut. Dann hielt sie ihre linke Hand mit der Handfläche nach oben und machte mit Zeige- und Mittelfinger der anderen Hand darauf eine gehende Person nach. Dann deutete sie auf Malcom und danach auf sich.

»Du möchtest, dass ich neben dir gehe?« Er verbeugte sich erneut. »Es wäre mir eine Freude.«

Sie runzelte die Stirn, weil sie den Sinn der Worte nicht verstanden hatte. Malcom legte die Hand auf sein Herz und hoffte, dass sie erkannte, dass er sich geehrt fühlte.

Im Hintergrund sagte Amanda: »Wir sollten jetzt aufbrechen.«

Der Tross aus Dienerinnen, Wächtern, der Prinzessin und den vier Menschen aus der Zukunft setzte sich in Bewegung. Da der Tunnel breit genug war, konnte Malcom bequem neben Nianch-Hathor gehen, ohne Gefahr zu laufen, sie versehentlich zu berühren. Er wusste nicht, wie ihre Leibwache auf so etwas reagieren würde, und hatte keine Lust, es herauszufinden. Die Prinzessin schaute ihn an.

Sie faltete ihre Hände über dem Kopf und bildete ein kleines Dach mit ihnen. Dann zeigte sie auf ihn und tippte sich an die Stirn.

»Du bist eine Prinzessin und … ich bin klug?«

Nianch-Hathor erkannte, dass er nicht verstand, und machte eine Geste, als ob sie jemandem ins Ohr flüsterte.

»Ratgeber?« Malcom schüttelte den Kopf und tat so, als würde er mit einem Bogen schießen, dann so, als würde er ein Schwert schwingen.

Die Prinzessin lachte.

»Du glaubst mir nicht, aber ich bin ein Soldat«, lachte Malcom mit. »Okay, ich sehe nicht so aus, aber …«

Nianch-Hathor hob beide Hände und zählte ihre Finger ab.

»Du bist sechzehn Jahre alt und willst wissen, wie alt ich bin.«

Malcom zeigte an, dass er ein Jahr älter als sie war.

Die Prinzessin machte eine bogenförmige Bewegung mit der Hand, einen Halbkreis nach hinten.

»Meine Heimat …«

Nianch-Hathor legte beide Hände auf ihr Herz und streckte sie dann nach vorn aus, dann tat sie so, als würde sie jemanden umarmen.

»Ob ich in meinem Land eine Frau habe?«

Malcom spürte, wie sein Gesicht glühte. Das Herz in seiner Brust begann derartig heftig zu schlagen, dass er es in seinen Ohren hören konnte.

Warum fragt sie das?

Er entschied, dass es wahrscheinlich Neugierde war oder der Versuch, Konversation zu betreiben.

Malcom schüttelte den Kopf. »Keine Frau.«

Er deutete auf sie, hob den Arm und spannte den Bizeps an. »Hast du einen Mann?«

Nianch-Hathors Miene wurde ernst. Sehr ernst. Sie streckte beide Zeigefinger aus, verschränkte sie und riss sie wieder heftig auseinander, dann tat sie so, als würde ein Dolch in ihr Herz gebohrt.

»Du warst versprochen, aber dein Verlobter wurde ermordet.« Malcom tippte zweimal auf sein Herz. »Das tut mir leid.«

Eine Träne rann über das Gesicht der Prinzessin. Eine Weile lang machte Nianch-Hathor keine Geste mehr, und Malcom schwieg, dann schaute sie ihn wieder an. Sie zeigte auf ihn, schließlich auf den Boden.

Malcom verstand nicht, und sie wiederholte die Bewegung zweimal.

»Ob ich hier bleibe? In diesem Land?« Er zuckte mit den Schultern. »Ich weiß nicht. Eigentlich muss ich weiter.«

Auch ohne entsprechende Geste schien ihn die Prinzessin zu verstehen. Sie sagte etwas auf Ägyptisch.

»Wie bitte?«

»Sie meint, du wärst etwas Besonderes«, erklang Amandas Stimme in seinem Rücken. Er hatte nicht bemerkt, dass sie sich ihnen genähert hatte. »Und sie bedauert, dass sie dich nicht näher kennenlernen kann.«

»Oh.«

»Was sie in dir sieht, verstehe ich nicht«, sagte Amanda hämisch, und Malcom fragte sich zum wiederholten Mal, warum sie ihn nicht leiden konnte.

Nianch-Hathor sagte einige Worte.

»Sie möchte deine Sprache lernen und fragt, ob du sie unterrichten willst.«

»Hier? Jetzt? Wir sind auf der Flucht.«

»Und haben noch viele Stunden Marsch vor uns«, erwiderte Amanda, dann sprach sie mit der Prinzessin.

»Was sagst du?«, fragte Malcom.

»Dass ich ihr unsere Sprache beibringen kann, aber sie will nicht. Du sollst ihr Lehrer sein.«

»Sag ihr bitte, dass ich mich geehrt fühle.«

Amanda murmelte etwas auf Ägyptisch, dann drehte sie sich abrupt um und ging ans Ende des Trupps, dort wo Damon ihnen den Rücken freihielt.

»Was ist los?«, fragte Damon, als die Göttin zu ihm nach hinten kam. »Gibt es Schwierigkeiten?«

Amanda schüttelte den Kopf.

»Also?«, hakte Damon nach.

»Die Prinzessin interessiert sich für Malcom.«

»Und?«

»Jetzt will sie, dass er ihr unsere Sprache beibringt.«

Damon schaute sie an. Amandas Gesicht hatte sich verfinstert. Sie sah aus, als stünde sie kurz vor einem Wutausbruch.

»Wo ist das Problem?

»Ich will das nicht.«

»Und warum nicht?«

»Keine Ahnung. Ich will es einfach nicht.«

»Amanda!«

»Was?«

»Sie reden doch nur miteinander, sonst nichts. Ist doch schön, wenn sie sich verstehen, angesichts der Tatsache, dass wir alle vielleicht bald sterben werden. Oder bist du etwa eifersüchtig?«

»Eifersüchtig? Ich? Auf Malcom?«

»Ja, weil du davon ausgegangen bist, dass sich deine Mutter nur für dich interessiert. Aber sie weiß ja nicht, wer du bist.«

Amanda schnaufte. »Ich … so ein Quatsch.«

Damon blieb stehen und fasste nach ihrem Arm. »Hör zu, ich kann das gut nachvollziehen. Vor allem, weil ich weiß, dass du Malcom nicht ausstehen kannst. Aber lass den beiden doch diesen kurzen Moment der Normalität. Schon bald wird er vorbei sein.«

»Ich kann es nicht leiden, wenn du so mit mir redest«, zischte sie. Ihr Gesicht glühte im Schein der Fackel, die er in der Hand hielt.

»Und ich kann es nicht leiden, wenn du so bist.«

»Wie bin ich denn?«

»Wie eine Furie.«

»Sagt ein Dämon.«

»Ja, sagt ein Dämon.«

Dann zog er sie in seine Arme und küsste sie. Ihre Lippen brannten auf seinen, und für einen Augenblick vergaß er die Welt um sich herum, versank in dem Moment, in dem sie nicht mehr Zwei sondern Eines waren.

Eine kleine Ewigkeit schien vergangen, als sich Amanda atemlos von ihm löste.

»Die anderen könnten uns sehen. Sie müssen sich nur umdrehen.«

»Spielt das noch eine Rolle bei der Lage, in der wir sind?«

»Nein«, sagte Amanda.

Wilbur stapfte hinter den Leibwächtern her und war in Gedanken versunken. Er hatte bemerkt, dass Amanda umgekehrt und an ihm vorbeigegangen war, aber es interessierte ihn nicht.

Seine Gedanken waren bei Jenny.

Verflucht, warum bist du abgehauen? Was versprichst du

dir davon? Das sind unsere Feinde, auch deine, selbst wenn sie so aussehen wie du.

Er spuckte auf den Boden. Die Sorge um Jenny machte ihn zornig. Er wollte nicht, dass sie fort war. Hatte Angst davor, sie niemals wiederzusehen, und das überwog alle anderen Ängste.

Jenny war wichtig für ihn. Wilbur spürte, dass er ihr vertrauen, sich ihr vielleicht sogar *an*vertrauen konnte. In seinem Leben waren schlimme Dinge geschehen, und irgendwann musste er irgendjemandem davon erzählen oder es würde ihn innerlich zerreißen.

Noch immer spürte er die Berührungen der Betreuer im Waisenhaus auf seinem Körper, an Stellen, an denen er nicht berührt werden wollte. Und er spürte die Demütigungen, die Erniedrigungen und die unzähligen Schläge, die sie ihm verpasst hatten.

Und Scham über sich selbst. Darüber, dass er beinahe einen unschuldigen Menschen getötet hatte. Vor allem das. Immer wieder das. Das war auch einer der Gründe, warum er an dieser Mission teilnahm. Er hatte etwas gutzumachen.

Jenny war wie ein Lichtstrahl gewesen, der in die Dunkelheit seiner Welt gefallen war, und er hatte davon geträumt, irgendwann einmal im Licht zu stehen. Mit ihr.

Und nun war sie weg.

Zurückgegangen zu ihren Leuten.

Ich hoffe, du findest endlich das, was du suchst …

Tränen traten in seine Augen. Diesmal unterdrückte er sie nicht. Und außerdem, wer sollte in dieser kaum erleuchteten Finsternis bemerken, dass er wie ein Kind heulte? Malcom ging neben der Prinzessin her und sprach wild gestikulierend auf sie ein. Amanda und Damon waren irgendwo hinter ihm, und was die ägyptischen Dienerinnen und Wächter von ihm dachten, war sowieso egal.

Er hatte nur einen Wunsch. Er wollte Jenny noch einmal gegenüberstehen und ihr sagen, was er für sie empfand. Ihr in die Augen schauen und sehen, ob es ihr genauso ging.

Eigentlich war das nicht zu viel vom Leben verlangt.

18

Jenny presste sich noch tiefer in die Felsspalte, als sie die Schritte des Soldaten hörte, der sich rasch näherte. Ihr Herz raste, und das Blut rauschte in ihren Ohren, aber sie war bereit.

Der Lichtschein seiner Fackel kündigte ihn lange an, bevor er um die Ecke kam. Gleich würde es so weit sein, gleich würde sie jemandem ihres Volkes gegenüberstehen und hoffentlich Antworten auf ihre brennenden Fragen erhalten.

Er war fast bei ihr, und in dem Moment, als er an ihr vorbeiging, packte Jenny ihn von hinten und umklammerte ihn mit aller Kraft.

Seine Gegenwehr erwachte im Bruchteil einer Sekunde, obwohl sie ihn überrascht hatte, aber es nutzte ihm nichts. Jenny schleuderte ihn zu Boden. Mit einem Seufzen entwich die ausgestoßene Luft aus seiner Lunge. Jenny setzte sich auf ihn, packte seine Arme und presste sie nach unten, bis er sich nicht mehr rühren konnte.

Die Fackel brannte neben ihnen, und Jenny konnte ihm in die braunen Augen schauen.

Er war Südamerikaner, zumindest sah er so aus, aber er sprach perfektes Englisch, als er zischte: »Was soll das?«

Dann zögerte er. Sein angespannter Körper gab nach.

»Caitlin?«, fragte er.

Jenny hielt die Luft an. Der Typ kannte sie.

»Lass mich los!«

»Woher kennst du mich?«

»Machst du Witze? Ich bin's, Vegas.«

»Es ist mein Ernst.«

»Du bist aus der B-Kompanie. Jeder kennt dich, seitdem du dich Wakefield widersetzt hast. Der Major flucht noch heute, wenn jemand von dir spricht.«

Wakefield. Der Name kam ihr bekannt vor. Jenny erinnerte sich an ihre Vision in der Wüste, von diesem Typen, der sie angebrüllt hatte, den Auftrag zu erfüllen. Auch er hatte sie Caitlin genannt. Offensichtlich war das tatsächlich ihr richtiger Name.

»Geh runter von mir«, verlangte der Soldat.

»Nein, erst wirst du mir ein paar Fragen beantworten.«

»Cait, du weißt, dass das nicht geht. Wir dürfen nicht über den Auftrag sprechen. Bestimmte Wörter nicht verwenden, es würde als Verrat gewertet.«

»Ich verstehe nicht.«

»Was ist los mit dir?«

»Ich habe mein Gedächtnis verloren. Ich weiß nichts über mein Leben davor.«

»Wirklich?«

»Sehe ich aus, als mache ich Witze? Und nun sag schon.«

»Ich darf nicht.«

»Dann breche ich dir deinen hübschen menschlichen Arm und danach das rechte Bein und lasse dich hier zurück.«

»Caitlin, wir haben eine Minibombe im Gehirn, die auf einen Algorithmus reagiert, der unsere Gedanken nach bestimmten verräterischen Worten absucht. Sobald der Algorithmus kombinierte Wörter findet, die auf Verrat oder Feigheit hindeuten, darauf, dass jemand nicht vorhat, seine Mission zu erfüllen, zündet die Minibombe und zerstört dein Gehirn.«

Sie starrte Vegas an. Konnte das wahr sein? Oder erzählte er ihr irgendeinen Mist, damit sie ihn freiließ?

Jenny schaltete ihre Sicht auf Infrarot um.

Tatsächlich! Hinter der Stirn des Mannes wurde ein Hitzepunkt sichtbar, der rot pulsierte. Kaum stecknadelgroß, aber nicht zu übersehen, wenn man erst einmal wusste, wo er sich befand. War das die Bombe, von der Vegas sprach? Und noch wichtiger, hatte man so ein Ding auch in ihren Schädel implantiert? Aber zunächst war es dringlicher, andere Fragen zu stellen.

»Okay«, sagte sie. »Wer bin ich? Und warum bin ich hier? Was ist schiefgelaufen?«

»Du solltest eine wichtige Mission erfüllen. Du hast dich geweigert, als du erfahren hast, um was es genau geht. Die Killfunktion deiner Minibombe hat sich aktiviert, aber bevor das Ding explodieren konnte, hast du dich ins Energiefeld geworfen. Wir alle dachten, du wärst tot.«

»Was für eine Mission war das?«

»Ich … ich kann dir diese Frage nicht beantworten. Es wäre Verrat und würde bestraft werden.«

»Wer seid ihr und woher kommt ihr?«

»Cait …«

Jenny übte Druck auf seinen Körper aus. Vegas stöhnte laut auf.

»Habt ihr das Energiefeld geschaffen? Und wie kann man verhindern, dass es sich weiter ausbreitet und alles in sich aufsaugt?«

»Das tut scheißweh.«

Sie verstärkte den Druck.

»Ich kann es dir nicht sagen. Cait, ich habe dich für das, was du getan hast, bewundert. Wir waren Freunde …«

Weiter kam er nicht. Hinter seiner Stirn flammte eine glühende Rose auf. Blut sickerte in die weit aufgerissenen

Augen. Vegas' Blick wurde starr. Sein Kopf fiel zur Seite. Er starb stumm.

Jenny warf sich nach hinten. Runter von dem Mann, der sie anscheinend gekannt hatte. Nun war er tot, und es war ihre Schuld. Ihre Fragen hatten die Minibombe in seinem Kopf ausgelöst. Auch wenn sie sich nicht an diesen Mann erinnern konnte, spürte sie den Verlust.

Jenny schluchzte.

Dann weinte sie hemmungslos.

Amanda hatte über Stunden hinweg heimlich Nianch-Hathor und Malcom beobachtet. Sie konnte nicht anders. Damons Kuss hatte sie für einen Moment ihre verzweifelte Lage vergessen lassen, aber nun hatte sie die Realität wieder fest im Griff. Der Gedanke, dass sie bald wieder ihre Mutter verlieren würde, machte sie wahnsinnig und über alle Maßen zornig. Jedes Lachen der beiden jungen Menschen, jedes freundliche Wort, das sie wechselten, versetzte ihr einen Stich. Und obwohl sie wusste, warum es so wehtat, konnte sie nichts dagegen tun.

Damon hatte recht, sie war eifersüchtig. Weil sie einfach nicht verstehen konnte, wie jemand mehr an Malcom als an ihr interessiert sein konnte.

Irgendwann schlug sie eine Rast vor, aber es war weniger der Erschöpfung geschuldet als der Tatsache, dass sie eine Auszeit brauchte, um sich zu beruhigen.

Die Dienerinnen breiteten Tücher für die Prinzessin und Malcom aus, während sie selbst, Wilbur, Damon und die Wächter sich auf den harten Felsboden setzen mussten. Vorräte wurden verteilt. Jeder bekam eine Portion Wasser. Alle schwiegen, bis auf Malcom, der leise mit der Prinzessin flüsterte. Amanda verzog den Mund. Lange würde sie sich das nicht mehr anschauen.

Sie wurde aus ihren trüben Gedanken gerissen, als plötzlich der Junge auftauchte und wild mit den Armen fuchtelte, um ihre Aufmerksamkeit zu erregen. Amanda winkte ihn heran. Irgendetwas war passiert. Ihm stand die Angst ins Gesicht geschrieben, und er brauchte einen Moment, bis er sagen konnte, was los war.

»Als ich eben meine Notdurft verrichtet habe, habe ich jemanden gehört. Sie kommen«, flüsterte er.

»Bist du sicher?«

»Ja.«

Amandas Gedanken rasten. Sie hatte gewusst, dass die Silbergötter sie irgendwann einholten, aber nicht damit gerechnet, dass es jetzt schon so weit war.

Wir müssen sofort los.

Quatsch, wir kämen nicht weit.

Kämpfen? Soll ich versuchen, sie meinem Willen zu unterwerfen?

Eine schwierige Frage. Amanda wusste nicht, inwieweit die Gehirne dieser Menschen verändert waren. Sie hatte sowieso keine Zeit, sich mit diesen Gedanken zu beschäftigen.

Eigentlich gab es nur eines zu tun. Sie hatten nur eine Chance.

»Damon«, rief sie leise.

Greys Kopf zuckte herum. Er stand auf und kam zu ihr rüber.

»Was ist los?«

»Der Junge hat etwas gehört. Er glaubt, es sind die Silbergötter, und mal ehrlich, wer könnte es sonst sein?«

»Jenny.«

»Glaube ich nicht. Entweder gehört sie jetzt zu ihnen oder sie haben sie getötet. Wir müssen was unternehmen. Jetzt und sofort.«

»Wir können kämpfen, du und ich, wir sind stark.«

»Nein, das ist zu riskant. Wenn wir draufgehen, werden Wilbur und Malcom nicht mehr viel gegen unsere Gegner ausrichten.« Sie schaute zu den Leibwächtern. »Und die sind wahrscheinlich auch keine Hilfe, sondern laufen beim Anblick der Silbergötter davon.«

Ihre Mutter durfte auf keinen Fall sterben, daran klammerte sie sich mit aller Macht fest.

»Okay, ich weiß, was zu tun ist«, sagte Damon und berührte sie an der Wange. »Aber ihr müsst weg hier. Tiefer in die Tunnel hinein.«

»Was hast du vor?«, fragte Amanda.

»Keine Zeit für Erklärungen! Los jetzt!«

Amanda hastete davon.

Damon beobachtete, wie sie zur Gruppe hinüberging und eindringlich mit Nianch-Hathor sprach. Als sie fertig war, sprangen alle auf die Füße und rafften hastig den Proviant und die Tücher zusammen. Ohne zu zögern brachen sie auf und verschwanden kurz darauf im Tunnel.

Damon wandte sich um und blickte in die Finsternis des Ganges hinter ihm. Er legte die Fackel auf den Boden und hob beide Hände an.

Diese Stelle war genauso gut wie jede andere, und ihm blieb nicht mehr viel Zeit. Er hörte bereits schwere Schritte, die sich hastig näherten.

Damon konzentrierte sich. Hitze stieg in seinem Körper auf, floss in seine Hände. Dann ein wilder Schrei und die Energie schoss daraus hervor. Damon richtete den Strahl auf die Felsdecke schräg über ihm. Der Fels begann zu dampfen. An der Stelle, an der die Energie auftraf, glühte der Stein. Damon bewegte den Strahl von links nach rechts.

Der Fels ächzte. Ein erster Brocken fiel herab.

Dann ein zweiter.

In der Dunkelheit vor ihm tauchte ein Schemen auf, aber es war zu spät.

Mit gewaltigem Donner stürzte der Tunnel ein. Riesige Felstrümmer schichteten sich zu einer gigantischen Wand auf.

Der aufgewirbelte Staub ließ Damon husten. Seine Augen brannten, und er bekam brennenden Durst, aber das war unwichtig.

Sie waren in Sicherheit.

Vorerst.

Der Donner des Tunneleinsturzes rollte Jenny entgegen. Sie konnte sich denken, was geschehen war, und rannte noch schneller, um die Einsturzstelle zu erreichen, bevor die anderen weiterzogen. Es war wichtig, sie zu warnen, ihnen zu sagen, dass am Ausgang der Feind auf sie lauerte.

Ein Luftzug brachte die Flamme der Fackel in Unruhe, dann erlosch sie. Jenny stand in völliger Finsternis. Verzweifelt schaltete sie ihre Sehkraft auf Restlichtverstärkung um, da es aber keine Lichtquelle mehr gab, war da auch nichts, was man verstärken konnte.

Der Staub legte sich auf ihr Gesicht und ließ sie husten.

Jenny hob die erloschene Fackel auf. Sie hatte zwar kein Feuer, aber die Hoffnung, sie irgendwie entzünden zu können. Zunächst war es aber dringender, die Einsturzstelle zu erreichen.

Die rechte Hand an die Tunnelwand gelegt, tastete sie sich so schnell voran, wie es eben ging, ohne hinzufallen.

Immer wieder stolperte Jenny über Felsbrocken, aber sie zögerte nicht, hielt selbst dann nicht an, wenn sie sich heftig die Zehen anstieß. Die Staubwolke wurde immer dichter und überzog sie wie ein trockenes Tuch. Sehen konnte sie es nicht, aber Jenny fühlte den Staub auf jeder freien Stelle ihres Körpers. Am schlimmsten war es im Gesicht, wo er ihre Nasenlöcher verstopfte, die Augen verklebte und ihr das Atmen schwer machte.

Leise fluchend stapfte sie voran.

Nach etwa hundert Metern machte der Tunnel einen Knick. Sie tastete umher, ging noch ein paar Schritte und prallte gegen ein Hindernis. Sie hatte das Ende des Tunnels erreicht. Hier hatte Damon den Gang zum Einsturz gebracht.

Ihre Hände erfühlten scharfe Kanten, Risse und Löcher, aber alles war so dicht aufeinandergeschüttet, dass sie an keiner Stelle auch nur einen Finger durchschieben konnte. Damon hatte ganze Arbeit geleistet.

»Hallo!«, rief Jenny.

Sie lauschte.

Nichts. Kein Geräusch von der anderen Seite.

»Hallo!« Diesmal lauter.

Das durfte nicht wahr sein.

Nein! Nein! Nein!

»Hört mich keiner?«, schrie sie.

»Doch«, sagte eine Stimme in ihrem Rücken. »Ich höre dich.«

19

Für einen kurzen Moment glaubte Damon, etwas gehört zu haben. Ein Rufen.

Er blieb stehen.

Horchte.

Alles blieb still.

Selbst wenn da jemand ist, können es nur unsere Feinde sein. Am verschütteten Tunnel werden sie umkehren und den ganzen Weg zurück zum Tempel nehmen müssen. Wir haben großen Vorsprung.

Was ihm aber etwas Sorgen bereitete, war der Umstand, dass der Gegner vielleicht über Pferde verfügte und sie einholen konnte, bevor sie die Heimat von Nianch-Hathors Mutter erreichten.

Wenn und Aber bringen uns nicht voran. Wir müssen weiter und das Beste hoffen.

Er kam an Wilbur vorbei, der den Kopf gesenkt hielt und leise mit sich selbst sprach.

»Was ist mit dir?«, fragte Damon.

Wilbur hob den Kopf. Seine Augen wirkten trüb im Schein der Fackel. Hatte er geweint?

»Jenny.« Mehr Worte brauchte es nicht.

»Tut mir leid«, sagte Damon.

»Selbst wenn sie es sich anders überlegt hat und zu uns zurückwill, gibt es jetzt keinen Weg mehr. Der Tunnel ist versperrt, auf dem Rückweg zum Dorf läuft sie den Silbergöttern in die Hände, und falls sie da durchkommt, muss sie durch die Wüste marschieren, um uns zu finden. Das kann sie nicht, und ohne Führer, Proviant und Wasser ist es auch aussichtslos. Verdammte Scheiße, wir haben sie verloren.«

Damon verstand, was in Wilbur vorging, auch wenn er »wir« sagte, meinte er doch sich selbst.

Wie wäre es für mich, wenn Amanda plötzlich verschwinden würde und es keine Hoffnung mehr gäbe, sie jemals wiederzusehen?

Die Antwort war einfach.

Damon legte seine Hand auf Wilburs Schulter. »Vielleicht sollte es so sein. Sie ist bei ihren Leuten und lebt das Leben, das ihr bestimmt war, bevor das alles geschah.«

»Meinst du?«

Damon seufzte. Nein, meinte er nicht, aber das konnte er dem Jungen schlecht sagen.

»Warum denn nicht?«

Wilbur stieß hörbar die Luft aus. »Ich rede wie ein Weichei.«

Damon lächelte. »Du redest wie jemand, der einen wichtigen Menschen verloren hat. Das ist okay.«

»Danke«, kam es leise zurück.

»Lass uns weitergehen.«

Amanda hatte sich umgedreht und gesehen, dass Damon bei Wilbur stehen geblieben war und die Hand auf seine Schulter legte. Sie ahnte, über was die beiden sprachen, denn auch ihr war nicht entgangen, dass zwischen dem tätowierten Jungen und Jenny etwas lief. Wilbur tat ihr leid. Jenny nicht. Sie hatte sich entschieden. Für den Feind. Das war alles, was zählte. Es war richtig von Damon gewesen, den Tunnel zum Einsturz zu bringen. Kurz dachte sie darüber nach, ob das nicht von Anfang an eine Option gewesen wäre, entschied dann aber, dass es so besser war. Die Silbergötter hatten einen langen Rückweg vor sich.

Vor ihr hatten Nianch-Hathor und Malcom wieder ihre Unterhaltung aufgenommen. Die beiden benahmen sich, als gäbe es nur sie auf der Welt und jede Bedrohung wäre weit weg. Es schien sie nicht zu kümmern, dass Jenny abgehauen war, und die Tatsache, dass es durch den Tunneleinsturz hinter ihnen keinen Weg mehr zurück gab, beunruhigte sie offensichtlich auch nicht.

Gerade eben erklärte Malcom der Prinzessin die englischen Wörter »mouse« und »house«. Nianch-Hathor versuchte, beides nachzusprechen, aber es kam irgendwie immer das gleiche Wort heraus, worüber beide lachten.

Erneut flammte Zorn in Amanda auf. Sie benahmen sich wie Kinder anstatt wie Menschen auf der Flucht. Die Mission schien Malcom komplett vergessen zu haben.

»Malcom«, rief sie nach vorn.

Er stoppte, schaute sie an. »Was ist?«

»Kannst du mal das Gequatsche lassen und dich aufs Marschieren konzentrieren?«

»Was ist los mit dir?«, fragte er zurück.

»Du gehst mir auf den Geist.«

»Ach, ist das so. Und da dachtest du, ruf ich den kleinen Scheißer doch mal streng zur Ordnung. Funktioniert aber nicht. Jetzt sag ich dir mal was, du kannst mich am Arsch lecken.«

Wow!, dachte Amanda. *Wo kommt das denn her? Seit wann ist Malcom so selbstbewusst?*

»Warum bist du zornig?«, fragte Nianch-Hathor Amanda auf Ägyptisch. Sie wirkte beunruhigt.

Amanda schluckte. Mist, das hatte sie nicht gewollt.

»Es ist nichts«, sagte sie hastig. »Ich bin nicht wütend, aber ich denke, wir sollten uns darauf konzentrieren voranzukommen, damit wir dich bald in Sicherheit bringen können.«

»Das ist sehr ehrenwert von dir, auch wenn ich nicht verstehe, warum du es tust.«

Plötzlich war Amandas Mund trocken. Ihre Zunge schien anzuschwellen, und sie wusste nicht, was sie sagen sollte. Am liebsten hätte sie es herausgeschrien.

Du bist meine Mutter, und ich liebe dich. Ich vermisse dich seit Jahrtausenden, und nun bist du hier vor mir. Ich möchte dich berühren, dich umarmen, aber ich traue mich nicht, denn du würdest niemals verstehen, wie es sein kann, dass ich deine Tochter bin, die erst noch von dir geboren werden muss.

»Das Schicksal hat uns zusammengeführt«, sagte sie stattdessen mit brüchiger Stimme.

»Es ist mehr als das«, erwiderte Nianch-Hathor. »Aber ich akzeptiere, dass du es mir nicht sagen willst.«

Als sich die Prinzessin abwandte und Malcom ein Zeichen gab, mit ihr weiterzugehen, standen Tränen in Amandas Augen.

Am liebsten hätte sie sich auf den Boden geworfen und geweint.

Schicksal hatte sie zu Nianch-Hathor gesagt. Was für ein Schicksal?

Sie war verloren in Zeit und Raum, in einer Welt, die nicht mehr die ihre war, und einer Welt, die untergehen würde, wenn sie versagten. Doch auch dorthin gab es keinen Weg mehr. Verzweiflung übermannte sie.

Ich kann weder vor noch zurück. Ich weiß nicht, was ich tun soll.

Amanda blickte zu Malcom und der Prinzessin. Sie beschloss in diesem Moment, die beiden in Ruhe zu lassen. Sollten sie doch die kurzen Augenblicke des Vergessens genießen. Damon hatte recht. Ihr Leben würde vielleicht bald enden, wichtig war, dass sie nicht allein starben.

Amanda spürte, wie ein bitteres Grinsen über ihr Gesicht zog.

Ausgerechnet Malcom.

Jenny wirbelte herum, aber sie konnte nichts sehen, dann schaltete sie ihre Sicht auf Infrarot, und da war er. Der Feind. Ein glühendes Wärmebild in der Finsternis.

»Wer bist du?«, zischte sie.

»Dein Tod, Verräterin«, kam es zurück.

Jenny erkannte, dass der Mann eine gebückte Haltung eingenommen hatte und sich für den Kampf bereit machte. Sie vermutete, dass er ein Schwert in der Hand hielt, aber die Wärmeausstrahlung des Mannes reichte an der Stelle nicht aus, um das Metall zu erwärmen. Ob er zusätzlich noch eine Waffe in seiner Metallhand hielt, konnte sie nicht ausmachen.

»Sag mir deinen Namen«, verlangte sie.

»Erkennst du meine Stimme nicht?«

Jenny lauschte in sich hinein. Ja, die Stimme kam ihr vage bekannt vor. Das Gefühl hatte sie schon gehabt, als sie den Soldaten mit seinem Kameraden belauscht hatte, aber sie brachte in ihrem Geist kein Bild von der Person zustande.

»Ich habe Vegas gefunden«, sagte der Mann. »Du hast ihn getötet.«

»Er starb durch die Minibombe in seinem Schädel.«

»Dann war er ein Verräter wie du, hat die falschen Gedanken gedacht. Mir wird das nicht passieren. Ich werde dich aufschlitzen und mir deine Eingeweide um den Hals hängen.«

Er hat also ein Schwert in der Hand. Seine Bemerkung hat ihn verraten.

Jenny ging davon aus, dass der Soldat Rechtshänder wie die meisten Menschen war. Sie musste also darauf achten, ihm stets ihre linke Körperseite zu zeigen, denn das Metall, das sie so oft verflucht hatte, schützte sie jetzt.

»Wer bist du?«, fragte sie in die Dunkelheit hinein.

»Kevin Malroy.«

»Der Name sagt mir nichts.«

»Sollte er aber, ich konnte dich schon während unserer Ausbildung nicht leiden.«

»Was ist hier los?«

Er lachte meckernd auf. »Das mag bei Vegas geklappt haben, aber mich legst du nicht rein.«

»Wir müssen nicht kämpfen, es ...«

Weiter kam sie nicht, denn plötzlich stürmte ihr Gegner nach vorn. Instinktiv hob Jenny ihren Arm, die Klinge traf hart darauf. Ein Hieb, der ihre ungeschützte Körperseite in zwei Teile gespalten hätte. Funken stoben auf, als Malroy gleich danach erneut zuschlug, aber dann gab es ein hässliches Geräusch, das in ihren Ohren schrillte.

Das Schwert ist zerbrochen.

Jenny wartete nicht ab, sondern warf sich nach vorn. Sie rammte mit der Metallseite ihres Schädels in Malroys Körper, dem ächzend die Luft entwich. Als der Kopf des Mannes nach unten sackte, riss sie ihren hoch und schmetterte ihn gegen sein Kinn. Malroy prallte gegen die Wand. Jenny sah sein Wärmebild, griff nach ihm, hob ihn hoch und schleuderte ihn zu Boden.

Dann war sie auf ihm und schlug zu. Sie setzte dabei nur ihre Metallfaust ein, die Gefahr, sich die menschliche Hand zu brechen, war zu groß, wenn sie auf seinen geschützten Körper traf.

Malroy brüllte schmerzerfüllt auf, als seine Zähne unter ihrem Schlag zersplitterten. Er zappelte wild unter ihr, versuchte, sie abzuschütteln, aber Jenny war unbarmherzig, presste ihn nieder. Ihre Schläge trommelten auf ihn ein.

Dann bewegte er sich plötzlich nicht mehr. Sein Körper erschlaffte. Jenny ging auf Nummer sicher und hielt ihn dennoch fest. Sie ließ ihn erst los, als das Wärmebild des Mannes blasser wurde.

Jenny stand auf. Sie fühlte sich schrecklich und übergab sich.

Ich habe einen weiteren Menschen getötet.

Auch wenn es Notwehr gewesen war, machte es ihr zu schaffen. Jemanden zu schlagen, bis er sich nicht mehr rührte, war eine die Seele erschütternde Erfahrung.

Aber sie hatte keine Wahl gehabt.

Es war entweder er, der jetzt tot auf dem Felsboden lag, oder sie.

Jenny keuchte, dann riss sie sich zusammen. Sie musste die anderen vor dem Hinterhalt am Ausgang der Tunnel warnen. Wie sie das machen sollte, war ihr nicht klar, denn der Weg vor ihr war verschüttet, und die Strecke zurück zum Tempel war zu weit.

Sie ging wieder zu Malroy hinüber. Sein Abbild verglühte nach und nach in der Dunkelheit. Jenny bückte sich und untersuchte seine Kleidung. Der Soldat trug eine Kampfuniform, robust und dennoch leicht, die keinerlei Taschen aufwies. Um seine Hüfte lag ein Gürtel mit mehreren Beuteln, die daran befestigt waren. Jenny hatte gehofft, darin ein Feuerzeug oder Ähnliches zu finden, aber Malroy trug nichts dergleichen bei sich. Sie seufzte. Sich in der Dunkelheit durch den Schutt zu graben, würde nicht einfach werden und vor allem Zeit kosten, aber letztendlich blieb ihr keine Wahl.

Sie stand auf und schritt mit ausgestreckten Händen den Tunnel entlang, bis sie nach wenigen Metern auf die aufgeschichteten Felsbrocken stieß. Ihre Finger tasteten darüber, bis sie tatsächlich eine kleine Lücke fanden, die sie erweitern konnte.

Jenny zog den ersten Stein heraus und warf ihn hinter sich. Sofort rutschte der Rest von oben nach.

Verdammt! Das würde Stunden dauern.

Sie hielt inne.

Was wenn …?

Einen Versuch war es wert.

Jenny holte aus und rammte ihre Metallfaust in den Schutt. Die Erschütterung raste durch ihren Körper, ließ sie aufstöhnen, aber der Felsbrocken vor ihr zerbrach offensichtlich, denn das Geröll kam wieder ins Rutschen. Jenny spürte einen kleinen Luftzug und schöpfte neue Hoffnung.

Ein weiterer Schlag. Felssplitter jagten durch die Gegend, prallten gegen ihren Körper, fielen zu Boden. Und wieder war da dieses herrliche Geräusch rutschender Steine.

Die Schmerzen, die ihr bei jedem Schlag durch den Körper jagten, waren zu ertragen. Jenny keuchte schwer, aber biss die Zähne zusammen.

Sie hatte eine Chance.

20

Amanda fragte den Jungen, wie weit es noch bis zum Ausgang der Tunnel sei. Er sagte, nicht mehr weit, ohne dass er Stunden nannte, aber wahrscheinlich kannte er diese Zeiteinteilung gar nicht und für ihn gab es nur Tag und Nacht. Morgens, mittags und abends. Zudem konnte man hier unten die Zeit sowieso nicht abschätzen. Wichtig war nur, dass sie endlich aus den verdammten Tunneln rauskamen.

Wo werden wir dann sein? Ist es draußen hell oder dunkel? Wie weit noch bis zur Grenze, bis zur Heimat meiner Mutter?

Kannte der Junge den Weg dorthin? Wusste Nianch-Hathor, welche Richtung sie nehmen mussten?

Sie fragte den Jungen danach.

»Mein Großvater treibt Handel mit den Hyksos. Ich habe ihn oft begleitet, wenn er nach Bel-ach-Said gereist ist, um dort Felle und Ziegenkäse zu verkaufen. Im Gegensatz dazu bekommen wir von ihnen Öl und Korn. Ich weiß, welchen Weg wir nehmen müssen, auch wenn die ganze Gegend verwirrend ist.«

»Was meinst du damit?«

»Bel-ach-Said liegt am Fuße einer Hügelkette. Wir müssen zunächst ein Gebiet durchqueren, in dem es viele mächtige Felsen und viele verschlungene Pfade gibt. Die meisten führen tiefer ins Gebirge hinein, nur einige wenige zum Dorf der Händler.«

Amanda hatte schon bemerkt, dass es seit einiger Zeit beständig bergauf ging. Der Junge hatte nun bestätigt, dass die Tunnel nicht im Flachland endeten. Ein Umstand, den sie beruhigend fand, denn dort wären sie für eventuelle Verfolger weithin sichtbar gewesen. So hoffte sie darauf, dass sich die Gruppe zwischen den Felsen verborgen halten konnte.

Wahrscheinlich waren ihre Sorgen überflüssig, denn nachdem Damon den Tunnel zum Einsturz gebracht hatte, blieb den Verfolgern nichts anderes übrig, als den stundenlangen Rückweg anzutreten.

Unser Vorsprung sollte ausreichen, um sicheres Gebiet zu erreichen.

Die Hyksos waren ein großes Volk, das nicht nur aus Händlern, Hirten und Ackerbauern bestand, sondern sich ihrer gefürchteten Krieger rühmte. Amanda war unter ihnen aufgewachsen und hatte im Laufe der Jahrhunderte miterlebt, wie das Volk ihrer Mutter sich immer weiter nach Ägypten ausdehnte, bis sie sogar die Macht übernahmen.

Wenn sie es über die Grenze ins Reich der Hyksos schafften, konnten ihnen die Silbergötter nichts mehr anhaben. Ihre verstärkten Körper und ihre übermenschlichen Kräfte machten sie zwar zu gefährlichen Gegnern, aber auch sie waren gegen einen Pfeilhagel oder gegen Dutzende von geschleuderten Lanzen machtlos. Ihre ungeschützten Körperstellen waren Schwachpunkte, die man angreifen konnte, und die pure Masse der Krieger würde sie überrennen.

Wir können es schaffen.

Sie blickte zu ihrer Mutter, die weiter vorn in der Reihe neben Malcom ging und leise mit ihm flüsterte. Damon hatte sich wieder ans Ende des Trupps gesetzt. Zwar war nicht mehr damit zu rechnen, dass von hinten Gefahr drohte, aber wahrscheinlich wollte er einfach eine Zeit lang allein sein.

Amanda konnte das gut verstehen. In den engen Tunneln standen die Ausdünstungen der schwitzenden Körper wie eine Wolke in der Luft. Die Wächter schienen ihre Körper mit einem Öl eingerieben zu haben, das langsam ranzig wurde. Amanda machte sich nichts vor, sie selbst roch wahrscheinlich auch nicht besser.

»Wie heißt du eigentlich?«, fragte Amanda den Dorfjungen.

»Nefi. Und Ihr?«

»Amanda.«

»Das ist ein schöner Name.«

»Wie kommst du zurück ins Dorf?«, fragte sie. »Du kannst nicht durch die Tunnel, die sind verschüttet, und allein durch die Wüste ist es zu gefährlich.«

Nefi blickte sie ruhig an. »Ich gehe nicht zurück.«

»Nicht?«, fragte Amanda überrascht.

»Meine Eltern sind tot, und ich habe nur noch Großvater. Er sagt, ich solle bei den Hyksos bleiben, dort würde es mir besser gehen.«

Der alte Mann hat damit gerechnet, dass ihn die Silbergötter töten. Daher hat er seinen Enkel mit uns geschickt.

Amanda sah die Unsicherheit in den Augen des Jungen.

»Er hat sicherlich recht«, sagte sie. »Ein kluger Junge wie du muss hinaus in die Welt. Nicht Ziegen hüten, sondern Lesen und Schreiben lernen. Vielleicht ein Gelehrter werden.«

»Meint Ihr, das wäre möglich?« Ein Lächeln zog über Nefis Gesicht.

»Prinzessin Nianch-Hathor ist dir zu großem Dank verpflichtet. Du hast sie vor den Silbergöttern gerettet, die sie zweifellos getötet hätten. Sie wird sich um dich kümmern und in ihr Gefolge aufnehmen.«

»Oh, oh, oh, wenn das Großvater wüsste.«

»Eines Tages bist du ein gelehrter Mann und reist zurück in dein Dorf, dann erzählst du ihm davon, was du alles erlebt hast.«

Plötzlich blieb der ganze Trupp stehen. Amanda blickte nach vorn. Ein diffuser Schimmer lag am Ende des Tunnels. Sie hatten den Ausgang erreicht.

Endlich frische Luft. Wilbur trat hinaus und atmete tief ein. Es war Nacht. Ein bleicher Vollmond stand am sternenübersäten Himmel. Er schloss die Augen und roch den Duft des Landes. Sand und Steine. Klar und kühl. Atmen war niemals schöner gewesen.

Als er die Lider wieder aufschlug und sich umsah, entdeckte er, dass sie sich inmitten mächtiger Felsgruppen befanden, die wie überdimensionierte Hinkelsteine in den nachtschwarzen Himmel ragten.

Wilbur schaute sich um, ob irgendwo Gefahr lauerte. Sie hatten ihn vorgeschickt, um die Umgebung auszuspähen, da er notfalls die Zeit anhalten und sich in Sicherheit bringen konnte. Er hatte keine Fackel bei sich, aber das Licht des Mondes war hell genug, um sich zu orientieren.

Wilbur lauschte, dann schlich er zwischen die erste Felsgruppe. Er machte einen Bogen und sondierte das ganze Plateau. Nichts. Kein Mensch auszumachen. Weder Silbergötter noch Einheimische. *Und keine Jenny …* Das Land lag verlassen im Schein der Sterne, als hätte es niemals Menschen gegeben. Er verschaffte sich einen Überblick über den möglichen Weg, den sie ins Tal hinunter nehmen konnten, und kam zu dem Urteil, dass es im Dunkeln zu gefährlich war, den Abstieg zu wagen.

Wilbur beschloss nach zwei weiteren Runden durch die

Felsen, dass er genug gesehen hatte, und ging zurück zum Tunneleingang, wo die anderen warteten.

»Und?«, fragte Amanda leise.

»Alles okay. Ich habe niemanden gesehen, aber zwischen den Felsen gibt es Spalten, in die man stürzen kann, und der Weg ins Tal hinunter ist steil. Wir sollten bis zum ersten Tageslicht warten.«

Amanda wandte sich an die anderen. »Was meint ihr?«

»Ich denke, Wilbur hat recht«, sagte Damon. »Wenn da draußen keine Feinde sind, sollten wir kein unnötiges Risiko eingehen. Sobald sich jemand verletzt, sind wir aufgeschmissen. Besser, wir warten bis zum Morgen.«

»Ich sehe das auch so«, meinte Malcom.

Amanda sprach mit der Prinzessin.

»Nianch-Hathor ist einverstanden. Ich schlage vor, wir ziehen uns in den Tunnel zurück, essen und trinken und ruhen uns aus. Morgen früh brechen wir auf.«

Ruhe war in die Gruppe eingekehrt. Alle schliefen, nur Malcom lag noch wach und starrte an die Felsdecke des Tunnels. Eine einzelne Fackel brannte und warf Schatten auf das Gestein, die bei jedem Luftzug zu tanzen schienen.

Während er so dalag, dachte er über sein Leben nach, über das Schicksal, das ihn an diesen Ort, in dieses Zeitalter geführt hatte.

Noch vor Kurzem war er ein normaler junger Mann gewesen, doch nun war er fast fünftausend Jahre durch die Zeit gereist und floh mit einer echten Prinzessin durch das alte Ägypten.

Es war der Wahnsinn. Eine Story, die ihm kein Mensch glauben würde, sollte er jemals heimkehren.

Was mit Jenny ist? Ob sie noch lebt?

Er hatte nie viel mit ihr geredet, aber ihre stille Art gemocht. Ihr schüchternes Lächeln, das fast schon um Verzeihung bat, wenn sie einen von Mattersons Männern im Kampftraining durch die Luft geworfen hatte.

Malcom verstand, warum sie gegangen war. Niemand konnte ein Leben leben, ohne zu wissen, wer er war und woher er kam.

Ich hätte es genauso gemacht.

Ein Rascheln drang an sein Ohr, dann beugte sich ein Schatten über ihn.

Nianch-Hathor.

Ihre Augen glänzten wie dunkle Edelsteine im Schein der Fackel. Sie legte einen Finger über ihre Lippen und bedeutete ihm mitzukommen. Als er zögerte, fasste sie nach seiner Hand. Unter ihrem linken Arm trug sie Tücher. Was wollte sie damit?

Vorsichtig und geräuschlos schlichen sie zwischen den Schlafenden hindurch und traten ins Freie. Der Mond schien auf sie herab, und Abertausende von Sternen funkelten am samtschwarzen Himmel.

Die Luft war wie ein erfrischendes Bad. Malcom blieb stehen, um tief einzuatmen, aber Nianch-Hathor zog ihn mit sich. Sie ging ein paar Schritte, umrundete einen mächtigen Felsen, dann schien sie gefunden zu haben, wonach sie suchte, denn sie hielt an und breitete die Tücher auf dem sandigen Boden aus. Sie setzte sich und bedeutete ihm, es ihr gleichzutun. Malcom wurde unruhig. Die Kühle der Nachtluft war verflogen. Ihm wurde heiß. Irgendwie fiel ihm auch plötzlich das Atmen schwer.

Nianch-Hathor streckte ihre Hand aus und ihre Finger

strichen sanft über sein Gesicht. Seine Haut flammte an den Stellen auf, die sie berührte. Er legte seine Hand an ihre Wange und sie schmiegte sich hinein.

Dann beugte sie sich nach vorn. Mit brennender Sehnsucht in den Augen.

Ihre Lippen waren leicht geöffnet. Sie schloss die Lider, und wie durch eine unsichtbare Hand geführt küsste Malcom sie. Erst zart, fast war es nur ein Hauch, aber die Prinzessin drängte sich ihm entgegen. Ihr Kleid fiel herab. Nackt schimmerte ihr Körper wie geschmolzenes Gold. Malcom hatte nie Schöneres gesehen. In dem Augenblick vergaß Malcom all die Gedanken, die ihm eben noch durch den Kopf geschossen waren, und ließ es einfach geschehen.

Seine Hände erkundeten ihren Körper. Jede Stelle davon. Seine Lippen bedeckten ihre samtweiche Haut mit unzähligen Küssen.

Nianch-Hathor half ihm, sich auszuziehen. Dann lagen sie nackt im Schein des Mondes, umarmten und liebten sich.

21

Die Sonne brannte auf Damon herab, als er am Morgen ins Freie trat, aber nach all der Finsternis in den Tunneln war es eine Wohltat.

Neben ihm kamen die anderen heraus. Zunächst die Wächter, dann Nianch-Hathor mit Wilbur und ihren Dienerinnen, schließlich der Dorfjunge und Amanda. Malcom war der Letzte von ihnen, der das Tageslicht erreichte.

Damon sah, wie er geblendet die Augen schloss und nach vorn stolperte, mitten in die Gruppe hinein. Amanda rutschte aus und riss Nianch-Hathor und Wilbur mit sich, der wiederum Damon aus dem Gleichgewicht brachte. Alle stürzten zu Boden.

Dann surrte die Luft. Es klang wie der Gesang unzähliger Zikaden. Jeder, der in diesem Moment noch am Tunnelausgang stand, wurde von Pfeilen durchbohrt.

Damon sah, wie drei der Wächter zusammensackten, der vierte wurde von einem Pfeil im Oberschenkel getroffen, schaffte es aber, sich hinter einen Felsen zu werfen. Keine der Dienerinnen überlebte den ersten Angriff. Ein zweiter Pfeilhagel folgte. Alles ging so unglaublich schnell.

Malcom schrie auf. Damon drehte den Kopf zu ihm hin. Der Junge hatte sich schützend über die Prinzessin geworfen. Ein Pfeil hatte sich in seine Schulter gebohrt.

Damon wandte sich wieder um, versuchte, den Feind zu entdecken, aber der hielt sich im Schatten der Felsen verborgen. Eigentlich mussten sie in den Schutz des Tunnels zurück, doch er wusste, dass jeder, der sich jetzt aufrichtete und ein Ziel bot, sofort sterben würde.

Nur einer konnte jetzt etwas tun.

»Wilbur!«, brüllte Damon. »Mach etwas!«

Nichts geschah.

Keine Antwort.

Von seiner Position aus konnte er Wilbur nicht sehen. War er tot?

Plötzlich lag er neben ihm. Ein blutiges Schwert in der Hand, ein zweites reichte er Damon. Wilbur hatte es getan. Er hatte die Zeit angehalten.

»Diese verfluchten Silbergötter sind links und rechts von uns«, presste Wilbur atemlos hervor, »nehmen uns in die Zange. Ich habe einen von ihnen getötet, der Rest dürfte jetzt ziemlich verwirrt sein. Mehr war in fünf Sekunden nicht drin.«

»Wie viele sind es?«

»Ich hatte keine Zeit zum Zählen.«

»Was schlägst du vor?«, fragte er.

Ein wildes Grinsen leuchtete in Wilburs Gesicht auf. »Ich kann noch einmal die Zeit anhalten«, keuchte er. »Danach bin ich zu schwach und du bist dran. Heiz ihnen ein!«

Damon grinste zurück. »Mache ich, aber auch meine Energie ist begrenzt.«

»Das sagst du mir jetzt? Echt? Ich dachte, du bist ein verdammter Dämon, verfügst über unbegrenzte Macht und so was. Und ich hatte die ganze Zeit Schiss vor dir?«

»Männer …«, sagte auf einmal eine Stimme in ihrem Rücken. Amanda.

Damon war froh, sie heil und unverletzt zu sehen.

»Ihr habt wohl vergessen, dass ich auch noch da bin.«

Damon grinste und weihte sie in ihren Plan ein.

»Wenn du schon solche Reden schwingst, dann habe ich

etwas für dich. Hier.« Wilbur warf Amanda das blutbesudelte Schwert zu.

Damon sah, wie es sich vor ihr in den Sand bohrte und sie danach griff.

»Wie wär's mit einem Danke?«, meinte Wilbur.

»Schon klar«, war ihre schlichte Antwort.

Wilbur verdrehte die Augen und sagte: »Okay, dann mal los. Bereit?«

»Halt. Warte. Was ist mit dir, wenn du schon wieder die Zeit anhältst?«, wollte Damon noch wissen, bevor sie sich ins Gefecht stürzten.

Wilbur lächelte. »Ich falle wahrscheinlich in Ohnmacht. Du darfst mich dann beschützen.«

»Ich …«

Im nächsten Augenblick lag Wilbur regungslos neben ihm. Seine Augen waren geschlossen, aber er war nicht tot. Damon sah, wie sich sein Brustkorb hob und senkte. Verdammt, es war schon wieder geschehen. Daran würde er sich niemals gewöhnen können. Wilburs Gesicht war blutbespritzt, aber er schien unverletzt. Von der anderen Seite drangen aufgeregte Schreie an sein Ohr.

Jetzt bin ich dran!

Amanda nickte ihm ermutigend zu. Er wälzte sich herum. Konzentrierte sich, fühlte die Hitze in seinem Körper anschwellen und in seine Arme fließen. Damon streckte die Hände aus. Ein erster Energiestrahl traf den linken Felsen, hinter dem sich ein Teil der Silbergötter versteckte. Steinbrocken brachen heraus. Glühende Splitter jagten durch die Luft. Jemand brüllte schmerzerfüllt auf.

Amanda rannte mit dem blutigen Schwert in der Hand im Zickzack auf den Feind zu, den er durch seine Energie in

Deckung hielt. Von rechts nutzte jemand die Gelegenheit, auf sie zu schießen, aber die Pfeile bohrten sich nutzlos in den Sand oder prallten von den Felsen ab.

Damon wirbelte herum und nahm diesen Trupp unter Beschuss. Er hörte Amandas wilden Schrei. Drei Silbergötter stürmten ihr entgegen. Zwei hielten mächtige Lanzen in der Hand, der dritte ein Kurzschwert. Amanda fuhr wie eine Furie unter sie. Ihr Schwert sauste herab und trennte einen Arm vom Körper. Sie machte eine Drehung, die kaum mit den Augen zu verfolgen war und enthauptete den nächsten Gegner. Der dritte Mann warf sich nach hinten und hielt dabei seine Lanze schützend vor sich, aber es nutzte ihm nichts. Amanda sprang in die Luft, über die Lanze hinweg und bohrte ihm das Schwert in den Hals. Damon war verblüfft. Niemals zuvor hatte er gesehen, dass sich Amanda derartig bewegen konnte. Es war atemberaubend.

Als der dritte Mann fiel, sprang ein vierter aus dem Schatten der Felsen hervor. Amanda wandte ihm den Rücken zu. Sie konnte den auf sie zustürmenden Feind nicht sehen, stand aber genau in der Schusslinie.

Damon schrie auf. Amandas Kopf schnellte zu ihm herum. Er hob seine rechte Hand. Sie ließ sich zur Seite fallen. Der Energiestrahl stoppte den Soldaten mitten im Lauf, ließ ihn verglühen.

Hinter ihm erklang ein Kampfschrei. Damon wirbelte herum. Ein riesiger Krieger rannte auf Malcom und die Prinzessin zu. Sein über den Kopf erhobenes Schwert funkelte im Sonnenlicht.

Malcom rappelte sich auf und stellte sich ihm unbewaffnet entgegen. Die Prinzessin lag noch immer auf dem Boden, wurde aber von Malcoms Körper geschützt.

Damon riss seine Arme hoch. Er wollte auch diesen Gegner im Feuer seiner Magie vergehen lassen, aber als er die Hände öffnete, geschah nichts, außer dass seine Finger aufglühten. Seine Magie war erschöpft.

Malcom und Nianch-Hathor würden sterben. Der letzte überlebende Leibwächter der Prinzessin war nirgends zu sehen und Amanda zu weit weg vom Geschehen, als dass sie eingreifen konnte. Damon stöhnte auf.

Da flog plötzlich ein Schemen heran. Ein Silbergott, der aus dem Tunnel zu kommen schien und sich direkt auf den Mann warf, der Malcom töten wollte. Beide gingen zu Boden. Sie rangen miteinander, kämpften erbarmungslos darum, die Oberhand zu gewinnen. Fäuste krachten auf Körper. Wenn Metall auf Metall traf, klang es, als würde ein schwerer Hammer auf einen Amboss geschlagen.

Die Kämpfer waren nur Schattenrisse im aufgewirbelten Staub, und es war nicht auszumachen, wer aus dieser Auseinandersetzung als Sieger hervorgehen würde.

Dann plötzlich war es vorbei.

Ein Silbergott lag sterbend im Sand, der andere erhob sich mühsam auf schwache Beine.

Damon kniff die Augen zusammen.

Der keuchende Schemen vor ihm wurde deutlicher.

Jenny!

Sie war zurückgekehrt und hatte sie gerettet.

Alle Feinde waren tot.

Jenny kniete sich neben den Mann, den sie im Zweikampf getötet hatte. Er war noch jung. Das Gesicht im Tod verzerrt. Der Anblick schmerzte sie, aber als sie ihn anschaute, erkannte sie ihn nicht.

Jenny streckte ihre Hand aus und schloss das Lid seines rechten Auges. Nicht weit entfernt half Malcom der Prinzessin auf die Füße. Ihr schmales Gesicht war bleich und von dem erlebten Schrecken in Besitz genommen. Sie verbarg es an Malcoms Schulter, und kurz darauf verriet ihr zuckender Körper, dass sie weinte.

Die Leichen der Leibwächter und Dienerinnen lagen im Staub. Zwischen ihnen rappelte sich der Dorfjunge auf. Er schien unverletzt, aber auch in seinen Augen lag Entsetzen.

Jenny ging an Damon und der verblüfften Amanda vorbei. Sie nickte ihnen zu, blieb aber nicht stehen, sondern schaute nach den anderen Silbergöttern. Keiner von ihnen war mehr am Leben und bei keinem der Gesichter rührte sich etwas in ihrer Erinnerung. Jenny schloss ihnen allen die Augen, dann schritt sie zurück zu den anderen. Sie schaute auf Wilbur herab.

»Was ist mit ihm?«, fragte sie besorgt.

»Er ist bewusstlos«, antwortete Damon. »Wilbur hat zweimal die Zeit angehalten, das hat ihn all seine verbliebene Kraft gekostet. Ohne ihn … und ohne dich, wären wir jetzt alle nicht mehr am Leben. Danke, dass du zurückgekommen bist.«

Jenny blickte zu Amanda hinüber, aber die schwieg. Sie bückte sich zu Wilbur und fühlte nach seinem Puls, da schlug er die Augen auf.

Ein schwaches Lächeln zog über das tätowierte Gesicht. »Ich wusste, du kommst zu uns zurück. Hat aber ganz schön lang gedauert.«

Jenny spürte, wie ein Grinsen ihre rechte Gesichtshälfte verzog.

»Jemand hat den Tunnel zum Einsturz gebracht.« Sie

blickte zu Damon. »Ich musste mich erst durch den Fels graben.«

»Sorry«, meinte der Dämon. »Ging nicht anders. Wir wurden verfolgt.«

»Das war ich.«

»Warum hast du dich nicht zu erkennen gegeben?«

»Habe ich, aber da war es schon zu spät. Und dann war da plötzlich ein Typ, der mir an den Kragen wollte.«

»Da du hier bist und er nicht, kann ich mir denken, wie die Sache ausging.«

Amanda kam zu ihnen herüber. Ihr Blick wanderte von Jenny zu Malcom und der Prinzessin.

»Wir sollten sofort aufbrechen, bevor noch mehr von denen auftauchen.« Sie nickte in Richtung der toten Feinde.

»Ja, das sollten wir«, sagte Jenny leise.

Zögerlich legte Amanda ihr die Hand auf die Schulter. »Ich kann mir vorstellen, wie du dich fühlst, aber du hast meiner Mutter das Leben und somit auch irgendwie mich gerettet, dafür werde ich dir immer dankbar sein.« Amanda fiel es sichtlich schwer, ihr in die Augen zu schauen. »Es tut mir leid, dass ich dir misstraut habe.«

Jenny trat verlegen von einem Fuß auf den anderen.

Wilbur streckte ihr seine Hand entgegen. »Hilf mir mal auf.«

Als er neben ihr stand, beugte er sich vor und küsste ihre Wange. Die Stelle, an der seine Lippen sie berührt hatten, glühte danach auf ihrer Haut. Ein leichter Schwindel erfasste Jenny.

»Das hätte ich schon lange tun sollen«, sagte Wilbur und nahm ihre Hand.

Amanda schritt neben Nianch-Hathor und fühlte sich ihr so verbunden wie nie zuvor. Beinahe hätte sie ihre Mutter verloren, und sie wollte jetzt in ihrer Nähe sein und das Glück spüren, dass sie unverletzt war. Hinter ihnen ging Malcom. An seiner Seite der Dorfjunge. Damon, Wilbur, Jenny und der einzig überlebende Leibwächter, der stark humpelte, kamen dahinter.

»Das Schicksal war uns wohlgesonnen«, sagte Nianch-Hathor. »Wir sind am Leben, und unsere Feinde liegen zerschmettert im Sand.«

»Ja, Prinzessin.«

»Die Silbergöttin, die du Jenny nennst, hat mich gerettet.«

Und Malcom, dachte Amanda. Sie hatte genau beobachtet, wie er sich unbewaffnet dem angreifenden Soldaten entgegengestellt hatte, um sein Leben für die Prinzessin zu opfern.

Das war unglaublich selbstlos und mutig von dir, danke Malcom.

Amanda spürte den aufkommenden Respekt für den Jungen, dessen Tollpatschigkeit dafür gesorgt hatte, dass der erste Pfeilhagel sie nicht alle getötet hatte.

Oder war es gar keine Ungeschicktheit? Sondern der tote Bruder?

Amanda erkannte, dass wirklich etwas an der Sache dran sein musste, auch wenn sie keinerlei Vorstellung davon besaß, wie so etwas möglich war.

»Du magst Malcom«, sagte Amanda.

Ein schüchternes Lächeln breitete sich über Nianch-Hathors junges Antlitz aus. »Ja«, sagte sie leise.

»Er kann nicht bei dir bleiben, das weißt du?«

Die Freude wich einem traurigen Schimmer, der nun die dunklen Augen der Prinzessin umzog.

»Ja, ich weiß es.«

»Malcom gehört nicht in diese Welt. Er muss einen Auftrag erfüllen, der sehr wichtig für unser Volk ist. Kannst du verstehen, wenn ich dich darum bitte, ihn gehen zu lassen und ihm den Abschied nicht so schwer zu machen? Ich bin mir sicher, er mag auch dich, aber er muss mit mir kommen, wenn wir in den schwebenden See eintauchen.«

»Ich werde ihn ziehen lassen.«

Amanda hörte den Schmerz in der Stimme und hätte am liebsten aufgebrüllt, weil sie ihrer Mutter so etwas antun musste, aber ihr blieb keine Wahl. Alles musste so geschehen, wie es bestimmt war.

Nicht lange nach der Ankunft bei den Hyksos würde Nianch-Hathor einen Mann kennenlernen, der zu ihrem Vater werden würde. Auch wenn er nur eine Nacht mit der Prinzessin verbrachte und danach für immer verschwunden war, musste es so sein.

Für Malcom war ein anderer Weg vorgesehen. Seine Reise musste weitergehen. Wohin auch immer. Jenny, Wilbur, Damon, Malcom und sie selbst hatten eine Mission zu erfüllen oder Milliarden Menschen würden sterben. Es ging nicht um das Schicksal Einzelner, sondern um das Schicksal der ganzen Welt.

Malcom ging hinter Amanda und Nianch-Hathor her und betrachtete sie nachdenklich. Die Ähnlichkeit der beiden war verblüffend, aber sie bezog sich nur auf das Äußere. Die Prinzessin war ein ruhiges, schüchternes Mädchen, wohingegen Amanda aufbrausend und selbstbewusst war.

Während Wilbur, Damon und sie gekämpft haben, bin ich wie ein hilfloser Käfer im Staub gelegen und konnte mich nicht einmal wehren.

Seine rechte Schulter schmerzte noch immer, aber wesentlich schmerzhafter war die Erkenntnis, dass er Nianch-Hathor nicht hatte schützen können.

Damon hatte den Pfeil vorsichtig herausgezogen, dann seine Finger aufglühen lassen und die Wunde versiegelt, um danach mit herausgerissenen Streifen aus den Tüchern der Prinzessin die Verletzung zu verbinden.

Na wenigstens habe ich es wie ein Mann ertragen und nicht gejammert.

Vor Nianch-Hathor zu zeigen, dass er Schmerzen hatte, kam nicht infrage, also hatte er während der ganzen Prozedur die Zähne aufeinandergebissen und keinen Laut von sich gegeben.

Während er dahinschritt und darüber nachgrübelte, wie er so ungeschickt in die anderen hineingestolpert war, bemerkte er etwas Sonderbares.

Es war nicht, dass etwas Neues hinzugekommen war, im Gegenteil, etwas war plötzlich nicht mehr da.

Malcom blieb ruckartig stehen und lauschte, fühlte in sich hinein.

Nichts.

Da war nichts mehr.

Ein ganz bestimmtes Gefühl war verschwunden.

Sein toter Bruder war gegangen.

Er konnte seine Anwesenheit nicht mehr spüren.

Wann war das geschehen?

Er wusste es nicht.

Zuerst hatte ihn Nianch-Hathor abgelenkt, dann der

Kampf mit den Silbergöttern und nun, als sich die Aufregung legte, fühlte er, dass sein Zwillingsbruder fort war.

Wohin?

Malcom hob den Kopf und schaute zu Amanda und Nianch-Hathor.

Und dann verstand er.

22

Der schwebende See lag in einem kleinen Tal, das sie nach drei Stunden Fußmarsch erreicht hatten. Nianch-Hathor war mit zwei Leibwächtern und Amanda vorneweg geeilt, alle anderen hinterher. Niemand sprach.

Auch wenn die Silbergötter vorerst besiegt waren, wussten sie nicht, wie viele noch folgen würden. Daher blieb nicht viel Zeit, um sich auszuruhen. Sie mussten sich beeilen und so schnell wie möglich durchs Energiefeld schreiten.

Dennoch schwirrte Malcoms Kopf vor Gedanken. Er konnte seinen Blick nicht von der Prinzessin abwenden. Ihre anmutigen Schritte, die selbst zwischen den Felsen leichtfüßig und elegant wirkten. Das schwarze Haar umwehte die feinen Gesichtszüge, und wenn sie sich ab und an nach ihm umdrehte, leuchteten ihre Augen, und der Mund mit den vollen Lippen lächelte.

Malcom war von tiefer Traurigkeit erfüllt, obwohl er wusste, dass es nicht anders sein konnte. Er musste gehen. Die Prinzessin verlassen.

Warum hatte ihn das Schicksal für all das auserwählt? Ausgerechnet ihn, der so wenig dazu geeignet war, ein Held zu sein. Malcom hatte das Gefühl, dass jeder andere diese Rolle besser erfüllt hätte, aber nun war er hier und musste Abschied von Nianch-Hathor nehmen.

Allein bei dem Gedanken, sie zurückzulassen, wurde sein Herz schwer. So schwer. Sie war alles, was er sich jemals gewünscht hatte, und jeder Moment mit ihr war ihm unendlich kostbar.

Bei Nianch-Hathor hatte er sich zum ersten Mal nicht

fremd in seinem eigenen Leben gefühlt. Da war er nicht der Tollpatsch gewesen, dem immer wieder die seltsamsten Dinge passierten und den alle belächelten. Sie hatte ihm das Gefühl gegeben, begehrenswert und einer großen Liebe würdig zu sein.

Sie beide hatten nur diese eine gemeinsame Nacht gehabt. Umarmungen voller Hingabe im bleichen Licht des Mondes erlebt, hatten sich vereint, um für einen Moment den Sturm um sie herum vergessen zu können.

Aber nun war der Augenblick der Trennung gekommen und er hätte am liebsten aufgebrüllt vor Schmerz. Malcom biss die Zähne zusammen, bis seine Kiefer schmerzten, dann ging er zu den anderen.

Der schwebende See flirrte in der Luft. Es war ein Energiefeld, ob künstlich erzeugt oder eine Anomalie des Universums, war nicht auszumachen.

Das Feld begann knapp über dem felsigen Boden, spannte sich zehn Meter in die Höhe und mindestens ebenso viele Meter in die Breite, war aber von runder Form. Ein funkelnder Kreis im Sonnenlicht.

Außer dem Flirren war da nichts Besonderes. Man konnte durch das Feld hindurchsehen und die dahinterliegenden Felsen erkennen, nur dass sie durch die Luftspiegelung leicht verzerrt waren.

Malcom schritt um das Feld herum, das dadurch zur schwebenden Kugel wurde, ähnlich dem Energiefeld aus ihrer Zeit, nur dass dieses hier wesentlich kleiner war und man es in seinem ganzen Umfang sehen konnte.

Er wusste, dieses Energiefeld würde ihn von Nianch-Hathor fortführen. Für immer.

Er würde eine andere Zeit betreten, sie in der Vergangenheit zurückbleiben. Ein Leben ohne ihn leben, auch wenn er wusste, dass ihr nur wenige Jahre blieben.

Er hätte alles dafür geopfert, diese Zeit mit ihr zu verbringen, aber das war unmöglich.

»Wie machen wir es?«, fragte Amanda, als sie alle um das Energiefeld herumstanden. »Gehen wir gemeinsam hinein oder einer nach dem anderen?«

»Wir wissen nicht, wie das Portal funktioniert, und die Gefahr ist groß, dass wir in verschiedenen Zeiten oder an verschiedenen Orten herauskommen, wenn wir nacheinander hindurchgehen«, sagte Damon.

»Dann lasst es uns gemeinsam tun.«

»Ich möchte noch mit Nianch-Hathor allein sprechen«, raunte Malcom heiser. »Mich von ihr verabschieden.«

Niemand sagte ein Wort. Wilbur, Damon, Amanda und Jenny gingen zur Prinzessin hinüber und nahmen sie nacheinander in den Arm. Amanda hielt sie besonders lange gedrückt. Malcom entdeckte Tränen in ihren Augen, als sie sich endlich von ihrer Mutter löste. Sie sagte noch etwas auf Ägyptisch zu Nianch-Hathor, die nickte und zu Malcom herüberkam.

Amanda und die anderen zogen sich zurück, sodass er allein mit der Prinzessin war. Sie nahm seine Hände in die ihren und sah ihn an. Da waren keine Tränen, aber unendliche Traurigkeit. Dann sagte sie etwas leise in ihrer Sprache zu ihm.

»Ich liebe dich auch«, flüsterte er heiser. »Ich liebe dich mehr als mein Leben. Mehr als die Sonne, mehr als alle Sterne am Himmel, und ich wünschte, ich könnte bei dir bleiben.«

Sie antwortete sanft, und Malcom wusste, auch ohne die Sprache zu verstehen, was sie zu ihm sagte: »Meine Liebe begleitet dich alle Zeit.«

Malcom spürte, wie Tränen seine Wangen hinabrannen, aber er schämte sich nicht dafür. Auch Nianch-Hathor weinte. Leise und stumm. Schließlich küsste Malcom ihre Fingerspitzen, dann löste er sich von ihr und ging zu den anderen hinüber.

PART 3

Freiheit ist mehr als ein Wort

23

Hinter Amandas geschlossenen Augenlidern tanzte das Sonnenlicht. Noch während sie erwachte, spürte sie bereits die Hitze des Tages und dass sie auf weichem Untergrund lag. Das Brummen einer Fliege brachte sie dazu, die Augen zu öffnen.

Über ihr erstreckte sich ein blauer Himmel, an dem weiße zerfledderte Wolken vorbeitrieben. Der Geruch von Gras stieg ihr in die Nase, und sie wusste, dass sie sich nicht mehr in Ägypten befand. Aber wo war sie?

Abrupt richtete sich Amanda auf. Die Hände auf dem Boden abgestützt, schaute sie sich um. Nicht weit entfernt von ihr lag Wilbur im hohen Gras. Sein Kopf ruhte auf seinem Unterarm, und wären da nicht die vielen Tätowierungen gewesen, hätte man glauben können, ein kleiner Junge schlafe in der freien Natur.

Etwas abseits von Wilbur schlief Jenny unter einem Baum. Sie bewegte sich nicht, aber die Metallseite ihres Gesichtes schimmerte im Spiel des Lichts mit den Blättern des Baumes.

Amanda drehte den Kopf und entdeckte nun auch Malcom, der ungefähr sieben Meter rechts von ihr lag. Sein Gesicht zuckte, so als träume er schlecht, und sie sah, dass er im Schlaf die Lippen bewegte.

Sie ließ ihren Blick auf der Suche nach Damon weiterschweifen, konnte ihn aber im Gras nicht ausmachen. Amanda rappelte sich auf.

Nichts.

Sie drehte sich einmal um die eigene Achse, aber von Damon fehlte jede Spur. Wahrscheinlich war er etwas weiter entfernt aus dem Energiefeld aufgetaucht. So war es in der letzten Welt ja auch mit Jenny und Wilbur gewesen, die sie erst hatten suchen müssen.

Dass er bereits vor ihr erwacht war und vielleicht versuchte herauszufinden, wo sie waren, glaubte sie nicht. Damon hätte sie niemals einfach so zurückgelassen.

Während sie sich nach ihm umsah, entdeckte sie einen Weg, der nicht weit entfernt von den Bäumen nach Westen verlief. Kutschspuren und die Hufabdrücke von beschlagenen Pferden waren darauf zu erkennen.

Wo sind wir?

All die Grübelei brachte sie nicht weiter. Zuerst einmal musste sie die anderen wecken und dann nach Damon suchen. Sie musste zugeben, dass es sie beunruhigte, weil er nicht da war. Sie ging zu Wilbur hinüber und kniete sich neben ihn ins Gras, rüttelte an seiner Schulter. Der tätowierte Junge schlug sofort die Augen auf. Verständnislos schaute er zu ihr auf.

»Was ist los? Die Silbergötter …«, fing er etwas benommen an.

»Keine Sorge, sie sind uns nicht gefolgt, soweit ich sehen kann. Es ist etwas anderes … komm«, sagte Amanda.

Noch während Wilbur damit beschäftigt war, vollends zu sich zu kommen, ging sie bereits zu Jenny hinüber und weckte sie. Malcom erwachte im gleichen Moment, setzte sich auf und rieb sich die Augen. Er wandte sich ihr zu und fragte: »Wo sind wir?«

»Keine Ahnung«, meinte Amanda. »Jedenfalls ist Damon nicht da.«

»Nicht da? Was meinst du damit?«

Amanda zuckte mit den Schultern. »Als ich zu mir kam, war er nirgends zu sehen. Ich habe mich bereits umgeschaut, aber keine Spur von ihm gefunden.«

Malcom sah sie nachdenklich an. Irgendetwas ging in ihm vor, denn er runzelte die Stirn.

»Was ist? Warum guckst du mich so dämlich an?«, fragte Amanda.

»Nichts … nichts. Ich brauche nur noch einen Moment, bis ich voll da bin.«

Wilbur kam herüber. »Wo ist Damon?«

»Das ist ja das Problem, ich weiß es nicht«, sagte Amanda.

Plötzlich pfiff Jenny warnend und bedeutete ihnen, leise zu sein. Ihre Hand machte eine Bewegung, die sagte »Duckt euch«.

Amanda wusste nicht, was los war, aber sie ging davon aus, dass Jenny etwas wahrgenommen hatte.

»Runter«, zischte sie Wilbur und Malcom zu, die sich sofort ins Gras fallen ließen. Amanda machte es ihnen nach und konnte plötzlich nichts mehr sehen, da das hohe Gras alles vor ihr verbarg.

Erst geschah gar nichts. Als sich Amanda schon fragte, ob Jenny sich getäuscht haben mochte, spürte sie das Vibrieren des Bodens. Ein leichtes Zittern durchlief die Erde unter ihr, dann erreichten die ersten Geräusche ihre Ohren.

Weit entferntes, aber schnell lauter werdendes Hufgetrappel. Dann waren sie da. Ein Tross Reiter auf schwarzen Pferden donnerte den Weg entlang. Amanda hob den Kopf und erkannte Männer in blauroten Uniformröcken, darunter weiße Hemden, dazu gelbe Hosen, die in schwarzen Lederstiefeln steckten, die bis über das Knie reichten. Lanzen funkelten im Sonnenlicht, farbige Banner flatterten im Wind, als die Reiter in hohem Tempo an ihnen vorbeijagten. Staub wurde aufgewirbelt, erhob sich zu einer Wolke, die langsam herabsank, als die Truppe in der Ferne verschwand.

Sobald die Luft rein war, richtete sich Amanda auf und schaute zu Jenny hinüber, die sich erhob und zu ihnen herüberkam.

»Verdammt, was war das?«, fragte Wilbur.

»Reitersoldaten«, meinte Amanda. »Irgendwoher kenne ich diese Uniformen, aber im Moment komme ich nicht darauf.«

Wilbur schaute sie verunsichert an.

»Wir sind erneut durch die Zeit gereist, aber leider nicht wie erhofft im Jahr zweitausendundzwanzig gelandet, und das hier sind auch nicht die Vereinigten Staaten von Amerika. So viel steht fest …«

»Ich verstehe das nicht.« Wilbur kratzte sich ratlos am Kopf. »Was machen wir jetzt?«

»Wir fragen jemanden«, sagte Malcom.

»Witzbold. Siehst du hier irgendwelche Menschen?«

»Nein, aber da vorn ist ein Weg. Irgendwann kommt einer vorbei.«

»Hast du dir schon mal Gedanken gemacht, wie wir aussehen?«, sagte Amanda bissig. »Jenny und Wilbur fallen selbst in unserer Zeit und in unserem Land auf. Hier rennt wahrscheinlich jeder gleich weg, wenn er einen von den beiden sieht.«

Malcom grinste. »An die beiden dachte ich auch nicht.«

»Aha, du willst, dass wir zwei das machen.«

»Ja, wenn sie uns keine freiwillige Antwort geben, kannst du singen. Außerdem, wer dich sieht, hält in jedem Fall an.«

»Sehr witzig.« Trotzdem musste Amanda zugeben, dass Malcom recht hatte. Wenn jemand etwas herausfinden konnte, dann sie. »Okay, dann warten wir. Und was ist mit Damon?«

»Der taucht schon noch auf«, meinte Wilbur lässig. Amanda wurde bewusst, dass sie tatsächlich Angst hatte, nach ihrer Mutter noch einen Menschen zu verlieren. Der Gedanke an Nianch-Hathor versetzte ihr einen Stich ins Herz. Umgehend verdrängte sie die aufkommenden Emotionen, um sich wieder aufs Hier und Jetzt zu konzentrieren.

Sie hatten eine Mission, nur das zählte.

Die Sonne war ein ganzes Stück über den Himmel gewandert, als ihnen Jenny mitteilte, dass sie eine Kutsche hörte. Während sich die anderen im hohen Gras versteckten, trat Amanda auf den Weg und stellte sich breitbeinig hin.

Bald darauf tauchte eine schwarze Kutsche, die von zwei Pferden gezogen wurde, in einer Staubwolke auf, und Amanda hob beide Hände, um dem Kutscher zu signalisieren, er solle anhalten.

Mit lautem Fluchen riss der Mann an den Zügeln, und die Pferde kamen kurz vor Amanda zum Stehen.

»*Merde!*«, schimpfte der Kutscher. »Was soll …«

Der Mann sprach also Französisch. Eine Sprache, die Amanda gut beherrschte.

»Was steht Ihr da herum?«, schnauzte er sie an. »Geht aus dem Weg.«

»Ich möchte Euch etwas fragen.«

»Wie seht Ihr überhaupt aus? Ihr tragt Beinkleider wie ein Mann. Schert Euch davon!«

Das Gesicht des Mannes war rot angelaufen. Amanda

wusste, so würde sie nicht weiterkommen, und begann zu singen. Ihre sanfte Stimme tanzte durch die Luft, erfüllte sie mit einem zauberhaften Klang, der nicht aus dieser Welt stammte. Die Augen des Mannes nahmen einen verklärten Ausdruck an.

»Steig ab«, befahl ihm Amanda.

Der Kutscher band die Zügel fest und sprang auf den trockenen Boden herab.

»Alle in der Kutsche aussteigen«, sagte Amanda. Ihre Stimme hatte einen eindringlichen Ton angenommen. Aus der Kutsche drangen Geräusche, dann stiegen nacheinander drei Personen aus. Ein älterer Herr, eine etwa zwanzigjährige Frau und ein Priester in schwarzer Soutane. Wortlos stellten sie sich neben den Kutscher. Auf ihren Gesichtern lag ein verzückter Ausdruck, und alle lächelten.

»Wo sind wir hier?«, fragte Amanda den Kutscher.

»Bei Abourvielle.«

»Wo liegt das?«

»Dreißig Kilometer vor Paris.«

Amanda stieß die angehaltene Luft aus. Daher waren ihr die Reitersoldaten bekannt vorgekommen. Sie hatte lange Zeit in Paris gelebt. Eine vage Ahnung machte sich in ihr breit, aber noch konnte sie es nicht greifen.

»Welcher Tag ist heute?«

»Der dreizehnte Juli siebzehnhundertneunundachtzig.«

»Ihr bleibt hier und rührt euch nicht.«

Dann ging Amanda zu den anderen hinüber, die sich zögerlich aus dem hohen Gras erhoben.

»Leute, ich weiß, wo wir sind und welches Datum wir haben. Es ist der dreizehnte Juli siebzehnhundertneunundachtzig. Wir sind kurz vor Paris.«

»Mist!«, stöhnte Wilbur. »Das kann doch nicht wahr sein! Was zur Hölle sollen wir hier?«

»Ich weiß jetzt auch, woher ich die Uniformen der Reitersoldaten kenne«, fuhr Amanda fort. »Die Standarte mit der goldenen Sonne auf blauem Grund und die Uniformen deuten darauf hin, dass es sich um das *Régiment Royal-Allemand cavalerie*, ein Kavallerieregiment in der königlich französischen Armee handelt. In diesem Regiment dienen Soldaten deutscher Nationalität. Es ist eines der sogenannten Fremdenregimenter – *régiment étrangere* des französischen Königs, es wurde erst ein Jahr vor der Revolution nach Paris verlegt. Ich hatte mal was mit einem jungen deutschen Offizier aus dieser Garde. Daher kenne ich ihre Uniformen und Standarten.«

»Du hattest eine Affäre?«

»Ja, so etwas Ähnliches. Wir haben uns eine Zeit lang getroffen. Kurz vor Ausbruch der Französischen Revolution hat er mich gewarnt, dass Schlimmes geschehen wird, und mir geraten, das Land zu verlassen. Seine Einheit hatte den Befehl vom König persönlich bekommen, sich für einen Einsatz innerhalb der Stadt vorzubereiten. Ich bin damals nach England gegangen, der Rest ist Geschichte.«

»Ich glaube, ich weiß, warum Damon nicht bei uns ist«, sagte Malcom plötzlich. Alle starrten ihn an.

»Damon hat uns erzählt, dass er am vierzehnten Juli siebzehnhundertneunundachtzig in Paris von einem Mann namens Louis Fortane in einem magischen Ritual beschworen wurde und so Zugang zu unserer Welt bekam, erinnert ihr euch? Die Sache ist ganz einfach …« Malcom hatte ihre volle Aufmerksamkeit. »Wir haben heute den dreizehnten Juli. Damon befindet sich an diesem Datum noch im Reich der

Dämonen, er muss erst noch beschworen werden, um in die Welt der Menschen zu kommen.«

»Ich kriege das nicht auf die Reihe«, sagte Wilbur. Er wandte sich an die anderen. »Versteht ihr, was er uns erklären will?«

»Denkt doch mal nach«, fuhr Malcom fort. »Wir sind im Jahr zweitausendzwanzig durch das Energiefeld gegangen, aber anstatt in eine fremde Welt oder eine andere Dimension sind wir durch die Zeit gereist.« Er schaute sie an. »Um was zu tun?«

Es war Jenny, die die Antwort gab. »Wir mussten Nianch-Hathor vor den Silbergöttern retten, damit sie Amandas Mutter werden konnte, denn sonst wäre Amanda niemals geboren worden …«

»… und hätte nicht durch die Zeit reisen können, um ihre Mutter zu retten.« Malcom wirkte aufgeregt. »Es ist ein Kreis. Alles ist ein Kreis, ohne Ende und Anfang.«

»Was meinst du jetzt schon wieder?«, fragte Wilbur.

»Die Zeit. Sie beginnt nicht in ferner Vergangenheit und strebt einer unbekannten Zukunft zu, wie wir das stets geglaubt haben. Das ›Rad der Zeit‹ wird es in vielen Kulturen genannt. Alles kommt wieder zu seinem Ursprung zurück.«

»Ich kapier's einfach nicht«, stöhnte Wilbur.

»Stopp! Lassen wir das mal so stehen«, ging Amanda dazwischen. »Was willst du eigentlich sagen?«

»Wir mussten dafür sorgen, dass Nianch-Hathor gerettet wurde. Nun müssen wir es schaffen, Damon in diese Welt zu holen, damit er seine Aufgabe, seinen Anteil in diesem gigantischen Spiel erfüllen kann. Ohne ihn wären wir im alten Ägypten verloren gewesen, daher ist es unabdingbar, ihn aus der Dämonenwelt herbeizubeschwören.«

Amanda stieß ein Seufzen aus. »Wie soll das gehen? Keiner von uns hat die Fähigkeiten oder das Wissen dazu.«

»Brauchen wir auch nicht, denn von Damon kennen wir den Namen des Mannes, der das Ritual vollzogen hat. Louis Fortane. Ihn müssen wir finden.«

»Du sagst also, es ist unsere Aufgabe, Fortane aufzuspüren, damit wir dabei sind, wenn er Damon beschwört.«

»Ich glaube, es ist ein wenig komplizierter. Vielleicht hatte Fortane gar nicht vor, ein derartiges Ritual zu vollziehen, und jemand hat ihn dazu gebracht, es zu tun.«

»Wir?«, fragte Jenny.

»Richtig«, sagte Malcom.

»Da könnte was dran sein«, sagte Amanda. »Warum sollten wir im Jahr siebzehnhundertneunundachtzig in der Nähe von Paris gelandet sein, wenn wir hier keine Aufgabe zu erfüllen haben? Mal ehrlich, wer von uns hat vor dem Trip ins alte Ägypten an Zeitreise geglaubt und doch ist es geschehen. Das alles muss einen Sinn haben. Wir gehen nach Paris.«

Auf einmal fühlte sich Amanda hoffnungsvoller denn je. Malcom musste mit seiner Theorie einfach richtigliegen. Sie hatten eine Spur, jetzt brauchten sie nur noch einen Plan!

»So einfach ist das also«, warf Wilbur ein. »Hast du schon mal darüber nachgedacht, wie Jenny und ich aussehen? Und außerdem passen unsere Klamotten nicht in diese Zeit. So kommen wir niemals unbemerkt in die Stadt hinein.«

Amanda lächelte ihn an. »Dieses Problem lösen wir gleich. Kommt mit.«

Gemeinsam gingen sie zur Kutsche hinüber, wo die Reisenden und der Kutscher noch immer stumpfsinnig vor sich hin glotzten.

»Ausziehen«, befahl Amanda.

Unverzüglich begannen die vier, sich zu entkleiden. Als sie nackt vor ihnen standen, gab ihnen Amanda die Anordnung, ein Stück in die Wiese hineinzugehen und zu schlafen. Auch dieser Aufforderung kamen die Franzosen sofort nach.

Amanda wandte sich an die anderen. »Wir haben Glück. Keiner von diesen Leuten ist besonders groß oder klein, dick oder dünn. Die Sachen sollten uns einigermaßen passen.« Sie blickte Malcom an. »Du ziehst die Klamotten des Kutschers an.«

»Was? Bist du verrückt? Ich habe keine Ahnung von Pferden oder wie man eine Kutsche lenkt.«

»Okay, dann mache ich das«, stöhnte Amanda. »Ich habe schon ganz andere Gefährte gelenkt. Dann nimm die des alten Mannes. Jenny bekommt die Kleidung der jungen Frau, so kann sie die Metallseite ihres Gesichts durch ein Kopftuch verbergen.«

»Und ich werde Priester. Na ja, die Kutte verdeckt meine Tätowierungen, aber im Gesicht …«

»Ich bin mir sicher, dass die Frau Puder bei sich hat. Sie war stark geschminkt. Ich glaube, sie ist die Konkubine des Alten.«

»Konkubine?«, fragte Jenny nach.

»Geliebte.«

»Okay, dann ist ja alles klar«, sagte Wilbur. »Was passiert mit ihnen?« Er nickte in die Richtung, in der die Reisenden verschwunden waren.

»Sie werden für Stunden schlafen. Es ist ein warmer Tag, nicht zu heiß, das Nickerchen wird ihnen guttun.«

»Nackt?«

»In dieser Zeit sind Überfälle nicht ungewöhnlich, und oftmals wird den Reisenden alles abgenommen. Es wird schon jemand vorbeikommen und ihnen helfen.«

Etwas später hatten sich alle umgezogen, ihre eigenen Sachen warfen sie in die Kutsche. Dann begann Amanda, Wilburs Gesichtstätowierungen abzuschminken. Als sie fertig war, schimmerte die blauschwarze Farbe noch leicht durch, aber mit etwas Abstand oder bei schlechten Lichtverhältnissen war davon nichts zu sehen.

»Hier gibt's leider keinen Spiegel«, sagte Amanda. »Aber glaub mir, das Ergebnis kann sich sehen lassen. Du bist ein hübscher Bursche ohne all das Zeug in deinem Gesicht.«

»Sag ich doch«, grinste Wilbur.

Malcom hatte inzwischen das Gepäck durchsucht und eine Geldbörse gefunden. Auf dem Sattelbock lag der kleine Vorratsbeutel des Kutschers. Frisches Brot, Käse und Wein. Alle griffen begierig zu. Als sie ihren Hunger gestillt hatten, sagte Amanda: »Lasst uns losziehen. Paris wartet auf uns.«

Jenny war sich da nicht so sicher. Die Erinnerungen an den Kampf gegen die Silbergötter – ihr Volk – standen ihr noch immer lebhaft vor Augen. Zwar hatten sie die meisten von ihnen erwischt, trotzdem war sie davon überzeugt, dass das nicht ihre letzte Begegnung gewesen sein würde. Sie wusste nicht, ob in Paris oder wo auch immer es sie hinverschlagen würde, aber das unbestimmte Gefühl blieb.

Sie, Wilbur und Malcom nahmen in der Kutsche Platz, während Amanda auf den Kutschbock stieg. Kurz darauf knallte die Peitsche und die Fahrt ins Ungewisse ging los.

24

Sie erreichten Paris nach einstündiger Kutschfahrt am frühen Nachmittag. Amanda riss überrascht die Augen auf, als sie sah, wie viele Menschen auf den Straßen waren. Wut lag in der Luft. Und Zorn.

»*Allons enfants de la patrie!*«, wurde von der Menge gerufen. »Vorwärts Kinder des Vaterlands!«

Andere riefen: »Freiheit, Gleichheit, Brüderlichkeit.«

Es waren Tausende, die durch die Straße zogen und die Fäuste in die Luft reckten, während Amanda die Kutsche vorsichtig durch die Straßen steuerte und mehrfach in schmale Gassen ausweichen musste, da Menschenzüge aus verschiedenen Richtungen auf die Plätze mündeten.

Viele der Frauen, Männer und Kinder trugen das Blatt eines Kastanienbaums an der Kopfbedeckung oder an der Jacke. Ein Zeichen des Widerstands des Volkes gegen die Herrschaft Ludwig XVI.

Amanda erinnerte sich jetzt wieder an die Zeit vor ihrer Abreise aus Paris. Die Lebensmittelpreise waren durch die Prunksucht des Adels und der unermesslichen Verschwendung in Versailles, wo der König gottgleich herrschte, derartig gestiegen, dass sich ein normaler Arbeiter nicht einmal mehr einen Laib Brot leisten konnte.

Der junge deutsche Offizier, mit dem sie damals liiert gewesen war, hatte ihr verraten, dass der König befohlen hatte, jeden Aufruhr im Keim zu ersticken und notfalls mit Gewalt gegen das einfache Volk vorzugehen.

Amanda wurde aus ihren Gedanken gerissen, als eine Pistole in unmittelbarer Nähe abgefeuert wurde, sodass die

Pferde scheuten. Jemand hatte in die Luft geschossen und rief nun laut: »Sie haben Necker entlassen!«

Amanda wusste, dass damit der beim Volk beliebte Finanzminister gemeint war, von dem die Pariser Bürger glaubten, er sei der Einzige, der noch alles in Ordnung bringen konnte. Nun war diese Hoffnung zerstört worden, und der Zorn der Menschen kannte keine Grenzen mehr.

Von irgendwoher erklang Hufgetrappel, Schreie, weitere Schüsse folgten. Die ersten Kämpfe schienen ausgebrochen zu sein.

»Was ist da draußen los?«, rief Malcom von innen.

»Die Revolution beginnt.«

»Wohin fährst du?«, brüllte Malcom gegen den Lärm an.

»Ich habe ein kleines Haus, aber da kommen wir mit der Kutsche nicht hin. Es sind zu viele Menschen auf der Straße, und ich glaube, es wird bereits gekämpft.« Amanda schwang sich vom Kutschbock und sprang auf das Kopfsteinpflaster. »Steigt aus. Wir müssen uns zu Fuß durchschlagen.«

Als die anderen vor ihr standen, stieß sie die angehaltene Luft aus.

»Das wird jetzt nicht einfach. Wir müssen sehr vorsichtig sein. Die Menschen hier sind erzürnt, und ihre Wut richtet sich gegen alles, was nicht bürgerlich ist oder nach Arbeiter und Handwerker aussieht. Wilbur und Jenny sehen so fremdartig aus, dass sie denken werden, es handele sich um Teufelskunst und die beiden wären Dämonen, die Ludwig XVI. gegen das eigene Volk beschworen hat. In der Rue Saint Antoine steht mein Haus. Dort sind wir vorerst in Sicherheit. Wir werden die Entwicklungen des Tages abwarten und versuchen, nachts herauszufinden, wo sich Louis Fortane aufhält. Ich weiß, wo wir hingehen müssen, um nach ihm zu forschen, ins Palais Royal, dort trifft sich alles, was Rang und Namen hat, hauptsächlich aber Advokaten, Philosophen, Schriftsteller und Studenten. Ich werde versuchen herauszufinden, ob jemand diesen Fortane kennt und wo er wohnt.« Sie blickte in die Runde. »Wer von euch spricht Französisch?«

Jenny hob schüchtern die Hand. »Ich weiß nicht, woher und warum, aber ich spreche die Sprache. Als wir vorhin durch die Straßen gefahren sind, habe ich jedes Wort verstanden, das die Leute gerufen haben.«

»*Vous êtes toujours bon pour les surprises*«, sagte Amanda. *Du bist immer wieder für Überraschungen gut.*

»*Je ne me comprends pas et honnêtement, je ne sais pas pourquoi je parle français*«, antwortete Jenny fließend.

»Tja, aber das hilft uns nicht weiter, denn mit dir kann ich nicht ins Palais Royal. Was ist mit dir, Malcom?«

»Meine Mutter war Schweizerin. Sie hat als Kind oft mit mir in Französisch gesprochen. Ich verstehe die Sprache gut, aber als Franzose gehe ich wahrscheinlich nicht durch.«

»Musst du auch nicht. Wir werden sagen, du bist aus den Vereinigten Staaten von Amerika nach Frankreich gekommen, um die Pariser in ihrem Kampf gegen die Unterdrückung durch den Adel zu unterstützen.«

»Ist das nicht gefährlich? Was, wenn mich Spitzel denunzieren und Soldaten verhaften?«

»Das wird nicht geschehen. Im Palais Royal werden gefährliche Reden gegen den König und seine Alleinherrschaft geschwungen, da kümmert sich niemand um einen jungen Heißsporn aus den Staaten.«

Malcom seufzte auf. »Okay, machen wir es so.«

»Und wir?«

»Ihr bleibt im Haus, bis wir etwas herausgefunden haben.«

»Das gefällt mir nicht. Es ist gefährlich auf den Straßen, und ihr seid allein.«

»Wir haben keine Wahl«, sagte Amanda. »Und jetzt kommt. Die Situation hier draußen wird zusehends brenzliger.«

Wieder erklangen Rufe und Schreie. Menschen drängten in die schmale Gasse, quetschten sich an der Kutsche vorbei, die fast die ganze Straße blockierte.

»Was ist damit?«, fragte Jenny und deutete auf ihr Gefährt.

»Die Kutsche bleibt hier.«

»Und unsere alten Klamotten? Wenn die jemand findet, könnte er misstrauisch werden.«

»Wir nehmen sie mit und verbrennen sie in meinem Haus.«

»Und die Pferde? Sollen wir sie losmachen?«

»Nein, das wäre auffällig. Irgendjemand wird sich um sie kümmern, wir haben dafür keine Zeit. Los jetzt!«

Sie erreichten Amandas Haus auf mehreren Umwegen. Die verhassten Dragoner des Prinzen Lambescs hatten auf dem Platz Ludwig XV. die Demonstranten angegriffen. Die Menschen waren in die umliegenden Straßen und Gassen geflüchtet.

Als Amanda den Hausschlüssel aus seinem Versteck hinter einem losen Mauerstein zog und die Tür aufschloss, atmeten alle erleichtert auf. Obwohl sie für Jahrhunderte nicht mehr hier gewesen war, erkannte sie doch alles wieder, und ein zaghaftes Gefühl von Geborgenheit ergriff sie.

Drinnen war es duster und stickig, aber Amanda wagte es nicht, die Fensterläden zu öffnen. Sie entzündete mehrere Kerzen und kam mit einem Wasserkrug aus dem rückwärts gelegenen Innenhof zurück.

»Es ist nichts zu essen im Haus«, erklärte sie. »Als ich Paris verlassen habe, wusste ich, dass ich nicht zurückkehren werde. Dieses Kapitel meines Lebens war abgeschlossen.«

»Die Sache mit der Zeit ist schon ein Wahnsinn«, meinte Malcom. »Du hast in diesem Zeitalter erst vor Kurzem der Stadt den Rücken gekehrt, aber gleichzeitig ist es für dich auch über zweihundert Jahre her.«

Darauf sagte niemand etwas. Alle hingen stumm ihren Gedanken nach.

Nach einer Weile war es Jenny, die die Unterhaltung wieder aufnahm.

»Wann wollt ihr losziehen?«

»Es ist Juli«, sagte Amanda. »Die Sonne geht spät unter. Ich will warten, bis es dunkel ist. Du und ich, wir müssen die Kleidung tauschen. Auf dem Kutschbock oder in den Straßen ist niemandem aufgefallen, dass ich Männersachen trage, aber im Palais Royal würde ich herausstechen wie ein bunter Hund. Malcom und ich sehen ansonsten normal aus, aber er ist ein bisschen jung für den Gehrock und die Weste, die er trägt. Hoffen wir, dass es niemanden stört. Wir sollten vermeiden aufzufallen, und sei es auch bloß dadurch, dass wir die falschen Klamotten tragen.«

»Wenn wir Fortane finden, wie geht es dann weiter?«, fragte Wilbur.

»Wir wissen nichts über ihn«, stellte Amanda fest. »Ist er ein Forscher, Wissenschaftler, Alchemist oder ein Scharlatan? In jedem Fall scheint er über paranormales Wissen zu verfügen und zumindest theoretisch in der Lage zu sein, einen Dämonen zu beschwören, sonst hätte Damon nicht in diese Welt kommen können. Ich denke, wir werden improvisieren müssen.«

»Und wenn er nicht mitmachen will?«

»Dann singe ich … so, wie ich das auch mit den Reisenden getan habe. Bei Fortane ist es aber wichtig, dass er nicht zum hirnlosen Zombie mutiert, sondern noch weiß, was zu tun ist.«

»Kannst du das steuern?«, fragte Jenny.

»Ich darf meinen Einfluss auf ihn nicht zu stark werden lassen, dann sollte es gehen.«

»Hast du das eigentlich schon oft gemacht?«, wollte Malcom wissen. »Leute deinem Willen unterworfen?«

Amanda grinste ihn an. »Ständig. Wenn ich etwas haben möchte, hole ich es mir.«

»Und du findest das okay?«, hakte Malcom nach.

Amanda zuckte mit den Schultern. In ihr tobten widerstreitende Gefühle. Sie hatte Angst vor dem, was vor ihr lag, gleichzeitig war da der verzweifelte Wunsch, Damon wieder in ihre Arme zu schließen. Dafür würde sie alles tun, alles riskieren, und dafür war ihr jedes Mittel recht.

»Lassen wir das«, mischte sich Wilbur ein. »Wie lange werdet ihr weg sein?«

»Keine Ahnung, aber wir versuchen, vor dem Morgengrauen zurück zu sein.«

Als sich die Dunkelheit über die Stadt legte, kehrte etwas Ruhe ein, dennoch schwebte die aufgeladene Atmosphäre wie eine schwarze Wolke über der Stadt. Noch immer waren unzählige Menschen in den Straßen und Gassen unterwegs, denen Amanda und Malcom begegneten, als sie sich auf den Weg zum Palais Royal machten.

Viele von ihnen waren verwundet, verschmutzt. Es roch nach Blut und Rauch. Aus den aufgefangenen Erzählungen der Menschen erfuhr Amanda, dass es zu heftigen Kämpfen mit den Dragonern gekommen war, die einer Vielzahl von Demonstranten das Leben gekostet hatten.

Amanda hörte davon, dass auch in den Cafés des Palais Royal gekämpft worden war, wo sich Bürger auf der Flucht verschanzt und die Reiter mit Stühlen, Gläsern, Karaffen und Flaschen beworfen hatten.

Amanda blieb stehen. »Ich glaube, es macht keinen Sinn mehr, zum Palais Royal zu gehen.« Sie berichtete Malcom, was sie aufgeschnappt hatte.

»Und was machen wir jetzt?«, fragte er.

»Am Place de l'École gibt es ein kleines Café, in dem sich früher zahlreiche bekannte Denker der Stadt getroffen haben. Dort ist es nicht so teuer wie im Palais Royal und gemütlicher. Wir sollten es da versuchen, aber wir müssen sehr vorsichtig sein, nachts sind die Wölfe in der Stadt unterwegs.«

»Wölfe? Willst du mich veräppeln? In einer Stadt wie Paris?«

»Keine Tiere.« Amanda verdrehte die Augen, konnte sich jedoch ein Grinsen nicht verkneifen. »Die ›Wölfe‹ sind Diebe, Mörder und Räuber, die nachts die Straßen unsicher machen und jeden überfallen, der ihnen über den Weg läuft. Sie nehmen den Opfern alles Wertvolle ab und werfen die Leichen in die Seine.«

»Gibt es keine Polizei oder Stadtwache, die das verhindert?«

»Die sind machtlos. Sobald es dunkel ist, gehören die Straßen den Banden, und wir tun gut daran, dunkle Gassen, aber vor allem die Quais zu meiden. Dort ist niemand mehr sicher.«

»Wahnsinn, hier muss man ja vor jedem Angst haben«, meinte Malcom mit einem leichten Zittern in der Stimme.

»Es sind schwierige Zeiten und die Menschen verzweifelt. Auch die Wölfe waren einmal Arbeiter und Bauern, bis sie nicht mehr für ihren Lebensunterhalt aufkommen konnten. Nun nehmen sie sich, was sie auf normalem Weg nicht mehr bekommen.«

Um sie herum strömten Menschen vorbei, aber niemand beachtete die beiden, und das war das Beste, was ihnen passieren konnte.

»Lass uns weitergehen«, sagte Amanda. »Es ist nicht mehr weit.«

Als sie das Café Parnasse erreichten, drängte sich eine große Menschenmenge davor. Offensichtlich war die Straße zum spontanen Versammlungsort geworden. Amanda wusste nicht recht, wie sie es einzuordnen hatte. Einerseits boten die vielen Menschen Schutz vor den Wölfen und den patrouillierenden Soldaten, andererseits konnte jederzeit jemand auf sie aufmerksam werden.

Ein Mann neben ihr rief: »Freunde, die königliche Leibwache meutert. Die Soldaten weigern sich, auf Franzosen zu schießen.«

Lauter Jubel war die Antwort auf diese Nachricht. Die Menschen warfen ihre Hüte in die Luft, umarmten sich und klopften einander auf die Schulter.

»Der Wendepunkt in der Geschichte«, raunte Amanda

leise Malcom zu. Der nickte bloß. »Lass uns reingehen. Vielleicht treffe ich jemanden, den ich kenne und den wir nach Fortane fragen können.«

Sie mussten sich durch einen Fluss aus Menschen bewegen, um den Eingang des Cafés zu erreichen. In der offenen Tür stand ein junger Mann, der sie freundlich hereinwinkte, als er Amanda entdeckte. Sie schenkte ihm ein Lächeln und zwängte sich an ihm vorbei.

»Bleib dicht bei mir«, sagte sie zu Malcom.

»Kennst du den Typen?«

»Nein.«

In der Mitte des überhitzten Raumes stand ein Mann auf einem Tisch und berichtete darüber, dass ein Teil der französischen Grenadiere sich geweigert hatte, auf die eigenen Landsleute zu schießen. Und dass es dadurch zum Streit zwischen den Soldaten der Leibwache und den Dragonern des Prinzen Lambesc gekommen war, in dessen Verlauf die Soldaten unter Arrest gestellt wurden und der Prinz ihre Kaserne umzingeln ließ. Aber als sie gehört hatten, dass in den Straßen ihre Landsleute starben, hatten sie die Tore aufgebrochen und sich den Dragonern entgegengestellt.

Bravorufe wurden ausgestoßen, viele lachten oder trommelten mit den Fäusten auf die Tische.

»Das ist Danton«, flüsterte Amanda und nickte in Richtung des Redners. »Ein bekannter Anwalt und Antreiber der Revolution. Ich bin ihm schon einmal begegnet, wenn einer etwas über die Dinge, die in der Stadt geschehen, Bescheid weiß, dann er. Vielleicht kennt er sogar Fortane.«

»Aber wie willst du an ihn rankommen? Die Leute haben ihn regelrecht umzingelt, und es sieht nicht so aus, als wolle er bald seine Rede beenden und vom Tisch herunterkommen.«

»Wart's ab.«

»… danach sind die Soldaten der Leibwache zum Platz Ludwig XV. geeilt und haben sich zwischen das Volk und die fremden Truppen gestellt«, fuhr Danton fort. »Die Offiziere befahlen ihren Rückzug, der verweigert wurde. Als man sie mit Waffengewalt dazu zwingen wollte, schossen die Soldaten ihre Flinten ab. Danach ergaben sich zuerst die Schweizer, dann die Deutschen.«

Amanda dachte an Wilhelm, den jungen Offizier. Sie hoffte, dass ihm nichts geschehen war und dass er sich nicht an dem Gemetzel gegen die französischen Bürger beteiligt hatte. Wilhelm von Eichhort war ein Freidenker und versteckter Philosoph gewesen, der die Menschen und die Natur liebte. Aber sein restriktiver Vater hatte ihn der Familientradition gemäß zur militärischen Ausbildung geschickt, und schließlich war er in einem Regiment gelandet, das nichts mit seiner Vorstellung von Moral zu tun hatte.

Wie oft hatte der junge Mann in ihren Armen gelegen und davon geträumt, in der Stadt zu bleiben und hier mit ihr zu leben.

Amanda hatte ihm niemals gesagt, dass das unmöglich war. Ihre Unsterblichkeit musste verborgen bleiben. Niemand durfte etwas davon mitbekommen. Sonst wäre sie wahrscheinlich als Hexe auf dem Scheiterhaufen gelandet. Die Inquisition war nach wie vor mächtig in diesem Land. Daher war sie immer nur flüchtige Beziehungen eingegangen, und sobald die Lage ernst wurde, in eine andere Stadt oder ein anderes Land gezogen. Aber Paris war anders. Die Menschen waren anders. Hier in dieser wundervollen Stadt konnte Amanda vergessen, dass sie einsam war, und ein fast normales Leben führen. Unter einer halben Million Menschen fiel es nicht auf, dass ihr Gesicht über all die Jahre hinweg jugendlich blieb, solange sie regelmäßig den Stadtteil wechselte, sich die Haare färbte und verschiedene Rollen annahm. Von gesellschaftlichen Anlässen hatte sie sich stets ferngehalten, und da sie ein einfaches, bescheidenes Leben führte, hatte man sie in Ruhe gelassen.

In den ärmeren Vierteln der Stadt war es gang und gäbe, dass fremde Gesichter auftauchten und wieder verschwanden. Niemand stellte Fragen dazu, jeder war mit seinem eigenen harten Schicksal beschäftigt, hatte Mäuler zu stopfen, und der alltägliche Kampf ums Überleben laugte ihre Leiber und Seelen aus.

Amanda behauptete immer, die Nichte eines schwer kranken Onkels zu sein, der das Bett nicht verlassen konnte und dem sie den Haushalt führte. So wunderte sich niemand über die junge Frau, die allein unterwegs war, wenn sie das Haus verließ.

Und dann eines Tages hatte sie Wilhelm getroffen. Mit seinen blauen Augen und den Haaren, die an ein reifes Weizenfeld erinnerten. Mit seinem jungenhaften Lächeln und seiner offenen Art. Sie hatte ihn in einem Café ähnlich dem Pernasse kennengelernt und sich sofort in ihn verliebt. Vielleicht waren es die Jahrhunderte der Einsamkeit, die sie dazu gebracht hatten, sein schüchternes Lächeln zu erwidern. Vielleicht war es aber auch so, dass ihnen beiden eine kurze Zeit vom Schicksal bestimmt war.

Wahrscheinlich war er in seiner Kaserne, nicht weit von hier. Jetzt in diesem Moment. Sie konnte das Café verlassen und zu ihm gehen.

Wenn da nicht Damon wäre …

Jemandem wie ihm war sie noch nie begegnet, und sie

spürte eine Verbundenheit, die über körperliche Anziehungskraft weit hinausging. Sie musste ihn in diese Welt holen, um herauszufinden, was das zwischen ihnen war.

Durch ihre Gedanken hatte Amanda verpasst, dass Danton seine Rede beendet hatte und nun vor ihr stand. Neben ihr zappelte Malcom unruhig herum, so als habe er plötzlich zu viele Gliedmaßen, die zu einem Eigenleben erwachten.

»*Bonne journée, Mademoiselle*«, begrüßte sie der Anwalt. »Schön, dass Ihr meinen Worten lauscht, an diesem glorreichen Tag der Revolution.«

»Ist es das?«, lächelte Amanda scheinbar amüsiert. »Eine Revolution?«

»Vielleicht noch nicht heute, aber morgen wird Paris erwachen und sich der Herrschaft Ludwig XVI. verweigern. Er wird das Volk an der Macht beteiligen oder abdanken müssen. Und dann wird es eine Revolution sein.«

»Ich hoffe sehr, dass es so kommt und weiteres Blutvergießen vermieden werden kann.«

»Dann seid Ihr über die Ereignisse auf dem Laufenden?«

»So gut es einer alleinstehenden jungen Dame möglich ist, die sich das Haus mit einem alten Mann teilt, der zwanzig Stunden am Tag ihre Aufmerksamkeit fordert.«

»Darf ich fragen, bei wem es sich um Euren jungen Begleiter handelt?«

»Oh, verzeiht bitte meine Unhöflichkeit, Monsieur Advocat.«

»Bitte nur Danton.«

Amanda deutete mit einer galanten Handbewegung auf Malcom. »Darf ich vorstellen, Malcom Floyd, ein glühender Verfechter der Demokratie in den neu gegründeten Vereinigten Staaten von Amerika. Sein Vater ist auf dem Kontinent eine Legende im Befreiungskampf gegen die britische Unterdrückung gewesen und wurde zum Mitunterzeichner der Unabhängigkeitserklärung.«

Danton verbeugte sich tief. »Eine große Ehre für Euren Herrn Vater, meinen Glückwunsch. Ihr müsst sehr stolz auf ihn sein.«

Malcom nickte höflich mit einem dämlichen Grinsen im Gesicht. Ganz offensichtlich hatte er lediglich die Hälfte verstanden.

»Er spricht nur wenig Französisch, verzeiht ihm«, erklärte Amanda.

Danton lächelte Malcom freundlich an. »Was treibt Euren Gefährten nach Frankreich? Will er sich unserem Kampf anschließen?«

»Er ist auf der Suche nach einem Freund aus Kindertagen, der eine Zeit lang mit seiner Familie bei ihm in Boston gelebt hat. Louis Fortane. Kennt Ihr ihn?«

Dantons Stirn runzelte sich. »Ein zwielichtiger Bursche. Ich habe ihn einmal im Palais Royal getroffen. Man munkelt über ihn, er würde sich mit schwarzer Magie beschäftigen, aber ich glaube nicht, dass er ein echter Hexer ist. Mir machte er mehr den Eindruck eines Scharlatans, der älteren Damen mit seinem Hokuspokus das Geld aus den Taschen zieht. Zudem heißt es, er habe dem Comte von Bercy beim Kartenspiel eine große Summe Geld abgenommen und dabei falsch gespielt.«

»Wisst Ihr, wo ich ihn finde?«

Danton verzog den Mund zu einem süffisanten Lächeln. »In der *Bastille*. Man hat ihn in den Kerker geworfen.«

25

»Was machen wir jetzt?«, fragte Malcom, als sie das Café verließen und in die Nacht hinausdrängten. Amanda lotste ihn in eine Seitenstraße, wo sie sich an die Mauer eines kleinen Hauses lehnte und den Kopf sinken ließ.

»Es ist alles verloren«, sagte sie.

Malcom blickte sie verständnislos an. »Warum sagst du das?«

Amanda so verzweifelt zu sehen, beunruhigte ihn, aber er war nicht bereit, sofort in Panik zu verfallen.

»In die Bastille … da kommen wir niemals rein.« Amanda blickte auf. »Unmöglich.«

»Ich kapiere es trotzdem nicht«, meinte Malcom. »Ich weiß nur, dass die Bastille ein Gefängnis in Paris ist, mehr aber auch nicht.«

»Das ist nicht nur ein Gefängnis, es ist *das* Gefängnis schlechthin. Ein monumentales Bauwerk mit acht Zinnentürmen, meterhohen dicken Steinmauern, einer Zugbrücke und einem Festungsgraben. Niemand kommt da rein oder raus. Wenn Fortane dort gefangen gehalten wird, ist er unerreichbar für uns.«

Malcom trat einen Schritt näher und legte Amanda, die nach vorn übergebeugt stand und die Hände auf den Knien abstützte, die Hand auf die Schulter. Zu seiner Überraschung ließ sie es zu.

»Wir werden einen Weg finden, ihn zu befreien«, sagte er ruhig.

Sie schaute ihn an. »Wieso glaubst du das?«

»Das Schicksal hat uns hierhergebracht, damit wir eine

Aufgabe erfüllen. Sie muss erfüllbar sein, denn sonst hätte alles nicht begonnen. Damon wurde beschworen und kam in unsere Welt, und wir waren der Auslöser dafür. Wir müssen nur noch einen Weg finden, es geschehen zu lassen.«

»Ja, und da liegt unser Problem.«

Malcom kratzte sich an der Stirn. »Du sagst, niemand kommt rein oder raus. Was ist mit dem Wachpersonal? Mit Verpflegung, neuen Gefangenen?«

»Das Wachpersonal besteht aus Kriegsveteranen und Soldaten, etwa einhundert Mann unter dem Befehl von Kommandant de Launay. Ich habe ihn einmal kennengelernt, ein unnachgiebiger, grausamer Mann, der sich oft im Palais Royal herumtrieb und damit prahlte, dass er den adligen Schriftsteller Marquis de Sade gefangen hält und mit ihm seine Späße treibt.«

»Oh, von dem habe ich schon mal etwas gehört. Warum hat man ihn eingesperrt? Hat er etwas verbrochen?«, wollte Malcom wissen.

»Nein, es hieß, seine eigene Familie habe ihn wegen seines wüsten Lebenswandels in die Bastille bringen lassen. Wahrscheinlich sitzt er dort noch immer in irgendeinem Loch.«

Plötzlich ratterte es in Malcoms Kopf, und eine Idee blitzte vor seinem inneren Auge auf. »Wäre das nicht auch eine Möglichkeit für uns, da reinzukommen? Wir geben uns als Familie von Fortane aus und möchten ihn besuchen?« So ganz abwegig wäre es nicht einmal – zumindest was Amanda und ihn anging.

»Bist du verrückt? Das ist hier nicht das einundzwanzigste Jahrhundert. Ohne die Erlaubnis des Königs geht da gar nichts. Noch dazu in diesen Zeiten, wo auf den Straßen

Aufruhr gegen die Obrigkeit herrscht. In der Festung lagern große Mengen an Waffen, Pulver und Blei. De Launay wird derzeit besonders misstrauisch sein und kein Risiko eingehen.«

»Wenn wir es schaffen würden, ihm gegenüberzutreten, dann könntest du ihn doch unter deinen Einfluss bringen, oder?«

»Ich denke schon.«

»Okay, wir müssen also eine Möglichkeit finden, dass er mit uns spricht. Wie könnten wir das hinbekommen?«

»Wir können da nicht einfach so auftauchen. Ich bin dem Kommandanten zwar schon begegnet, aber sicherlich erinnert er sich nicht an mich. Und außerdem, was will eine Frau in der Bastille? Das riecht doch geradezu nach einer Falle.«

»Und wenn ein neuer Gefangener überführt wird?«

»Ist nicht dein Ernst.«

»Doch, lass uns mal den Gedanken verfolgen. Was wäre, wenn wir uns Uniformen besorgen und einer von uns, zum Beispiel Wilbur oder ich, den Gefangenen mimen?«

»Das ist doch Quatsch. Woher willst du die Uniformen besorgen? Dann braucht es bestimmt einen schriftlichen Überführungsbefehl, den sich de Launay zeigen lässt, bevor er das Tor öffnet. Das klappt niemals. De Launay ist nicht Kommandant geworden, weil er blöd ist.«

»Jetzt reg dich doch nicht auf. Ich versuche nur, eine Lösung zu finden.«

Beide schwiegen lange. Eine Ratte fiepte in der Nähe. Amanda zuckte zusammen, dann lächelte sie plötzlich. »Ich weiß, wie wir es machen, aber es wird nicht einfach, und gefährlich ist es auch.«

»Sag jetzt nicht, du willst durch irgendwelche Abwasserkanäle kriechen oder längst vergessene Tunnel aufspüren.«

»Nein, ganz und gar nicht, aber wir müssen ein paar Vorbereitungen treffen. Wir brauchen eine ganze Menge Sachen, die schwierig aufzutreiben sind.«

»Was denn für Sachen? Was hast du vor?«

»Sage ich dir unterwegs. Wir haben keine Zeit zu verlieren. Hast du noch das Geld von dem Mann aus der Kutsche?«

Malcom klopfte auf seine Hosentasche.

»Her damit!«

Während sie durch die Gassen und Straßen schlichen, immer bemüht, nicht den Wölfen oder einer Patrouille in die Arme zu laufen, erklärte Amanda Malcom ihren Plan.

»Wahnsinn!«, meinte er, als sie fertig war. »Es könnte klappen.«

»Es *muss* klappen, eine andere Möglichkeit haben wir nicht.«

»Und wo gehen wir jetzt hin?«

»Zu Monsieur Framballe, einem Arzt. Er hat etwas, das wir brauchen.«

»Was ist das eigentlich für ein Geräusch in der Stadt, das da dauernd zu hören ist?«, fragte Malcom. »Klingt wie Metall auf Metall.«

»Ich denke, das sind die Schmieden der Stadt, die auf Hochtouren laufen und Waffen herstellen. Entweder tun sie das, um die Revolutionäre zu unterstützen, oder Ludwig XVI. rüstet auf.«

»Die Situation wird ernst, oder?«

»Mehr als das. Morgen wird die Bastille belagert und viele Menschen werden den Tod finden.«

»Echt jetzt? Das wusste ich nicht. Warum hast du das nicht vorher gesagt?«

»Hätte es etwas geändert? Wir müssen da rein, also wäre es ratsam, rechtzeitig die Bastille zu erreichen und unseren Plan durchzuziehen, bevor die Aufständischen sich dort versammeln.«

»Ich habe echt die Hosen voll, wenn ich an den morgigen Tag denke«, sagte Malcom.

Amanda grinste ihn an. »Glaub mir, mir geht's nicht anders.« Dann blieb sie stehen. »Hier ist es.«

Wilbur und Jenny saßen schweigend am Küchentisch und sahen sich über eine flackernde Kerze hinweg an. Der Lichtschein zuckte über Jennys Metallseite und ließ die linke Gesichtshälfte aussehen, als stünde sie in Flammen.

Nachdem Malcom und Amanda aufgebrochen waren, gab es nur wenig zu sagen, und irgendwie vermieden sie alles, was mit Damon und der Suche nach ihm zu tun hatte.

»Hast du Hunger?«, fragte Wilbur.

»Ja.«

»Ich auch. Sie sind schon lange weg.«

»Machst du dir Sorgen?«

»Wenn sie die Informationen hätten, wo sich Fortane aufhält, wären sie längst wieder da. Ich denke, es ist schwieriger als gedacht, den Mann aufzuspüren. Paris ist eine große Stadt, und bei den Verhältnissen auf den Straßen müssen sie vorsichtig sein.«

»Amanda weiß, was sie tut. Außerdem ist Malcom dabei.«

»Er hat sich ganz schön gemacht«, meinte Wilbur lächelnd.

»Ja, das hat er. Etwas ist in Ägypten mit ihm geschehen. Er ist nicht mehr der tollpatschige Junge, den wir in Attu kennengelernt haben.«

»In letzter Zeit war er ziemlich schweigsam.«

»So wie du. Meinst du nicht, es ist an der Zeit, dass du mir von deinem Leben erzählst?«

»Das habe ich schon. Du weißt, was passiert ist.«

»Aber nicht, was es mit dir gemacht hat.«

»Was willst du hören? Schmerz, Einsamkeit und Trauer, ich denke, davon hast du selbst genug.«

»Darum ist es umso wichtiger, es miteinander zu teilen«, sagte Jenny. Sie streckte ihre Hand über den Tisch aus. Wilbur zögerte kurz, bevor er sie nahm und festhielt.

»Es ist schwer.«

»Ich weiß.«

Leise begann er zu erzählen. Als er endete, standen Tränen in Jennys rechtem Auge.

»So viel Schmerz und Leid«, flüsterte sie.

Wilbur wusste nicht, was er darauf antworten sollte. Sein Daumen strich über ihren Handrücken. Jenny wischte die Tränen weg und lächelte ihn zaghaft an.

»Danke, dass du es mir gesagt hast.«

»Jenny?«

»Ja?«

»Was ist mit dir …?« Er zögerte. »Möchtest du mit mir darüber reden, was in Ägypten vorgefallen ist?«

»Es wäre nur fair. Ja, ich will darüber sprechen.« Sie räusperte sich. Es war offensichtlich, dass es ihr schwerfiel, die Erinnerungen erneut wachzurütteln. »Als ich das erste Mal von den Silbergöttern hörte, war ich vollkommen aufgeregt. Niemand konnte mir bis dahin sagen, wer ich bin, woher ich komme und wer mir das angetan hat, aber da waren plötzlich Menschen wie ich, die aussahen wie ich und die ebenfalls verändert worden waren. Endlich würde ich Antworten auf meine Fragen bekommen.« Sie schluckte. »Aber es kam anders. Diese Menschen sind nicht wie ich, das weiß ich nun. Sie töten ohne Rücksicht, ohne Gnade, und wenn ich früher wie sie war, ist es vielleicht ein Glück, wenn ich davon nichts mehr weiß.«

»Ich glaube nicht, dass du jemals so warst. Es ist nicht in dir, ich kann es spüren«, sagte Wilbur.

»Danke.«

Er sah sie an. »Wenn das alles vorüber ist, wenn wir überleben, denkst du, wir haben eine Chance, uns besser kennenzulernen?«

»Ich …«

»Ich will dich so, wie du bist, Jenny. Mir machen deine Veränderungen nichts aus, ich sehe nur ein Mädchen, mit dem ich Zeit verbringen möchte.«

Jenny löste ihre Hand aus seiner und strich mit einem Finger über seine Wange.

»Ja, und dafür musst du sie nicht einmal anhalten«, lächelte sie.

Das Haus wirkte baufällig und beinahe unbewohnt, wäre da nicht Lichtschein hinter den trüben kleinen Fenstern zu sehen gewesen. Flackernde Kerzen, die warmes Licht auf die Gasse warfen. Aus dem Mauerwerk wuchsen Pflanzen, die Tür hing verzogen in den Angeln. Amanda klopfte dreimal dagegen.

Eine Weile geschah nichts, dann näherten sich schlurfende Schritte. Die Tür wurde einen Spalt weit geöffnet und ein hageres Gesicht schob sich heraus. Zusammengekniffene Augen musterten sie misstrauisch.

»Wer seid ihr? Und was wollt ihr zu so später Stunde?«, krächzte die Stimme des alten Mannes. Er war einen Kopf kleiner als Malcom, ausgemergelt, mit eingefallenen Wangen und einem fusseligen Spitzbart am Kinn. Das Leben hatte den Arzt gebeugt, an dessen dürren Körper der abgeschabte schwarze Anzug schlotterte. Arthritische Hände fuchtelten in der Luft herum, so als wollten sie Fliegen verscheuchen.

»Ich bin es, Monsieur Framballe.«

Der Mann reckte den Hals vor. »Madmoiselle Rebaue? Was treibt Euch hierher? Wisst Ihr nicht, dass die Nacht den Wölfen gehört?«

»Es ist dringend. Ich brauche Eure Hilfe.«

»Dann kommt herein.«

Malcom betrat hinter den beiden den engen Wohnraum, der vollgestopft mit Büchern in hohen Regalen war. Medizinische Geräte verstaubten in einer erstarrten Versuchsanordnung auf dem massiven Schreibtisch, dessen Oberfläche vollkommen verkratzt war.

Die Luft hier drin war atemberaubend schlecht, und Malcom musste würgen, als er die auf unzähligen Tellern eingetrockneten Essensreste bemerkte, die überall herumstanden.

Framballe trottete zu einem abgewetzten braunen Ledersessel und ließ sich mit einem Ächzen hineinfallen. Seine kleinen wasserblauen Augen richteten sich auf Amanda.

»Was wollt Ihr?«

»Informationen und anderes«, erwiderte Amanda. Sie nickte Malcom zu, der den Geldbeutel des Reisenden hervorzog und die Münzen darin klimpern ließ. »Wir werden Euch für Eure Hilfe fürstlich entlohnen.«

»Dann habt Ihr Schlimmes vor«, quäkte der Alte meckernd.

»Nicht unbedingt.«

»Seid Ihr gegen den König? Man hört, es rumort in der Stadt.«

»Das geht mich nichts an, damit habe ich nichts zu schaffen.«

»Ihr macht mich neugierig.«

»Monsieur, ich muss in die Bastille hinein.«

»Was?« Der Alte schluckte heftig. »In diesen Zeiten?«

»Es ist wichtig.«

»Und Ihr denkt, ich könnte Euch helfen?«

»Als Arzt wart Ihr mehrfach in der Festung, um Kranke zu behandeln. Ihr habt mir selbst davon erzählt. Wie ging das vonstatten?«

»Ich wurde gerufen oder bekam vom Hof den Befehl dazu.«

»Wie habt Ihr Euch ausgewiesen?«

»Gar nicht, der Kommandant kennt mich, aber ich musste jedes Mal eine schriftliche Anordnung des Königs vorlegen, die selbstverständlich ein Schreiber für ihn verfasst hatte.«

»Habt Ihr noch eine diese Anordnungen?«

»Was?«

»Ich frage …«

»Nein, nein, nein. Der Kommandant hat selbstverständlich jedes Mal das Dokument in Verwahrung genommen.«

Malcom sah, wie Amandas Schultern herabsackten.

»Seid Ihr sicher?«, fragte Malcom in einem Französisch, das selbst in seinen Ohren verheerend klang.

»Wer seid Ihr überhaupt?«, wollte der Alte wissen.

»Mein Begleiter, mein Schutz auf den Straßen«, erklärte Amanda schnell, bevor er etwas erwidern konnte.

»Dann habt Ihr eine schlechte Wahl getroffen, dieser junge Bursche sieht so aus, als müsse er selbst beschützt werden.« Der Arzt lachte gurgelnd, verschluckte sich und begann heftig zu husten. *»Merde!«*, krächzte er. »Gebt mir den Spitzwegerichsaft dort auf dem Tisch.« Seine rechte Hand hob sich und zitterte in die entsprechende Richtung. Malcom ging hinüber und kam mit einer kleinen Phiole wieder zurück, in der eine trübe Flüssigkeit hin- und herschwappte.

Der Alte riss den Korken heraus und ließ die Hälfte des Inhalts in seine Kehle rinnen. Dann richtete er seine geröteten Augen wieder auf Amanda.

»Mir ist etwas eingefallen. Schaut, dort drüben. Im Regal, auf dem ersten Band der medizinischen Abhandlung von Richard Carvalle, da müsste ein Pergament liegen.«

Amanda holte das Schriftstück und überreichte es dem Alten, der das brüchige Papier entrollte.

»Aah, das ist es, was Ihr sucht. Ein Befehl des Königs vom einundzwanzigsten Februar siebzehnhundertsechsundsiebzig zur Generaluntersuchung aller Gefangenen in der Bastille, unterschrieben vom Gesundheitsminister. Wurde damals in Auftrag gegeben, aber nie abgeholt. So etwas braucht Ihr, wenn ihr in die Festung wollt, aber natürlich mit aktuellem Datum. Und vergesst nicht, Ihr seid keine Ärzte.«

»Kann ich das haben?«, fragte Amanda.

»Einhundert Sous«, zischte der Alte.

»Ich gebe Euch zweihundert, wenn Ihr mir Eure Schnabelmaske, den schwarzen Mantel, die Handschuhe und den Stock überlasst, die Ihr mir einmal gezeigt habt.«

»Das sind die Sachen meines Großvaters.«

»Dreihundert!«

»Was wollt Ihr damit? Die Pest war seit einhundert Jahren nicht mehr in Paris.«

»Lasst das meine Sorge sein. Dreihundert Sous, ja oder nein?«

»Verdammt, nehmt das alte Zeug. Ich kann damit nichts mehr anfangen, und wahrscheinlich haben es die Motten bereits so weit zerfressen, dass es beim ersten Anziehen auseinanderfällt.«

»Noch eine Frage.«

»Was wollt Ihr denn noch?«

»Wohnt in Eurer Straße nach wie vor der alte Mattis Bremer?«

»Ihr meint den Schreiber?«

»Ja.«

»Er ist letztes Jahr von uns gegangen.«

»Verdammt!«, knurrte Amanda.

»Aber sein Sohn Richard führt das Handwerk fort.«

Malcom beobachtete, wie ein Lächeln über Amandas Gesicht glitt.

Als sie das Haus des Arztes verließen, schlugen die Glocken der nahe gelegenen Kirche Mitternacht.

»Mist, es ist schon spät«, sagte Amanda. »Uns bleibt nicht mehr viel Zeit.«

»Was hast du denn jetzt vor?«, fragte Malcom und warf sich den Sack mit der Kleidung des Arztes über die Schulter. Den Stock nahm er in die Hand.

»Wir lassen uns von dem jungen Monsieur Bremer einen neuen königlichen Befehl erstellen. Er ist ein professioneller

Schreiber, der für Geld alles schreibt. Rechnungen, Liebesbriefe, Danksagungen.«

»Wir sprechen hier aber nicht von Liebesbriefen oder Rechnungen. Du willst, dass er eine offizielle Anordnung fälscht. Das könnte ihn den Kopf kosten.«

»Die Zeiten sind hart und Brot teuer. Glaub mir, Malcom, der Mann hat sicherlich schon lange keinen Brief mehr verfasst und wird dankbar für jeden Sous sein, den wir ihm geben.«

»Oh Mann, ich fühle mich dabei nicht wohl. Was wenn er uns verrät, nachdem wir gegangen sind?«

»Malcom, hör auf! Wir haben keine Wahl. Morgen ist der entscheidende Tag, und wir müssen in die Bastille, um Damon herbeizurufen. Wenn du eine bessere Idee hast, dann raus damit. Aber ich werde Damon nicht einfach so aufgeben!«

Malcom schwieg betreten. Er selbst hatte zu Amanda gesagt, dass sich ein Weg auftun werde, und nun, nachdem sie einen gefunden hatte, beschäftigte er sich mehr mit seinen Ängsten, als sie zu unterstützen.

»Okay, ich sage nichts mehr. Wir machen es so, wie du vorschlägst.«

»Danke.« Es klang höhnisch.

Inzwischen hatten sie das Haus des Schreibers erreicht. Amanda klopfte an die Tür. Hinter den Fenstern flammte Licht auf, dann wurde gerufen: »Wer ist da?«

»Eine Freundin Eures Vaters.«

»Habt Ihr auch einen Namen?«

»Madmoiselle Rebaue.«

»Was wollt Ihr?«

»Ich habe Arbeit für Euch.«

»Kommt morgen früh wieder.«

»Nein, es muss jetzt sein!«

Jemand seufzte hinter der Tür, dann wurde sie geöffnet.

»Was ist so dringend, dass es nicht bis morgen warten kann?«, fragte ein junger Mann, der sich hastig einen Morgenmantel übergeworfen hatte. Der Schreiber mochte kaum älter als sie sein, hatte den Ansatz eines Oberlippenbartes, volle Lippen und ein weiches Gesicht, das ihn noch jünger aussehen ließ. Er war groß und schlank, mit schmalen Händen und langen Fingern. Braunes zerstrubbeltes Haar fiel in Strähnen in sein Gesicht. Scheinbar hatte er bereits geschlafen.

»Ihr müsst für mich eine königliche Anordnung fälschen«, sagte Amanda leise.

Malcom stöhnte innerlich auf. Er hätte sich eine vorsichtigere Annäherung an ihr Problem gewünscht. Hoffentlich wurde ihnen nicht gleich die Tür vor der Nase zugeschlagen.

»Dann scheint es wirklich dringend zu sein. Kommt herein«, sagte der Schreiber.

Malcom atmete erleichtert auf, sie hatten eine weitere Hürde genommen, auch wenn das Ziel noch fern war.

Bremer winkte sie durch die Tür und führte sie in eine kleine Schreibstube. Hier roch es nach altem Papier, Tinte und Druckerschwärze. Mehrere Pulte standen herum, stritten sich mit einem englischen Schreibtisch um den wenigen Platz. Auf dem Boden raschelten Sägespäne unter ihren Schuhen.

»Verzeiht die Unordnung«, meinte Bremer. »Aber ich hatte nicht mit Besuch gerechnet.«

Amanda winkte ab.

»Ich habe Euch schon mal gesehen«, sagte der Schreiber.

»Ihr habt bei meinem Vater einen Brief in Auftrag gegeben.«

»Das ist richtig.«

»Und nun wollt Ihr, dass ich für Euch eine Fälschung anfertige?«

»Auch das ist richtig.«

»Bevor ich zustimme oder ablehne, um was geht es?«

Amanda reichte ihm das Pergament. Bremer rollte es auf und betrachtete es neugierig.

»Ist das möglich?«, fragte Amanda.

»Es ist möglich. Für fünfhundert Sous.«

»Seid Ihr verrückt?«

»Vielleicht, aber Ihr wärt nicht hier, wenn Ihr eine Alternative hättet, und die Zeiten …«

»Schon gut. Wie lange wird es dauern, ein Dokument herzustellen, das diesem ähnelt?«

»Kommt in drei Tagen wieder.«

Malcom stieß die Luft aus. Amanda schnaubte.

»Ich brauche das Papier in spätestens drei Stunden.«

»Unmöglich«, ächzte der Schreiber. »Ich muss das Pergament auf dem Markt besorgen, Stempel und Siegel herstellen, so etwas benötigt Zeit.«

Malcom zuckte bei diesen Worten zusammen. Als ihm Amanda ihr Vorhaben erklärt hatte, schien alles so einfach zu sein, aber das war es ganz offensichtlich überhaupt nicht.

»ICH KANN NICHT DREI TAGE WARTEN«, fuhr Amanda ihn heftig an. »Die Zeit habe ich nicht.«

»Was wäre, wenn Ihr das Dokument nicht neu herstellt, sondern dieses abändert?«, fragte Malcom, dem diese Idee gerade in den Kopf geschossen war.

Bremer sah ihn neugierig an. »Euer Französisch klingt

nach der Britischen Insel. Ihr seid nicht von hier, habe ich recht?«

»Nein, bitte beantwortet meine Frage.«

»Man könnte es machen, aber die Spuren wären in jedem Fall für ein geübtes Auge sichtbar. Die Qualität …«

»… reicht mir«, meinte Amanda und lächelte zuversichtlich. »Das Dokument muss keiner genaueren Untersuchung standhalten. Es muss mir nur das Tor zur Bastille öffnen.«

Richard Bremer schaute sie ernst an. »Wenn man Euch auf die Schliche kommt, endet Ihr am Galgen.«

»Dann leistet gute Arbeit, damit Derartiges nicht geschieht.«

Der Schreiber warf noch einmal einen Blick auf das Pergament. »Zwei Stunden.«

»Können wir hier warten?«, fragte Amanda. »Auf den Straßen ist es nicht sicher.«

»Setzt Euch dorthin. Ich bringe Euch Brot, Wein und Käse.«

Er blickte Amanda auffordernd an, die sich an Malcom wandte. »Gib ihm das Geld.«

Malcom zählte die Summe ab und reichte sie dem Schreiber in die offene Hand.

»Eines noch«, sagte der junge Mann. »Sprecht nicht. Was ich vorhabe, ist schwierig, jede Ablenkung wäre verheerend. Ein Ausrutscher beim Schreiben, ein Fleck an der falschen Stelle, und Ihr könnt Euer Vorhaben vergessen. Nun sagt mir den genauen Wortlaut, den Ihr benötigt.«

»Den größten Teil des Textes könnt Ihr so belassen, aber fügt den Namen Louis Fortane ein, genau wie das Wort ›Pest‹.«

»Ihr seid, mit Verlaub, vollkommen verrückt«, seufzte

Bremer. »Aber ich bewundere Euren Mut. Ist dieser Fortane Euer Geliebter, den Ihr retten wollt?«

Amanda lächelte ihn an. »Ich kenne den Mann nicht einmal.«

»Dann seid Ihr noch verrückter, als ich dachte.«

Es dauerte fast drei Stunden, bis Richard Bremer seinen Kopf anhob, laut seufzte und sagte: »Es ist geschafft.«

Seine Augen waren gerötet, und als er das Pergament Amanda überreichte, zitterten seine Hände.

»Es ist nicht perfekt, aber bessere Arbeit findet Ihr in ganz Paris nicht.«

Amanda entrollte das Dokument und betrachtete es intensiv. Was sie sah, ließ sie innerlich aufjubeln. Bremer hatte Unglaubliches geleistet. Sie hielt nun einen königlichen Befehl in Händen, der unter dem Vorwand *Des Verdachtes der Pest oder anderer Krankheiten* Kommandant de Launay anwies, ihr den Zugang als Arzt zu Louis Fortane zu ermöglichen, damit sie ihn *Im Namen des Königs auf seine gesundheitliche Verfassung untersuchen könne.*

»Das ist großartig«, sagte Amanda. »Ich danke Euch sehr, Monsieur Bremer.«

»Wenn man Euch damit erwischt …«

»… werde ich nicht verraten, woher ich das Dokument habe.«

»Dann wünsche ich Euch Glück für Euer gewagtes Vorhaben.«

»Danke, das werden wir brauchen.«

26

»Verdammt, wo seid ihr so lange gewesen?«, zischte Wilbur verärgert, als Amanda und Malcom das Haus betraten.

»Es ging nicht schneller«, sagte Malcom. »Wir mussten verschiedene Dinge besorgen.«

»Wir dachten schon, ihr seid tot oder verhaftet«, erklärte Jenny.

Amanda lächelte sie an. »Wir haben Fortane gefunden.«

»Wart ihr bei ihm? Ist er bereit, Damon zu beschwören?«, fragte Jenny aufgeregt.

»So einfach ist es leider nicht. Fortane sitzt in der Bastille, dem Festungsgefängnis, aber wir haben einen Weg ausfindig gemacht, hineinzukommen.«

Sie erzählte Wilbur und Jenny von ihrem Plan. Als sie endete, herrschte für einen Moment Stille.

»Das ist Wahnsinn«, meinte Wilbur schließlich. »Und ehrlich gesagt, ist es fraglich, ob es klappt.«

»Wir müssen es versuchen, eine andere Möglichkeit haben wir nicht. Jenny mimt den Pestarzt. Durch die Schnabelmaske und den weiten Mantel kann sie ihre nichtmenschliche Seite verbergen. Du bleibst, was du bist, ein Priester. Ich finde, die Soutane steht dir gut.« Sie lachte. »Ich spiele die Ehefrau von Fortane, und Malcom ist ein Schreiber, der sein Testament aufnehmen will.«

»Wir wissen nicht einmal, ob Fortane verheiratet ist, und falls doch, ob der Kommandant seine Frau nicht kennt.«

»Was willst du von mir?«, zischte Amanda. »Wir müssen da rein, und das ist unsere einzige Chance. In wenigen Stunden wird eine große Menge wütender Bürger zur Bastille ziehen, und wir alle kennen die Geschichte, am nächsten Tag wird sie gestürmt. Es geht darum, Damon zu beschwören, ihn wieder zu uns zu holen, und das sollte uns jedes Risiko wert sein.«

»Warum können wir nicht warten? Morgen werden die Gefangenen befreit, wir ...«

»Hast du etwa Schiss?«, brauste Amanda auf. »Wenn du keinen Mumm hast, ich ...«

Malcom ging dazwischen. »Das geht nicht, Wilbur. Wir haben ein enges Zeitfenster. Entweder wir schaffen es heute, Damon zu beschwören, oder es wird überhaupt nicht geschehen. Was dann passiert, weiß niemand, aber eines ist sicher – ändert sich die Vergangenheit, ändert sich auch die Zukunft, und ohne Damon wird es keine für uns geben. Er war einer der entscheidenden Faktoren im Kampf gegen die Silbergötter, ohne ihn hätten sie uns vernichtet und Nianch-Hathor getötet. Amanda wäre nie geboren worden. Muss ich weiterreden?«

»Nein.«

»Wir müssen sofort handeln, oder alles ist verloren.« Malcoms Gesicht drückte seine Entschlossenheit aus. Wilbur blickte beschämt auf den Boden, er wusste, es gab nur diese eine Möglichkeit, aber aus irgendeinem Grund fürchtete er sich vor dem heutigen Tag.

»In Ordnung«, sagte er schließlich. »Wann gehen wir los?«

Amanda blickte ihn an. »In einer Stunde ist Sonnenaufgang, da sollten wir vor den Toren der Bastille stehen. Sonst wird alles noch viel komplizierter.«

Sie waren eine merkwürdige Prozession, die durch die Straßen von Paris hin zur Bastille zog. Ein Pestarzt, ein junger

Schreiber, ein Priester und eine Frau, die ein ernstes Gesicht machte.

Selbst zu dieser frühen Stunde waren bereits viele Menschen unterwegs, aber alle wichen der kleinen Gruppe aus, sobald sie die Schnabelmaske und den weiten schwarzen, gewachsten Mantel sahen, die Jenny trug.

Hinter der Maske fiel ihr das Atmen schwer, und sie hatte nur ein eingeschränktes Sichtfeld durch die Augenöffnungen aus Glas, die im Laufe der Jahre trüb geworden waren.

Von Amanda wusste sie, dass der Schnabel der Maske normalerweise mit Duftstoffen wie Grüner Minze, Kampfer, Gewürznelken, Wacholder, Amber, Myrrhe, Rosen oder Zitronenmelisse gefüllt war. Man glaubte damals, dies würde die Doktoren vor der Pest schützen. Davon war jedoch nichts mehr vorhanden, und die Maske roch nach altem Leder und rostigem Eisen.

»Wie weit ist es noch?«, keuchte sie.

»Nicht mehr weit«, flüsterte Amanda. »Wir sind gleich beim ersten Wachposten. Dort wirst du das Dokument vorzeigen und verlangen, den Gefangenen Louis Fortane zu untersuchen.«

»Du denkst, mein Französisch ist gut genug?«

»Da mache ich mir keine Sorgen. Du klingst hinter der Maske sowieso wie ein alter Blecheimer. Ich hoffe, de Launay versteht dich überhaupt.«

»Hauptsache, ich klinge nicht wie eine Frau.«

»Das mit Sicherheit nicht. Jetzt genug davon. Da vorn ist das Wächterhaus.«

Als sie näher kamen, traten zwei Wachsoldaten heraus. Musketen wurden auf sie gerichtet.

»Halt!«, erklang ein harter Befehl. »Wer seid Ihr und was wollt Ihr?«

Jenny holte einmal tief Luft, räusperte sich und sagte dann: »Ich bin Doktor Dubois. Der König schickt mich. Ruft Euren Kommandanten. Ich habe eine Aufgabe zu erledigen.«

Jenny hob die Hand mit dem Dokument hoch. Sie trug schwarze Handschuhe, benutzte aber ihren menschlichen Arm, den anderen hielt sie hinter dem Rücken verborgen, obwohl er durch den Mantel geschützt war.

Der eine Soldat flüsterte mit dem anderen, der daraufhin im Wärterhaus verschwand.

»Ihr wartet hier«, befahl der zurückgebliebene Mann.

Es dauerte zehn endlose Minuten, bis endlich de Launay mit dem zweiten Wachsoldaten auftauchte. Eiligen Schrittes näherte er sich ihnen.

Der Kommandant war ein mittelgroßer Mann mit scharfen Gesichtszügen und hervorstehenden Wangenknochen. Er trug eine weiße Perücke und eine prachtvolle Uniform.

Insgesamt erinnerte er Jenny an eine hagere Krähe, als er auf sie zukam und herrisch vor ihr stehen blieb.

»Wer seid Ihr?«

»Doktor Dubois, der König hat mich hierher befohlen.«

»Und die da?«

»Die Frau des inhaftierten Mannes. Ein Priester, der ihm die Beichte abnimmt, und ein Schreiber, um das Testament von Monsieur Fortane aufzunehmen.«

»Der Scharlatan ist nicht krank«, knurrte de Launay. »Ich habe ihn gestern erst in seiner Zelle aufgesucht. Munter wie ein Fisch im Wasser.«

»Wie auch immer, der König hat es befohlen. Er befürchtet einen Ausbruch der Pest in der Stadt, und bei den derzeitigen Verhältnissen in Paris wäre das ein schlechtes Omen, das dem Widerstand im Volk gegen die Herrschaft Ludwig XVI. gerade recht kommen würde.«

»Zeigt mir das Dokument!«, verlangte der Kommandant. Jenny händigte es ihm stumm aus.

De Launay betrachtete das Pergament intensiv. Jenny konnte nicht sagen, ob er den Text las oder misstrauisch geworden das Dokument untersuchte. Schließlich hob er den Kopf wieder an, sein Blick verfinsterte sich, und Jenny wusste sofort, dass er die Fälschung entdeckt hatte.

»Das ist …«

Weiter kam er nicht. Amanda begann, leise zu singen. De Launay und die beiden Soldaten erstarrten mitten in der Bewegung. Ihre Gesichtszüge entspannten sich, ihre Schultern fielen herab. Ursprünglich hatte sie nicht vorgehabt ihre Fähigkeiten einzusetzen, denn damit ging man auch das Risiko ein, dass jemand immun für ihre Betörung war, aber nun hatte sie keine Wahl.

»Wie viele Soldaten befinden sich noch im Wachhaus?«, fragte Amanda.

»Niemand mehr«, antwortete der Kommandant.

»Geht und bewacht weiter die Zugbrücke«, sagte Amanda zu den Soldaten. Beide Männer drehten sich abrupt um und gingen zurück auf ihren Posten.

»Kommandant!«

»Ja?«

»Ihr habt den Befehl des Königs gelesen und leistet ihm Folge.«

»Das tue ich.«

»Bringt den Arzt zu Louis Fortane, damit er ihn untersuchen kann.«

»Folgt mir bitte.«

Stumm schritten sie hinter dem Mann her. Sie erreichten die Zugbrücke, die zwischen zwei mächtigen Zinntürmen in den Innenhof der Festung führte. Niemand beachtete sie. Von dort aus betraten sie ein Gebäude und folgten dem Kommandanten in die Tiefe der Keller hinab. De Launay nahm eine Fackel aus der Halterung und entzündete sie.

»Weshalb ist Fortane hier unten?«, fragte Amanda.

»Er hat den Comte von Bercy beim Kartenspiel betrogen.«

»Der Comte ist ein Freund von Euch?«

»Mein Schwager.«

»Und deshalb haltet Ihr ihn hier unten in diesem Keller fest?«

»Ja.«

Je tiefer sie in den Keller hinabstiegen, desto schwieriger wurde es mit dem Atmen. Die Luft war feucht und schwer. Es roch nach verfaultem Wasser und Moos. An den grob gehauenen Wänden liefen Rinnsale hinab, die grünliche, schmierige Spuren hinterließen. Das Feuer der Fackel begann zu flackern.

Plötzlich blieb Wilbur stehen. »Habt ihr eigentlich schon mal darüber nachgedacht, wie wir Fortane hier rausschaffen sollen, damit er Grey beschwören kann?«

»Das schaffen wir nicht. Wir kommen niemals mit ihm an den Wachen vorbei. Louis Fortane muss Damon an Ort und Stelle herbeirufen«, sagte Amanda aufgeregt. »Hier drin. Im Keller des Gefängnisses.«

»Und was dann?«

»Darüber denken wir nach, wenn es so weit ist. Uns bleibt nicht viel Zeit«, warf Jenny ein. »Bald werden die Ereignisse des Tages ihren Lauf nehmen, dann wird man den Kommandanten vermissen und nach ihm suchen.«

»Klingt, als sollten wir uns beeilen.«

Sie waren zwei weitere Treppen hinabgestiegen und einem düsteren Gang gefolgt, der noch schlimmer stank als alle davor. Kurz darauf hielt de Launay endlich vor einer schweren Holztür an und deutete darauf.

»Hier ist er.«

»Stell dich an die Wand und rühre dich nicht«, befahl Amanda. »Gib keinen Laut von dir.«

Der Kommandant nickte ergeben, dann nahm er Position ein. Seine Augen schlossen sich, dabei wirkte er wie eine Statue, die jemand hier unten abgestellt und vergessen hatte.

Amanda betrachtete die Tür im Schein der Fackel. Sie war nur durch einen verrosteten Metallriegel und ein massives Schloss abgesperrt.

»Hast du einen Schlüssel?«, fragte sie den Kommandanten.

»Nein«, sagte de Launay.

»Kein Problem«, meinte Jenny und riss das Schloss mitsamt dem Riegel aus der Holztür. Mit einem ächzenden Geräusch schwang die Tür auf.

»Nach dir«, sagte Jenny und ließ Amanda den Vortritt.

Drinnen flackerten Kerzen im Schein des Luftzugs. Ein Mann saß gebeugt auf einem einfachen dreibeinigen Hocker und blickte auf, als sie den Kerker betraten.

Fauliges Stroh raschelte unter Amandas Schuhen, während sie auf Fortane zuging. Der Raum war ein Loch im Felsen, nicht mehr. Auch hier lief Feuchtigkeit die Wände herab, auch hier stank es erbarmungswürdig. An einer Wand stand eine mit Leinensäcken bedeckte Pritsche. Wahrscheinlich das Bett des Mannes.

Fortane erhob sich von einem kleinen Tisch, auf dem ein aufgeschlagenes Buch lag, in dem er offensichtlich gelesen hatte. Er kniff die Augen zusammen und blickte Amanda neugierig an.

»Wer seid Ihr?«

Dann entdeckte er Jenny in ihrer Verkleidung. Er zuckte zusammen.

»Keine Sorge, hinter dieser Maske versteckt sich ein Freund, kein Arzt. Wir sind gekommen, Euch zu befreien.«

»Wo ist de Launay?«

»Steht draußen vor der Zelle. Macht Euch um ihn keine Gedanken.«

»Habt Ihr ihn bestochen?«

Amanda lächelte. »Nein, dennoch wird er uns an nichts hindern.«

Fortane zögerte einen Moment, dann sagte er: »Wer sind Eure Gefährten, und warum seid Ihr hier?«

»Die Namen meiner Freunde sind nicht wichtig, wichtig ist unsere Mission. Helft uns und Ihr werdet noch heute den Kerker verlassen.«

»Ich verstehe nicht, wie kann ein Mann, der in diesem Loch festgehalten wird, Euch zu Diensten sein?«

Amanda betrachtete ihn. Fortane war in etwa so groß wie Wilbur, hatte ein schmales, fast schön zu nennendes Gesicht und schien Anfang dreißig zu sein. Das braune Haar war zu einem kleinen Zopf im Nacken zusammengefasst, ein kurzer Bart bedeckte seine Wangen.

Die Kleidung des Beschwörers war abgetragen und fleckig,

aber Fortane machte einen gesunden, wachen Eindruck. Er erschien ihr zwar sehr dünn, aber das war angesichts der Umstände auch nicht anders zu erwarten gewesen.

»Dazu kommen wir gleich. Lasst mich zunächst ein paar Fragen stellen.«

Fortane nickte.

»Wisst Ihr, was draußen auf den Straßen von Paris vor sich geht?«

»Ich hörte die Wachen, die mir das Essen bringen, von Unruhen sprechen.«

»Es ist mehr als das. Erste Kämpfe zwischen den Bürgern und den Soldaten des Königs sind ausgebrochen. Noch heute versammelt sich eine große Menge Menschen vor den Toren der Bastille und wird Einlass verlangen. De Launay wird den Befehl zum Schießen geben, viele werden sterben.«

»Ihr sprecht von Dingen, die noch geschehen werden. Wie kann es sein, dass Ihr davon wisst? Seid Ihr ein Medium?« Fortane sah sie neugierig an. »Nein, Ihr seid mehr als das. Vor mir steht kein normaler Mensch.«

Amanda musste ihm für diese Feststellung Respekt zollen. Normalerweise war sie nicht von sterblichen Menschen zu unterscheiden. Dass Fortane erkannte, dass etwas an ihr anders war, ließ darauf schließen, dass er wahrhaftig über Fähigkeiten verfügte.

»Die Ereignisse außerhalb der Bastille sorgen für eine gewisse Dringlichkeit. Wir benötigen Eure Hilfe, um einen Dämon zu beschwören, und Ihr müsst es hier und jetzt tun.«

»Einen Dämon beschwören?«, echote Fortane.

»Seid Ihr dazu in der Lage?«

»Ich … ehrlich gesagt, ich weiß es nicht. Trotz jahrelangem Studium der schwarzen Künste hat es bisher nicht funktioniert.«

»Überhaupt nicht?«, hakte Amanda nach.

Fortane schüttelte den Kopf. »Zwar gelingt es mir, ein Tor in die Welt des Übersinnlichen zu öffnen, aber nichts dringt daraus hervor. Ich sehe hinüber und nichts schaut zurück.«

»Ich verstehe nicht, was Ihr meint.«

»Stellt Euch vor, Ihr blickt durch ein Schlüsselloch in ein anderes Zimmer. Ihr könnt einen Ausschnitt davon wahrnehmen, aber ihr überblickt den Raum nicht. Und das Schlüsselloch ist zu klein, dass etwas ihn verlässt.«

»Woran meint Ihr, liegt das?«

»Die Beschwörungsformeln sind nicht ausreichend. Man kann damit das Tor einen Spalt öffnen, aber um einen Dämon herbeizurufen, muss man seinen magischen Namen kennen, der für Menschen kaum aussprechbar ist. Nur wenn man seinen Namen weiß, kann er auch beschworen werden.«

Fortane blickte Wilbur an, dann nahm er die Kerze vom Tisch und kam näher. »Was ist das?«, fragte er.

Wilbur wich irritiert zurück.

»Ihr seid geschminkt. Etwas verbirgt sich unter all diesem Puder. Ich kenne diese Zeichen.«

Er hielt das Licht hoch und betrachtete Wilburs Gesicht im Kerzenschein.

Dann ging er in eine Ecke des Raumes und kam mit einem kleinen Eimer Wasser zurück.

»Darf ich?«, fragte er vorsichtig.

Wilbur verstand und nickte.

Fortane nahm ein Tuch vom Tisch, befeuchtete es und

begann, den Puder von seinem Gesicht zu reiben. Darunter kamen die blauschwarzen Tätowierungen zum Vorschein. Fortane schluckte und trat näher. Fuhr mit den Fingerspitzen über Wilburs Wangen und seine Stirn.

»Das sind magische Runen. Woher habt Ihr die Zeichen?«

»Er hat sie sich selbst tätowiert«, antwortete Amanda für Wilbur.

»Unmöglich. Es sei denn, er ist ein Dämon. Er sieht mir aber nicht danach aus.«

»Was will der Spinner von mir?«, fragte Wilbur sichtlich nervös.

»Das ist es«, sagte Malcom plötzlich auf Englisch. »Das fehlende Puzzleteil.«

»Was meinst du?«, fragte Amanda.

»Habt ihr euch manchmal gefragt, was Wilburs seltsame Tätowierungen bedeuten sollen? Ich habe schon oft darüber nachgedacht, bin aber nicht dahintergekommen. Aber nun ist es klar. Auf Wilburs Haut steht Damons magischer Name, mit dem er beschworen werden kann.«

»Das ist jetzt nicht dein Ernst«, stöhnte Wilbur.

»Oh doch. Du hast die magische Fähigkeit, die Zeit anzuhalten, aber du kannst das nicht von Geburt an. Du selbst hast uns erzählt, dass du drei Tage lang im Keller eingesperrt warst und danach tätowiert erwacht bist, und plötzlich konntest du es. Die Zeichen auf deinem Körper ergeben für uns keinen Sinn, aber ich habe mehrfach beobachtet, wie Damon dich angestarrt hat. Sein Gesichtsausdruck war dabei sehr merkwürdig. Damals habe ich mir nichts dabei gedacht, denn ehrlich, du siehst voll merkwürdig aus, jeder, der dich das erste Mal sieht, glotzt dich an. Ich denke, auf deinem Körper steht Damons dämonischer Name, mit dem er herbeigerufen werden kann.«

»Du glaubst das wirklich?«, fragte Wilbur. Malcoms Worte hatten ihn sichtbar aufgewühlt. Der Gedanke, dass er einen dämonischen Namen auf seinem Körper trug, mit dem Damon beschworen werden konnte, verunsicherte ihn zutiefst.

»Ja. Geh mal zurück. Woran erinnerst du dich, wenn du an die Zeit im Keller denkst?«

Eigentlich wollte er das nicht. Hier und jetzt schien das alles so weit her, als wäre es in einem anderen Leben geschehen. Aber letztendlich hatte er keine Wahl, er musste sich erinnern. An seine Zeit im Waisenheim.

Manning führte ihn damals in den Keller, schloss die schwere Tür hinter ihm ab. Dann waren da nur noch Kälte und Finsternis. Irgendwann war er eingeschlafen, hatte geträumt, von einem Mann und einer Frau, die seine Zelle betreten und mit ihm gesprochen hatten.

Er hatte stets gedacht, es wären seine Eltern, die ihm im Schlaf erschienen waren, aber nun wusste er nicht mehr, was er davon halten sollte. Er erzählte den anderen davon.

»Seht ihr?«, sagte Malcom daraufhin. »Es wäre möglich. Damon war dort, und ich könnte wetten, du auch.« Er schaute Amanda an.

»Ja«, gab Amanda zu. »Aber nur, wenn man bereit ist, sich auf deine Theorie einzulassen, denn die Frage bleibt: Wenn ich mit Damon in die Zelle gegangen bin, warum erinnere ich mich nicht daran, Derartiges getan zu haben? Außerdem kannte ich weder ihn noch Wilbur, bevor mich Matterson nach Attu Island gebracht hat.«

Malcom stöhnte. »Ich weiß es doch auch nicht. Ich denke,

Ereignisse in der Zeit sind wie ein Bild, manchmal sind sie vorgezeichnet, aber es muss erst geschehen, damit das ganze Bild sichtbar wird.«

»Du und deine Beispiele«, seufzte Wilbur. »Okay, wir haben sowieso nichts zu verlieren. Erzählen wir das dem Hexer.«

Amanda sah den Mann an. Sie deutete auf Wilbur. »Er trägt den Namen des Dämons, den wir beschwören wollen, auf seiner Haut.«

Fortanes Augen weiteten sich.

»Seid Ihr sicher?«

Amanda nickte.

»Hat er mehr davon?«, fragte Fortane. »Das hier reicht nicht aus. Es ist nur ein Teil des Namens.«

»Ihr könnt das lesen?«

»Lesen ist das falsche Wort, aber ja, ich denke schon.«

»Wilbur, zieh dich aus.«

»Was?«

»Er muss den Rest von deinen Tätowierungen sehen.«

Wilbur zögerte. Sein Blick wanderte zu Jenny, die auf Englisch sagte: »Kann ich die Maske abnehmen?«

»Nein«, sagte Amanda. »Der Hexer würde bei deinem Anblick erschrecken und vor Angst erstarren. Ich könnte ihn zwar unter meinen Einfluss bringen, aber es ist mir lieber, er macht freiwillig mit. Wilbur?«

Er trat einen Schritt vor und streifte die Soutane ab. Darunter trug er nichts. Nun konnten auch die anderen zum ersten Mal die Tätowierungen in all ihrer Pracht sehen. Seltsam ineinander verschlungene Zeichen und Symbole bedeckten nahezu jede Stelle seines schlanken Körpers.

Wilbur hatte die Augen geschlossen. Amanda wusste

nicht, ob es aus Scham war oder ob er einfach der Dinge harrte, die nun kommen würden.

»Ihr könnt das tatsächlich lesen?«, fragte sie Fortane.

Der hielt seinen Blick auf Wilbur gerichtet. »Es ist anders, als Ihr Euch das vorstellt. Und nun verstehe ich auch, warum die Rituale nicht funktioniert haben.«

»Tatsächlich?«

Fortane deutete auf den nackten Jungen. »Er ist das Tor in die Welt der Dämonen. Es reicht nicht aus, eine Beschwörungsformel zu plappern, damit kann man nur einen kurzen Blick in die dunkle Dimension werfen. Um sie zu betreten, braucht es jemanden wie ihn.«

»Ich verstehe nicht …«

»Die Runen auf seiner Haut müssen aktiviert werden, dann verlässt er unsere Welt und betritt eine andere. Dort muss er den Träger dieses Namens suchen.«

»Und dann?«

»Ehrlich gesagt, ich weiß es nicht.«

»Wie kommt er zurück?«

Fortane zuckte mit den Schultern.

»Wisst Ihr, wie man die Runen aktiviert?«

»Ich denke schon.«

Amanda seufzte, dann wandte sie sich an die anderen. »Wilbur, mach die Augen auf.«

»Was ist los?«, fragte er.

Amanda erklärte es ihm.

»Ich soll was?«, ächzte er entsetzt.

»Du gehst in die andere Dimension und suchst nach Damon.«

»Aber … aber …«

»Ich weiß, was du sagen willst. Wir haben keine Ahnung,

wie es in der Welt der Dämonen aussieht und welche Gefahren dich dort erwarten. Eigentlich können wir nicht von dir verlangen, dass du dieses Risiko eingehst. Trotzdem müssen wir es tun.«

Wilbur schwieg eine Weile, dann sagte er: »In Ordnung, ich versuche es. Was macht ihr, wenn ich nicht zurückkomme?«

»Darüber können wir uns den Kopf zerbrechen, wenn es so weit ist. Für den Moment will ich glauben, dass alles gut geht.« In Gedanken flehte sie das Schicksal an, ihr Damon wiederzubringen, aber sie ließ sich nichts anmerken. Sie drehte sich zu Fortane um. »Wie geht es jetzt weiter?«

»Sagt ihm, dass ich ihn berühren muss. Am ganzen Körper. Er darf sich nicht bewegen und nicht sprechen.«

Amanda übersetzte Wilbur seine Worte, der sich sichtlich unwohl dabei fühlte, gleich von einem Fremden berührt zu werden.

Dann trat der Beschwörer vor ihn. »Der Name beginnt auf der Stirn und führt bis hinunter zu den Füßen. So wie das Licht, das von oben kommt, in die Tiefe fällt. Es gibt die drei Welten des Kosmos. Das Göttliche liegt auf Höhe des Kopfes, das Menschliche in der Bauchmitte, angezeigt durch den Nabel, und die Welt der Dämonen und Geister in den Füßen, da sie mit der Erde verbunden sind.«

Fortane legte die Fingerspitze seines rechten Zeigefingers auf Wilburs Stirn und schloss die Augen. Er murmelte leise etwas vor sich hin, aber Amanda verstand nicht, was er sagte. Dann bewegte sich die Fingerkuppe an der ersten Linie entlang, fuhr über die Schläfen, Nase, Mund, den Hals hinab zu den Schultern.

Unablässig flüsterte der Mann dabei.

Plötzlich begannen Wilburs Tätowierungen zu leuchten. Rotes Glühen folgte gleich einem Energiestrom den Linien auf seinem Körper. Wie Flüsse aus Feuer, Ehrfurcht gebietend und wunderschön in ihrer Fremdartigkeit. Amanda spürte, wie eine Gänsehaut ihren ganzen Körper überzog. Es war ein einzigartiger Anblick, den sie staunend verfolgte.

Wilbur hielt die Augen geschlossen, sein Brustkorb hob und senkte sich nicht mehr, aber er schien keine Schmerzen zu empfinden. Wie ein in Lava getauchter Engel stand er da.

Fortane hatte nun den Bauch erreicht. Seine Finger glitten über die Lenden hinab, zu den Oberschenkeln, dann zu den Knien, den Waden und schließlich zu den Füßen, die besonders kunstvoll tätowiert waren.

Als er das Ende der letzten Rune erreicht hatte, erlosch das Glühen, und Wilbur kippte um.

27

Als Wilbur die Augen öffnete, sah er weites ödes Land, das unter einer schwarzroten Sonne brannte. Um ihn herum erstreckte sich eine Felsenlandschaft ungeheuren Ausmaßes, die sich bis zum Horizont zog. Dunkle Wolken hingen darüber, aber sie schienen keinen Regen mit sich zu bringen. Der Boden war mit grauem Staub und spitzen Steinen bedeckt. Nirgends auch nur ein Grashalm oder ein dürrer Busch. Das Land lag vor ihm wie ein sterbendes Tier, das seinen letzten Atem in die Welt röchelte.

Wilbur drehte den Kopf und entdeckte mächtige Feuer speiende Vulkane, deren Lavaströme in die Ebene flossen und sie dampfend durchzogen. Es war unglaublich heiß hier.

Eigentlich sollte er erleichtert sein, dass das Ritual geklappt hatte, aber gleichzeitig fürchtete er sich zu Tode. Wilbur sah an sich hinab. Er war noch immer nackt, doch etwas war anders. Dann sah er es. Die Tätowierungen auf seinem Körper hatten ein Eigenleben entwickelt und flossen in zähen Bewegungen darüber, bildeten verschlungene Muster, die sich ständig veränderten. Eine bleierne Angst ergriff ihn. Es fühlte sich an, als würde eine Faust aus purem Eis sein Herz zerdrücken und alles Leben aus ihm herauspressen.

Was bedeutet das?

Wohin sein Blick auch fiel, nichts als düstere Leere, bar jeden Lebens.

Wie soll ich Damon in dieser Ödnis finden?

Verzweiflung machte sich in ihm breit. Erneut drehte er sich um die eigene Achse, in der wahnwitzig scheidenden

Hoffnung, irgendeinen Hinweis darauf zu finden, in welche Richtung er sich wenden sollte. Aber da war nichts.

Was tue ich jetzt bloß?

Wilbur blickte zum Himmel auf und bemerkte, dass sich die Wolken nicht fortbewegt hatten. Wie in einem Gemälde erstarrt, drückten sie auf die Ebene herab, so als wollten sie das Land darunter ersticken.

Gibt es keine Zeit hier? Verrinnen keine Minuten und Sekunden?

Er schaute zu den Lavaströmen hinüber. Auch sie flossen nicht, sondern wirkten wie aus Feuer gegossen. Wilbur wurde unruhig. Blankes Entsetzen stieg in ihm auf. Was, wenn es für ihn ohne Damon keinen Weg zurück gab? Wenn er bis ans Ende seiner Tage in diesem bizarren Schrecken ausharren musste?

Reiß dich zusammen. Die anderen verlassen sich darauf, dass du nicht die Nerven verlierst.

Wilbur zwang sich zur Ruhe und lauschte, ob er den Wind hörte, aber kein Luftzug regte sich. Als er erneut zum Horizont schaute, entdeckte er einen schwarzen Punkt, der rasch größer wurde. Irgendetwas bewegte sich am Himmel fort und kam direkt auf ihn zu. Angst jagte wie Eiswasser durch seine Adern, und er blickte sich gehetzt nach einem Versteck um, jedoch erfolglos. Der nächste grauschwarze Felsen war viel zu weit entfernt, um ihn noch rechtzeitig zu erreichen und dahinter in Deckung zu gehen.

Wilbur richtete sich auf. Holte tief Luft, die heiß in seiner Lunge brannte.

Aus dem Punkt am Himmel wurden zwei Punkte. Dann konnte er mehr Details wahrnehmen. Es waren irgendwelche Wesen. Zunächst sah er nur große lederartige Flügel, die ihn an Fledermäuse erinnerten, dann konnte er auch Beine und dürre Körper ausmachen. Die Füße schienen aus Krallen zu bestehen, ebenso die Flügelspitzen. Wilbur zuckte zusammen, als er die monströsen Fratzen mit den spitzen Ohren erkennen konnte. Flache Nasen, mit Schlitzen statt Löchern. Spitze nichtmenschliche Gesichter, die von Raubtiergebissen dominiert wurden. Das Flappen der Flügel war nun deutlich zu hören, dann schossen beide Wesen herab und landeten direkt vor ihm im grauen Sand. Furcht schlich sich in seine Knochen.

Aus der Nähe betrachtet erinnerten sie Wilbur noch mehr an Fledermäuse, wie sie da gekrümmt hockten, die mächtigen Flügel zusammengefaltet. Er wagte nicht, sich zu rühren.

Eines der Wesen hüpfte ungelenk auf ihn zu, hielt aber mehrere Meter Abstand. Der Kopf wurde vorgereckt, und Wilbur hörte, wie das Ding schnupperte. Dann krächzte es laut.

Das zweite Wesen kam nun ebenfalls langsam näher. Blicke aus gelben geschlitzten Pupillen glitten über seinen Körper, dann hörte er die krächzende, hohe Stimme des Dämons in seinem Geist.

Du bist ein Mensch.

Er zögerte. »Ja.«

Kennst du den, dessen Namen du trägst?

Wilbur schluckte hart. »Ich kenne ihn.«

Er ist mächtig. Ein Fürst in dieser Welt.

»Ich suche ihn.«

Ein zischelndes Gurgeln erklang in seinem Kopf. Das Wesen vor ihm lachte.

Wenn du ihn wirklich kennen würdest, wärst du nicht hier.

Keinesfalls würdest du ihn suchen. Niemand will von ihm gefunden werden, es sei denn, du bist ein Sklave.

»Das bin ich nicht.«

Dann flieh, solange du noch kannst, oder opfere dich uns. Wir werden deinen Körper verspeisen, und du wirst in uns aufgehen. Ein Teil dessen werden, was wir sind.

Wilbur zuckte erneut innerlich zusammen, versuchte aber, sich seine panische Angst nicht anmerken zu lassen. Er raffte allen Mut zusammen: »Ich werde nicht gehen, bevor ich ihn gefunden habe.«

Der Fürst wird deine Seele zerbrechen, und du wirst verloren sein in der Zeit. Für immer. Lass mich deine Leber essen und alles wird sein, wie es sein soll.

Wilbur antwortete nichts darauf. Der Schweiß brach ihm aus allen Poren, und er hoffte darauf, dass es die Dämonen nicht wahrnahmen.

Wir könnten dich niederwerfen und uns nehmen, was wir wollen, aber das würde den dunklen Fürsten verärgern, denn du trägst seinen Namen.

Die Drohung war spürbar. In jeder Faser seines Körpers hallte sie dunkel wider, dennoch sagte er: »Wisst ihr, wo er ist? Wie ich ihn finden kann?«

Die riesige Fledermaus zuckte mit den Flügeln, streckte sich, bevor sie sich wieder zusammenkauerte.

Oh, er wird dich finden. Sein Name auf deinem Leib ist wie ein Ruf, so haben auch wir dich gefunden. Wir waren in der Nähe. Bald wird er kommen. Und du wirst schreien, eintausend Jahre lang.

Plötzlich erklang ein Donnern. Eine Druckwelle raste heran, floss über Wilburs zitternden Körper. Dann erschien wie aus dem Nichts ein weiteres Wesen.

Es materialisierte sich nur zwei Meter von ihm entfernt, und Wilbur brauchte einen Moment, um zu begreifen, was er da sah.

Vor ihm stand ein kleines Mädchen, nicht älter als sieben Jahre. Sie hatte ein rundliches Gesicht, einen kirschroten Mund und zwei geflochtene Zöpfe, die herumschwangen, als sie auf den Füßen wippte. Sie trug ein rotes ärmelloses Kleid, das knapp unterhalb der Knie endete. Schuhe hatte sie nicht an. In der linken Hand hielt sie eine altmodische Puppe, der ein Arm und beide Augen fehlten.

Das Mädchen stand da und blickte die beiden Dämonen an, dann öffnete die Puppe ihren Mund. Eine tiefe Stimme dröhnte in Wilburs Kopf, die seinen gesamten Körper in Schwingung versetzte.

WAS TUT IHR HIER?

Herr, wir hörten den Ruf deines Namens und fanden einen Menschen.

NIEDER MIT EUCH!

Sofort warfen sich die Wesen in den Staub und begannen, klagend zu jammern.

STILL!

Augenblicklich schwiegen beide.

UND NUN HINFORT, BEVOR ICH MIR AUS EUREN HÄUTEN EINEN NEUEN MANTEL NÄHE.

Mit Krächzen und Kreischen erhoben sich die beiden Fledermauswesen und stoben mit heftigen Flügelschlägen zum Himmel empor. Das Mädchen blickte ihnen nach, während sich der Puppenkopf zu Wilbur drehte, der zusammenzuckte, als ihn das Kind mit tot wirkenden Augen musterte.

Plötzlich fiel ihm das Atmen unendlich schwer. Es fühlte sich an, als habe jemand einen Felsen auf seine Brust gelegt, der es ihm unmöglich machte, noch Luft zu bekommen. Gleichzeitig spürte er, wie sein Herz heftig zu schlagen begann. Wilbur erkannte, trotz des harmlosen Aussehens, dass er einem sehr gefährlichen Wesen gegenüberstand. Dieser Damon hatte nichts mit dem gemein, den er auf Attu Island kennengelernt hatte. Vor ihm stand ein Wesen, das seine Seele in Stücke reißen konnte.

DIES IST MEIN NAME. ES IST EINER VON VIELEN, ABER DER EINZIGE, MIT DEM ICH BESCHWOREN WERDEN KANN. WER BIST DU?, sagte das kleine Mädchen mit dröhnender Stimme, die in seinem Kopf widerhallte.

»Mein Name ist Wilbur«, keuchte er. »… und was ich dir jetzt sage, wirst du kaum glauben können.«

WAS IMMER ES IST, BESSER, ICH GLAUBE DIR, DENN SONST WIRST DU STERBEN.

Wilbur erschauerte. Alles an ihm sackte in sich zusammen, und es fühlte sich an, als hätte alles Leben ihn verlassen und die Dunkelheit drohte ihn zu verschlingen. Er dachte an Jenny. An ihre Gefühle für ihn. An die Hoffnungen von Amanda und Malcom. Selbst an Matterson, dann riss er sich zusammen und begann zu erzählen.

»Seine Augenlider zucken«, sagte Jenny, die neben dem bewusstlosen Wilbur auf dem Boden hockte. »Es ist, als würde er träumen.«

»Vielleicht tut er das«, meinte Amanda. Sie wandte sich an Fortane, der in einer Ecke der Zelle an der Wand lehnte und alles beobachtete. Schweiß rann seine Stirn hinab und seine Hände bewegten sich unruhig. Irgendetwas schien ihn zu beschäftigen. »Könnt Ihr uns sagen, was mit ihm geschieht?«

»Ich weiß es nicht, niemand war jemals auf der anderen

Seite. Werdet Ihr mich töten, wenn das alles vorbei ist?«, fragte der Hexer mit bebender Stimme.

Jenny blickte den Mann aufmerksam an. Das war es also, was ihn beunruhigte. Fortane fürchtete sich davor, was mit ihm geschehen würde, wenn das Ritual vollzogen war, erfolgreich oder nicht. Aus seiner Sicht bestand die Gefahr, dass man anschließend einen unliebsamen Zeugen aus dem Weg räumte.

»Nein, wir haben Euch gesagt, dass wir Euch als Dank für Eure Dienste befreien werden«, mischte sich jetzt Malcom ein. »Ihr müsst Euch keine Sorgen machen.«

Fortane atmete hörbar aus. Jenny war Malcom dankbar für seine Worte, die ein wenig die Spannung von dem Beschwörer nahmen. Plötzlich ertönte ein Ruf von draußen aus dem Gang.

»Kommandant? Kommandant de Launay? Seid Ihr hier unten?«

Stiefelgetrampel auf Stein. Metall klirrte gegen die Felswand.

»Scheiße, da kommt jemand«, stieß Jenny hervor. Furcht blitzte in ihr auf. Daran hatte bereits niemand mehr gedacht. Es bestand die Gefahr, dass das Ritual unterbrochen wurde, und was dann mit Wilbur und Damon geschah, konnte niemand auch nur erahnen. »Was machen wir jetzt?«, fragte sie panisch.

»Wir warten ab. Es scheint nur ein einzelner Soldat zu sein. Vielleicht kommt er nicht in den Keller runter, wenn wir uns still verhalten.«

Amandas Stimme klang gefasst, ein leichtes Beben war dennoch darin zu vernehmen. Dann sprach sie mit Fortane und befahl ihm, leise zu sein.

»Was ist mit ihm?«, raunte Jenny leise in Amandas Ohr und deutete auf de Launay, der vor der offenen Kerkertür wie eine Statue stand und sich nicht rührte. Noch immer schlug ihr Herz wie verrückt in der Brust.

»Er wird keinen Mucks von sich geben.«

In der Zelle war kein Geräusch mehr zu hören. Niemand bewegte sich, und Jenny dachte schon, die Gefahr wäre abgewandt und der Soldat zurück an die Oberfläche gekehrt, als eine Stimme sagte: »Kommandant, was ist mit Euch?«

Eine Sekunde Stille. Dann sah Jenny, wie der Soldat in ihrem Blickfeld auftauchte. Völlig verblüfft starrte sie ihn an. Das konnte nicht sein. Was sie sah, war absolut unmöglich. Der junge Mann blickte ebenso überrascht zurück. Dann entdeckte er Malcom und Amanda. Jenny spürte, wie ihr schwindlig wurde.

Das kann nicht sein! Das kann nicht sein! Das kann nicht sein!, kreischte es in ihrem Geist auf.

Der Soldat schaute nun verwirrt zwischen de Launay und den Personen hin und her. Dann fiel sein Blick auf den nackten, regungslosen Wilbur. Er riss die grauen Augen weit auf und griff zum Säbel an seiner Seite.

»Was habt Ihr mit dem Kommandanten gemacht?«, brüllte er zornig.

Alle starrten ihn an. Niemand rührte sich, denn sie alle schauten in Damons Gesicht.

Zischend fuhr der Säbel aus der Scheide. Der Soldat stürmte in die Zelle und schlug zu. Jenny konnte gerade noch rechtzeitig ihren Arm heben und den Hieb abwehren. Das Schwert zerbrach an der massiven Panzerung ihrer linken Körperseite. Der Mann blieb stehen und schaute verblüfft auf den kümmerlichen Rest seiner Waffe, von der nur noch der Griff übrig geblieben war. Überraschenderweise erholte er sich innerhalb einer Sekunde davon, dass Jennys Arm nicht abgetrennt auf dem Boden lag. Mit einer schnellen Bewegung zog er einen Dolch aus dem Gürtel und stürzte sich auf sie. Beide gingen unter dem Aufprall zu Boden. Dann rührte sich nichts mehr.

Amanda blickte entsetzt auf die beiden bewegungslosen Personen. Ein Zittern durchlief sie. Er sah aus wie Damon, aber das konnte nicht sein. Es war schlichtweg unmöglich. Alles war so unfassbar schnell gegangen, dass sie nicht begriff, was eigentlich geschehen war.

Dann sah Amanda, wie sich etwas bewegte. Jenny schob den Körper des jungen Soldaten von sich herunter, er kippte schlaff zur Seite. Mit gebrochenem Blick aus weit offenen Augen starrte er zur Zellendecke. Der Dolch ragte aus seiner Brust. Ein dünnes Rinnsal Blut lief daran herab.

Jenny rappelte sich auf. Die Schnabelmaske war verrutscht, sodass man deutlich die Metallseite ihres Gesichtes sehen konnte. Und natürlich war nun auch nicht mehr zu verbergen, dass sie eine Frau war. Als sie wieder auf ihren Füßen stand, schaute sie auf den Toten herab und sagte leise: »Das wollte ich nicht.«

Amanda trat heran und betrachtete ebenfalls den Soldaten. »Er sieht wie Damon aus. Nur dass seine Haare blond und nicht grau sind. Fast könnte man meinen, es wäre sein Zwillingsbruder.« Sie wandte sich an Fortane. »Kennt Ihr diesen Mann?«

»Sein Name ist François Bevour, ein Wachsoldat.«

Der Hexer fiel regelrecht in sich zusammen. Seine Schultern zuckten, und alle konnten hören, wie er laut schluchzte.

»Ihr werdet mich niemals gehen lassen. Euer Geheimnis ist zu groß. Das hier ist viel mehr als eine einfache Beschwörung. Ich wusste gleich, dass etwas nicht mit Euch stimmt.«

»Beruhigt Euch, Fortane. Euch wird kein Leid zugefügt, aber sagt mir …« Amanda deutete auf den regungslosen Wilbur. Erneut hatte sie Unruhe erfasst. War sie schon zuvor einer Panik nahe gewesen, hatte sich ihre Angst um Damon nach dem Vorfall mit dem Soldaten auf ein unerträgliches Maß gesteigert. Am liebsten hätte sie Fortane angebrüllt, aber sie riss sich zusammen. Wenn der Hexer die Nerven verlor, war er zu gar nichts mehr nützlich. »Warum tut sich nichts? Wie lange kann das noch dauern?«, knurrte sie.

»Ich weiß es nicht.«

So kam sie nicht weiter, und es war Zeit, Entscheidungen zu treffen. Amanda wandte sich an die anderen.

»Der Soldat hat den Kommandanten bestimmt gesucht, um ihn darüber zu informieren, dass sich draußen eine große Menschenmenge versammelt hat und die Lage brenzlig wird. Wahrscheinlich wollte er sich Befehle abholen, wie sie sich verhalten sollen. Wir stecken in der Klemme. Wenn de Launay nicht bald wieder oben auftaucht und das Kommando übernimmt, werden weitere Soldaten auf die Suche nach ihm gehen. Das können wir nicht gebrauchen. Eines ist auch klar, da oben ist die Hölle los. Der Rückweg ist uns versperrt. Wir müssen einen anderen Weg aus der Bastille finden.«

Amanda rief nach de Launay, der in die Zelle trat und vor ihr stehen blieb.

»Gibt es einen Ausgang, der uns zurück in die Stadt führt, ohne dass wir durch die Festung müssen?«

»Nein.«

»Fuck.«

»Ich verstehe nicht«, sagte der Kommandant.

Amanda dachte nach. »Was ist hier unten noch?« Wie ein gefangener Tiger begann sie, in der Zelle auf und ab zu gehen.

»Das Loch.«

»Was für ein Loch?«

»Dort werfen wir die Leichen hinein, die für immer verschwinden sollen.«

»Das verstehe *ich* nicht«, sagte Amanda. »Ist es so tief?«

»Es ist nicht tief.«

»Was hat es mit diesem Loch auf sich?«

Malcom konnte an Amandas Stimme hören, dass sie misstrauisch geworden war.

»Wenn es nicht tief ist, wie kann man dann darin Leichen verschwinden lassen?«, hakte sie nach.

»Es führt direkt in die Hölle. Wen immer man dort hineinstößt, taucht nie wieder auf.«

Abrupt blieb Amanda stehen. »Sagt das noch einmal.«

»Es führt direkt in die Hölle. Wen immer man dort hineinstößt, taucht nie wieder auf.«

»Wo ist dieses Loch?«

»Den Gang hinunter. Hinter der letzten Tür befindet sich ein großer Raum, dort werdet Ihr es finden.«

Ihr Kopf ruckte zu den anderen herum. »Wisst ihr, was das bedeutet? Es ist ein weiteres Tor durch Raum und Zeit. Hier unten gibt es ein Energiefeld. Jetzt, wo ich davon höre, erscheint es mir logisch, dass es eines geben muss. Wir müssen weiter durch die Zeit reisen, um unsere Aufgabe zu erfüllen, und haben bisher nicht darüber nachgedacht, wie das gehen könnte, da es dringlicher war herauszufinden, wie wir Damon beschwören können.« Amanda wandte sich wieder de Launay zu. »Geht nach oben zu Euren Männern und übernehmt das Kommando. Vergesst, was hier unten geschehen ist. Ihr werdet Euch nicht daran erinnern, und nun fort mit Euch.«

De Launay machte auf dem Absatz kehrt und verließ die Zelle.

»Warum lässt du ihn gehen?«, fragte Jenny. »Er wird da oben ein Blutbad anrichten. Du hast selbst davon erzählt, dass er für den Tod vieler Menschen verantwortlich ist. Wir hätten etwas dagegen tun müssen.«

»Nein«, sagte Amanda. »Es muss so geschehen. Die Ereignisse müssen so ablaufen, sonst wird die Französische Revolution nicht stattfinden. Der Tod von über neunzig Menschen erzürnte die Pariser so sehr, dass sie die Bastille stürmten. Ohne dieses Ereignis wäre die Revolution ins Stocken gekommen und Ludwig XVI. an der Macht geblieben. So hat dieser Tag zunächst Europa und dann die ganze Welt für immer verändert. Wenn wir derartig massiv in die Geschichte eingreifen, gefährden wir die Zukunft aller Menschen, die nach diesem Tag gelebt haben.«

Jenny nahm die Schnabelmaske vom Gesicht, zog die Handschuhe aus und streifte den schweren Ledermantel ab. Malcom sah, wie Fortane zusammenzuckte, als er ihre glänzende Metallseite bemerkte.

»Wir kennen jetzt einen Ausweg, aber …«, sagte Amanda verzweifelt. Sie sprach es nicht aus, das musste sie auch nicht.

Die Zeit lief ihnen davon. Wilbur war nach wie vor bewusstlos und Damon nicht in diese Welt beschworen. Das Schicksal hing an einem seidenen Faden, der alles zusammenhielt, nur wie lange noch?

28

DAS IST EINE INTERESSANTE GESCHICHTE, sagte der Dämon in Wilburs Kopf.

»Sie ist wahr, wie du sehen kannst. Dein Name steht auf meinem Körper, wer außer dir kennt ihn?«

NIEMAND.

»Dann glaubst du mir also, dass du selbst ihn mir auf die Haut geschrieben hast?«

Wilbur hörte das Zittern in seiner Stimme und hasste sich für seine Schwäche.

In der Theorie hatte es einfach geklungen, Damon zu beschwören und in die reale Welt zu holen, aber da war auch nie davon die Rede gewesen, unter einem bleischweren Himmel von einer rotschwarzen Sonne verbrannt zu werden, während ein Dämonenfürst wahrscheinlich darüber nachdachte, ob er seine Seele fressen sollte.

ES MUSS SO SEIN, WIE DU SAGST, EINE ANDERE ERKLÄRUNG GIBT ES NICHT.

»Dann kommst du mit mir?«, fragte Wilbur zitternd.

JA, ABER NICHT WEGEN ALL DEN GESCHEHNISSEN, VON DENEN DU MIR ERZÄHLT HAST. DAS SCHICKSAL DER MENSCHEN INTERESSIERT MICH NICHT, IHRE WELT JEDOCH SEHR.

Das kleine Mädchen machte eine umfassende Handbewegung, dann sprach die Puppe weiter: *HIER GIBT ES NICHTS AUßER TOD UND VERWZEIFLUNG. ICH ABER BEGEHRE DANACH, ANDERES KENNENZULERNEN, UND DIE ERFAHRUNG DER STERBLICHKEIT WIRD WUNDERVOLL SEIN.*

Wilbur atmete erleichtert aus, aber schon der nächste Satz des Dämons ließ ihn erneut erschauern.

WIE KOMMEN WIR IN DEINE WELT?

»Ich weiß es nicht«, sagte Wilbur verzweifelt.

DU WEIßT ES NICHT?

»Nein, ich …«

DER BESCHWÖRER, WAS HAT ER GETAN, UM DICH HIERHERZUSENDEN?

»Er hat deinen Namen auf meinem Körper mit seinem Finger nachgezeichnet.«

DANN WERDE ICH DAS GLEICHE TUN.

Wilbur spürte, wie sein Magen in die Knie sackte. Das groteske Bild eines kleinen Kindes, das mit ihm durch den Mund einer Puppe sprach, zerrte an seinen Nerven, und dass es ihn berühren wollte, machte ihn vollkommen fertig.

Das Mädchen trat vor ihn.

KNIE NIEDER, DAMIT ICH DIE RUNEN AUF DEINEM KOPF ERREICHEN KANN.

Wilbur ließ sich auf die Knie fallen und senkte das Haupt.

WO HAT ER BEGONNEN?

»Oben, dort wo auch dein Name beginnt.«

Das Kind streckte seine winzig anmutende Hand aus und berührte die Tätowierung auf seinem Schädel. Wilburs Haut begann zu glühen.

Dann brannte sie.

Feuerzungen verschlangen seinen Körper.

Er brüllte vor Schmerz auf.

Und auf einmal war da nichts mehr.

»Er bewegt sich«, sagte Jenny. Schnell trat sie zu Wilbur und nahm seine Hand in die ihre. Sie spürte ihr Herz in der Brust rasen, und erst jetzt wurde ihr bewusst, wie sehr sie sich um ihn gesorgt hatte. Wilbur und sie waren sich so nahegekommen, wie sie es nie für denkbar gehalten hätte.

Als er nun die Augen aufschlug und sie liebevoll ansah, hätte sie am liebsten vor Freude aufgeschrien.

»Jenny?« Seine Stimme klang hölzern.

»Du bist wieder da.« Tränen der Erleichterung füllten ihre Augen. Ihre Hand zitterte, als sie ihm beim Aufstehen half.

Wilbur drehte den Kopf zur Seite, sah sich um. »Wo ist Damon?«

Plötzlich richtete sich der tote Soldat auf, öffnete die Augen und schaute Amanda an.

Amanda stieß einen Freudenschrei aus und umarmte ihn. Nichts geschah. Damon schmiegte sich nicht an sie, erwiderte die Umarmung nicht, sondern schob sie nach einem Moment des Zögerns von sich.

»Du musst Amanda sein.«

»Ja, ich …« Sie verstand nicht. Was war mit Damon los?

»Das ist also die Welt der Menschen.« Er blickte auf seine Hände. Dann wieder zu ihr. »Warum tust du das?«

»Was meinst du?«

»Mich berühren. Ist das in dieser Welt so üblich? Ein Ritual? In meiner Welt bedeutet jede Berührung Schmerz und Tod.«

Amanda blickte zu Wilbur. »Du hast ihm nicht erzählt, dass …«

Wilbur schüttelte den Kopf. »Dafür war keine Zeit.«

»Damon … du … ich …«

Er erinnert sich nicht an mich, brüllte sie innerlich auf. Ihr gesamter Körper bebte. Der Damon Grey, den sie kennengelernt hatte, war für Jahrhunderte unter Menschen gewandelt. Er hatte die Liebe bereits kennengelernt und war offen für das gewesen, was zwischen ihnen geschah. Dieser Damon hingegen kam direkt aus dem dunkelsten Schlund der Hölle. Ein finsteres Wesen mit düsteren Gedanken und ihr vollkommen fremd, auch wenn er ihr gleichzeitig so vertraut war.

»Du bist so schön, wie er dich beschrieben hat«, stellte Damon mit einem Lächeln fest. Er erhob sich vom Boden, streckte seine Glieder, dann entdeckte er den Dolch in seiner Brust. Er packte ihn und zog ihn mit einem Ruck heraus, um ihn achtlos in eine Ecke zu werfen.

Kein Blut drang aus der Wunde hervor.

Plötzlich begannen Damons Augen zu leuchten. Ein seltsamer Schein umgab seinen gesamten Körper. Amanda zuckte zusammen, als sie bemerkte, dass sich die Farbe seiner Haare änderte. Das Blond verschwand, wurde durch ein silbernes Grau ersetzt.

Nach wenigen Sekunden erlosch das Leuchten wieder, und Damon stand vor ihr, so wie sie ihn im Ausbildungslager kennengelernt hatte.

Er seufzte. »Die Transformation ist vollzogen. Nun lebe ich, so wie ihr es tut. Ich spüre ein Herz in meiner Brust schlagen und das Blut durch meine Adern rauschen …« Damon zögerte, so als suche er die richtigen Worte. »Eine einzigartige Erfahrung.«

»Kannst du dich an gar nichts erinnern, was vor dem heutigen Tag oder danach geschehen ist?«, fragte Amanda verzweifelt.

»Nein, alles ist ausgelöscht. Wilbur hat mir eure Geschichte erzählt, von der ich ein Teil war. Aber davon weiß ich nichts. Meine Geschichte in dieser Welt beginnt in diesem Moment. Ich spüre, dass ich Teil eurer Aufgabe bin, anders kann es nicht sein, denn sonst wäre ich nicht hier. Erzählt mir mehr davon.«

Noch bevor Amanda darauf antworten konnte, drangen Geräusche in die Zelle. Oben an der Treppe, die hinab in den Keller führte, war jemand und rief Befehle.

»Wir müssen weg von hier«, sagte Jenny. »Sofort.«

»Was ist mit Fortane? Nehmen wir ihn mit?«, fragte Malcom.

Amanda schüttelte den Kopf. »Er kann und darf nicht durch das Portal gehen. Er muss hierbleiben. Die Bastille fällt in die Hände der Aufständischen, dann werden er und alle anderen Gefangenen befreit.«

Fortane, der seinen Namen gehört hatte, drängte zurück an die Wand. Wahrscheinlich glaubte der Mann, seine letzte Stunde hätte geschlagen.

Amanda wandte sich zu ihm um, ging auf ihn zu und begann leise zu singen. Fortanes Augen fielen zu. Sie befahl ihm, ruhig in der Zelle sitzen zu bleiben und alles zu vergessen, was er heute erlebt hatte. Dann kam sie wieder zu den anderen.

Amanda nahm eine der Kerzen vom Tisch. Sie warf noch einen Blick auf Damon, suchte in seinen grauen Augen nach Erkennen, nach irgendetwas, aber da war nichts, was ihr Hoffnung gab. Damon erinnerte sich nicht an sie. Ihr Herz war schwer.

Wortlos drehte sie sich um.

Nachdem sie die Zelle verriegelt hatten, folgten sie schweigend dem Gang bis zur letzten Tür. Davor blieb Amanda stehen.

»Hier muss es sein.«

Ein schwerer Riegel verschloss die Tür, aber als Jenny mitanpackte, konnten sie ihn zurückziehen und die Tür öffnen.

Vor ihnen lag ein weiter Raum, der an eine natürliche Höhle erinnerte. Die grob gehauenen Felswände ragten düster mindestens fünf Meter in die Höhe, bevor sie sich zu einer Art Kuppel vereinigten. Hier drin war die Luft trocken, und Staub wirbelte unter ihren Füßen auf, als sie eintraten. Amanda hob die Kerze über ihren Kopf, und dann konnten sie es sehen.

Das Loch.

Dabei war es kein Loch, sondern ein schimmerndes Feld, ähnlich einem Teich, über dem ein sanftes Flirren lag. Malcom betrachtete es und fühlte sich sofort an Nianch-Hathor erinnert. Es war noch keinen Tag her, dass er sie verlassen hatte, und nun trennten sie Jahrhunderte. Gleich würde er wieder durch die Zeit reisen und sie noch weiter zurücklassen. Die Liebe seines Lebens war für immer in der Vergangenheit verloren und würde von nun an nur noch in seiner Erinnerung zurückkehren.

Ich liebe dich, dachte er. *So sehr.*

Dann fiel sein Blick auf Amanda. Er sah die Traurigkeit in ihrem Gesicht. Sah, dass sie Damon aufrichtig liebte und nun darüber verzweifelte, dass ihre Liebe nicht erwidert wurde.

Wie er selbst hatte sie das Glück in Händen gehalten und wieder verloren. Ein Gefühl tiefer Verbundenheit zu Amanda erfüllte ihn, und als er die Hand nach ihr ausstreckte und die ihre nahm, erschien ein schüchternes Lächeln auf ihrem Gesicht.

»Gehen wir?«, fragte er sanft.

»Wohin wird uns dieses Tor führen?«, fragte Amanda.

»Ich habe da so eine Ahnung«, sagte Malcom. Dann trat er ins Feld.

Gleich darauf war die Welt verschwunden.

DANKSAGUNG

Es gibt Menschen, denen ich Danke sagen möchte. Menschen, die zu mir stehen, und Menschen, die mir bei diesem Buch geholfen haben.

Ich danke dir, liebe Silke und dir liebe Ute für die Begeisterung, die ihr vom ersten Moment an dieser Geschichte entgegengebracht habt.

Vielen Dank meiner Freundin und Kollegin Claudia Pietschmann. Du hast mir geholfen, diese Geschichte besser zu machen, als ich es allein gekonnt hätte. Liebe Claudia, du bist nicht nur eine wundervolle Autorin, sondern auch eine großartige Lektorin.

Dank an meine Familie, die mich von Anfang an unterstützt hat, obwohl vor zwanzig Jahren niemand ahnen konnte, wohin die Reise geht.

Ein ganz besonderer Dank geht an euch, meine Leser. Danke, dass ihr mir in Briefen, Mails, Blogeinträgen, in den sozialen Medien oder in Rezensionen sagt, dass euch meine Bücher gefallen und dass es Sinn macht, weiterhin verrückte Romane zu schreiben.

Jetzt in diesem Moment habe ich die Arbeit an diesem Buch beendet. Draußen scheint die Sonne, und ich bin glücklich, ein Autor zu sein, dessen Bücher von so vielen gelesen werden. Dass ich sein kann, was ich sein will, habe ich euch zu verdanken. Danke für all die Stunden, die ihr meinen Geschichten geschenkt habt.